드래곤 킹
시리즈 3

PARANORMAL

ROMANCE

나를 사랑한 드래곤 1
THE DRAGON WHO LOVED ME

나를 사랑한 드래곤 1

ⓒ G. A. 에이켄 2016

초판1쇄 인쇄   2016년 6월 1일
초판1쇄 발행   2016년 6월 5일

지은이   G. A. 에이켄
옮긴이   손수지

펴낸이   박대일
편집   이문영 · 임유리 · 신지연 · 전보라
마케팅   송재진 · 임유미
디자인   박현주
일러스트   실베스테르 송

펴낸곳   파란썸(파란미디어)
출판등록   2004년 9월 14일 제313-2004-00214호

주소   04072 서울시 마포구 성지1길 32-36(합정동)
전화   02.3141.5589(영업부) 070.4616.2012(편집부)
팩스   02.3141.5590
전자우편   paranbook@gmail.com
카페   http://cafe.naver.com/paranmedia
페이스북   http://www.facebook.com/paranbook

ISBN   978-89-6371-302-1(04840)
             978-89-6371-301-4(전2권)

나를 사랑한 드래곤 **1**

THE DRAGON WHO LOVED ME

파란

등장인물 소개

사우스랜드 드래곤 퀸 군대의 완벽한 전사. 죽이고 파괴하기 위해 존재한다는 카드왈라드르 일족 전사 드래곤 어머니와 보더랜드의 화산 드래곤 최고의 야장인 아버지의 피를 타고났다. 가장 충성스럽고, 가장 헌신적이고, 가장 유능한 전사로서 명령을 받으면 목숨을 걸고 수행해 내는 철두철미함 덕분에 '두려움 없는 자'라는 칭호를 얻었다. 하지만 드래곤워리어가 되기에 충분한 자질을 갖추고도 하사의 계급에 머물러 있는 그녀가 진정으로 원하는 것은 따로 있다.

노스랜드 번개 드래곤 군대의 총사령관. 하라그나를 그림자처럼 따르며 그가 번개 드래곤들을 규합하여 통일된 세력으로 만드는 데 큰 역할을 했다. 전쟁이 일상인 노스랜드에서도 전장에서 맹위를 떨쳐 '끔찍한 자'라는 이름을 얻었다. 전장에서의 영광스러운 죽음을 고대하는 심각한 노스랜더답지 않게 긍정적이고 낙천적이지만 여자를 보호하고 지키는 것을 의무로 여긴다는 점에서는 뼛속까지 철저한 노스랜더이기도 하다.

모든 드래곤들의 아버지 신 뤼데르크 하일에게 목숨과 영혼을 저당 잡혔으나, 오직 앤닐 여왕만을 향한 뜨거운 충성심을 품고 있는 소녀 전사. 데저트랜드의 놀웬 마녀인 어머니가 사우스랜드 드래곤 퀸의 아들 브리크와 짝을 맺으면서 드래곤 왕가의 일원으로 받아들여졌다. 여왕의 종자가 되어 전장에서 활약하는 동안 맨손으로 적의 머리통도 뽑아낼 수 있는 무력을 선보임으로써 '위험한 자'라는 호칭을 얻었다.

사우스랜드 다크플레인의 인간 여왕. 평생을 군대와 함께 보냈고 앞길을 가로막는 자는 누구든 해치워 버리는 광포하고 무자비한 전사로서 '피의 여왕', '잘린 머리 수집가', '가번아일의 미친 계집', '피투성이 앤닐'이라는 다양한 호칭을 얻었다. 드래곤 퀸의 큰아들 어구스의 짝으로 인간과 드래곤 사이에는 불가능하다는 아이들을 낳았으며 불의한 자들을 절대로 용납하지 않고 철저하게 응징하는 성벽으로 인해 여러 세력의 표적이 된다.

케이타

라그나

사우스랜드 드래곤 퀸의 막내딸. 빼어난 미모로 남자들을 유혹하여 쥐어흔들기로 악명이 높아 '절망과 죽음의 드래곤', '붉은 독사'로 불린다. 언제나 숨기는 게 많고 꿍꿍이를 품고 있으며 어떤 식으로든 자기 뜻을 관철시키는 데 능하다.

노스랜드 번개 드래곤들의 우두머리. 정치적 역량이 탁월하고 권모술수에 능하여 '교활한 자'라는 이름을 얻었다. 냉철한 이성에 공정하고 강력한 지휘관으로서 번개 드래곤들의 수장이 되었다. 사우스랜드의 화염 드래곤들과 공동전선을 펼쳐 새로 등장한 강력한 적 강철 드래곤에 맞서 싸운다.

에이브히어

드래곤 퀸의 막내아들 블루 드래곤. 오만하고 냉정한 드래곤 왕가의 일원답지 않게 점잖고 착한 데다 다정한 성품으로 인해 일족의 모든 남자들에게는 놀려 먹기 딱 좋은 어린것 취급을 당하는 반면 일족 모든 여자들의 애정과 환대를 독차지한다.

바테리아

웨스트랜드 퀸틸리안 독립국의 지배자이자 강철 드래곤 대군주 트라시우스의 큰딸. 온 세상이 자신들의 왕국이 되어야 하고 모든 이들이 자신들의 노예가 되어 희생해야 한다고 믿는 강철 드래곤으로, 일족조차 자신의 즐거움을 위해 잔혹하게 해치기를 서슴지 않는다.

가이우스

대군주 트라시우스의 조카이자 세상에서 가장 잔혹한 개자식으로 악명 높은 강철 드래곤. 삼촌의 잔혹하고 사악한 지배 방식에 반기를 들었다가 패해 '반역왕'이란 호칭을 얻었다. 뜻을 함께하는 이들과 퀸틸리안 변경 셉티마 산맥의 동굴에 숨어 살면서 트라시우스에게서 지배권을 빼앗을 날을 기다리고 있다.

주니우스

퀸틸리안 독립국에서 대군주 트라시우스 다음가는 권력을 지닌 강력한 드래곤메이지. 세상 모두가 오직 자기만을 숭배하기를 원하는 탐욕스러운 신 '크람네신드'를 섬기지만 그가 진정으로 마음에 품고 있는 것은 바테리아로, 그녀를 위해서라면 어떤 일도 마다하지 않는다.

The Dragon Who Loved Me

Korean translation copyright © 2016 by Paran Media
Korean edition is published by arrangement with Ethan Ellenberg Literary
Agency through BC Agency, Seoul.

프롤로그

　그녀는 잠이 들었다. 깊은 잠은 아니었다. 무기를 품고 있지
않은 한, 그녀는 더 이상 깊이 잠들지 못했다. 한밤중에 숙영지
를 습격당하는 일이 너무나 잦았고, 동료 병사들─부대를 따라
다니는 창녀를 살 여유가 없는─이 침상을 파고드는 경우도 너
무 많았기 때문이다. 어느 쪽이든 살아남은 자는 집으로 돌려보
내졌다. 그들이 한 일 ─혹은 저지른 짓─ 때문이 아니라, 상황
이 정리된 후에는 사지가 멀쩡하지 못해 더 이상 전투에 투입될
수 없었던 것이다.
　그녀는 당장 일어나 움직여야 한다고 자신을 일깨워 주는 것
이 얕은 잠인지 고도로 단련된 본능인지 알지 못했다. 어쨌든 오
늘도 한밤중에 깨어난 그녀는, 잠들어 있는 다른 종자들이 깨지
않도록 조용한 걸음으로 막사를 나와 밤의 어둠 속으로 조심조심

나아갔다. 본능이 이끄는 대로, 숙영지 바깥쪽 잡목 숲으로.

그리고 거기서 자신이 모시는 여왕을 찾았다. 여왕은 말도, 호위도, 병사도 없이 등에 두 자루 장검을 메고 배낭 하나만을 든 채 숙영지를 은밀하게 빠져나가고 있었다. 혼자서! 여왕은 용감했다. 여왕은 절박했고, 무엇보다 원래부터 살짝 제정신이 아니기도 했다.

여왕에게 한마디 말도 걸지 않고 막사로 도로 달려간 그녀는, 배낭을 꾸리고 검과 배틀액스와 가장 따뜻한 부츠와 망토를 챙겨 밖으로 나왔다. 그리고 여왕 곁으로 돌아왔다.

"설마 제가 당신 혼자 가시게 둘 거라고 생각하신 건 아니죠?"

그녀가 미소 지으며 말했다.

"제 자리는 당신 곁이에요."

"내 곁에 있다가는 내 곁에서 죽게 될 거야. 그건 내가 허락 못하지."

"저를 두고 가시면, 몇 날은커녕 당장 아침만 돼도 부대의 모든 이들이 당신이 안 계신 걸 알아차릴걸요."

여왕의 밝은 녹색 눈동자가 그녀를 노려보았다. 지난 오 년간 매일같이 그 눈빛을 마주해 왔던 그녀는 더 이상 공포로 위축되지 않았다. 그리고 그동안의 경험을 바탕으로 어디까지 밀어붙여도 되는지, 어디서 멈춰야 하는지를 알고 있었다.

"널 일일이 챙겨 주지는 않을 거야, 꼬맹아. 네가 스스로 쫓아와야지."

여왕이 말했다.

"언제는 안 그러셨던가요."

그녀가 되받아쳤다.

"말조심해라. 난 여전히 네 여왕이야."

"그게 바로 제가 당신께 필요한 이유죠. 종자가 없는 전쟁 군주는 없으니까요."

"종자? 하, 네가 마지막으로 내 말을 씻긴 게 언제 적 얘기냐?"

"저 대신 부려 먹을 자가 없었을 때 얘기죠."

여왕이 미소 지었다. 사 년 전 전투에서 입은 상처를 따라 얼굴을 가로지르는 금이 생겨났다. 오른쪽 관자놀이에서 이마를 따라 내려와 콧날을 건너고 뺨을 지나 목에 이르는 긴 흉터였다. 칼날이 주요 동맥을 비껴가 준 덕분에 상처는 봉합하는 것만으로 잘 아물었지만, 흉터는 남았다. 여왕은 흉터를 그대로 두었다. 적들에게 그 흉터는 여왕이 언데드라는 소문—그렇지 않고서야 사람이 그런 상처를 입고 어찌 살아남을 수 있겠는가—에 신빙성을 더해 주는 증거처럼 보였으리라. 여왕이 자기 흉터를 어떻게 생각하는지는……. 사실 여왕은 거울을 보는 일 자체가 별로 없었다.

"그럼 출발하자, 종자야. 누군가 우리가 사라진 걸 알아채기 전에 말이다."

두 사람은 숙영지를 둘러싼 숲 속 더 깊은 곳으로 나아갔다. 하지만 얼마 못 가 멈출 수밖에 없었다. 그들 앞에 젊은 여자의 모습을 한 드래곤이 술에 취해 뻗어 있었기 때문이다.

"얘를 어쩌지?"

여왕이 물었다.

"이대로 둘 순 없죠. 게다가 요긴할 때 써 먹을 드래곤을 하나쯤 데려가는 것도 괜찮을 거예요."

"일리가 있는 얘기야."

두 사람은 드래곤을 일으켜 세워 마신 술을 게워 내게 한 다음, 아직 혼자 걷기에 무리인 그녀를 부축해서 걷기 시작했다.

한참 만에 드래곤이 물었다.

"어디로 가는 거예요?"

"서쪽으로."

여왕이 대답했다.

"적들이 서쪽에 있는데요."

"그렇지."

"저들이 우릴 잡으면 죽일 텐데요."

"그렇지."

"죽이기 전에 고문부터 할 거고요."

"그렇지."

"무슨 계획이 있으신가 보네요."

"그렇지는 않아."

드래곤이 한숨을 내쉬었다.

"어쩐 오늘 밤 십팔 대대 놈들하고 술을 마시면 후회하게 될 것 같더라니……. 하지만 이 정도일 줄은 몰랐네요."

"걱정 마라. 우린 이 전쟁의 향방을 바꿔 놓든가, 아니면 순국열사가 될 테니까."

"전 드래곤이에요, 여왕님. 드래곤은 순국열사 같은 건 되지 않는다고요. 순국열사를 만들어 내는 쪽이죠."

"뭐, 그럼……."

'가반아일의 미친 여왕' 앤닐은 드래곤의 등을 토닥여 주고, 머나먼 서쪽을 향해 길을 잡았다.

"이제 계획이 생긴 셈이구나."

1

그녀는 나무 사이로 움직이는 그들을 지켜보았다. 그들은 거의 숲에 녹아들어 있었지만 완벽하지는 않았다. 적어도 그녀가 보기에는 그랬다.

숙영지로 숨어들려는 강철 드래곤들의 시도는 이제 매주 일어나는 일이 되었다. 딱히 저들을 탓할 수도 없었다. 전쟁은 유프라시아라 불리는 이 계곡에서 지난 오 년간 교착상태에 머무른 끝에 양측 모두를 지치게 만들었다. 소규모 접전과 상대 쪽 식수원에 독을 풀어놓는 식의 공격이 끊임없이 계속되었지만 그다지 효과적이지는 못했다. 언제가 되어야 끝이 날까? 이 전쟁을 과거 일로 이야기할 수 있는 날이 과연 오기는 할까?

확실히, '두려움 없는 자' 로나는 알지 못했다. 그녀는 드래곤 퀸의 군대에 소속된 일개 전사일 뿐이니까. 로나로서는 상관으로

부터 명령을 받고, 그 명령이 제대로 수행되도록 하면 그만이었다. 죽일 필요가 있다면 죽이고, 도움이 필요한 자는 보호한다. 정치가 노릇 따위는 하지 않는다. 그녀가 소속된 부대의 안전을 넘어서는 사안에 영향을 줄 만한 어떤 결정에도 개입하지 않는다. 하사관으로서 그녀에게 요구되는 바는 딱 그 정도였고, 그녀는 자기 일을 잘 해냈다.

하지만 또, 그녀는 카드왈라드르 일족이었다. 세간에서 평하기를, 죽이고 파괴하기 위해 존재한다는 사우스랜드의 천출 전사 드래곤.

로나의 어머니 '난도자' 브라나나라면 세간의 평이 옳다고 인정하고 직접 그 사실을 입증해 보이기까지 했으리라. 그녀는 자식들 역시 드래곤 퀸 군대의 정예 드래곤워리어가 되기를 바랐고, 거의 대부분의 자식들이 그녀의 바람대로 되었다. 앞으로 몇 년은 더 전투 훈련을 받아야 하는 세쌍둥이 막내들과 첫째 딸을 제외하면. 첫째 딸, 로나 말이다.

아아, 몇 달이나 계속되는 한겨울의 계곡에서 몸을 달아오르게 만드는 데 '어머니의 기대에 못 미치는 자식'이라는 생각만 한 게 또 있을까! 하지만 그 심각하고 약간은 씁쓸한 생각도 다른 날에나 할 일이었다. 지금 당장 그녀에게는 다루어야 할 문제가 있었다. 저 강철 드래곤들.

로나는 자라면서 강철 드래곤에 대한 얘기를 많이 들었다. 하얀 뿔이 입 앞으로 휘어져 튀어나와 있는 강철빛 화염 드래곤. 자신들이 섬기는 유일신—'보이지 않는 신' 크람네신드—의 기치 아래 세상을 다스려야 한다고 믿는 자들. 그들은 온 세상이 자신들의 왕국이 되어야 하고 모든 이들—드래곤이건 인간이건 또 다른 어떤 존재건—이 기꺼이 자신들의 노예가 되어 대군주 트라시우스에게 머리를 조아리고 오직 크람네신드만을 위해 희생해야 한다고 믿었다.

로나의 일족은 그런 식의 사고방식을 별로 좋아하지 않았다. 대군주는커녕 여왕 하나와 장로들 몇도 간신히 참아 주는 정도가 아니던가. 그래서 그들은 사우스랜드 드래곤 퀸의 군대와, 한때 대적이었던 노스랜드 번개 드래곤들과 함께 트라시우스의 군대를 저지하기 위한 연합군을 결성했다.

다만 그들 중 어느 쪽도 계획에 넣지 못한 한 가지 문제가 있었다. 강철 드래곤들이 대군을 거느리고 있다는 것. 로나는 그렇게 많은 드래곤 병사들이 한꺼번에 모인 것을 본 적이 없었다. 게다가 새로운 부대가 계속해서 나타났다. 저들에게는 다 자란 드래곤 전사를 찍어 내는 공장이라도 있는 걸까, 하는 생각까지 들 정도였다. 사우스랜더와 노스랜더에게도 나름의 유리한 전투 기술들이 있었지만, 저 망할 강철 드래곤들은 그저 수로 밀어붙였다. 군단을 이루고 부대 단위로 훈련된 공격을 펼쳤다.

다만 감사하게도, 지금 몰래 숨어들려 하는 저 강철 드래곤들에게는 많은 수가 도움이 되지 않았다. 로나와 세쌍둥이 여동생들이 상대해야 할 적은 열 명 남짓이었다.

그녀가 강철 드래곤들을 포착했을 때, 자매들은 사우스랜드와 노스랜드 드래곤들이 주둔하고 있는 헤시오드 산맥의 안전한 곳으로 향하던 참이었다. 이제 자매들은 로나가 날지도 못할 만큼 어린 시절부터 어머니 곁에서 배운 대로 숲에 녹아들듯이 몸을 숨기고 서 있었다. 그녀가 어머니에게서 배운 기술을 동생들에게도 가르쳐 주었던 것이다.

강철 드래곤들이 점점 더 가까이 다가오자, 로나는 발톱을 들어 올리고 신호를 보낼 준비를 했다. 동생들도 각자의 무기와 방패를 더 단단히 틀어쥐었다. 다음 명령을 고대하는 그녀들의 똑같은 얼굴에 똑같이 작은 미소가 떠올랐다.

그러나 로나가 막 팔을 휘둘러 신호를 보내려는 순간, 커다랗고 둔중한 무언가가 숲을 관통하며 떨어져 내렸다. 작은 무리의 번개 드래곤이 강철 드래곤들을 포착한 모양이었다. 자줏빛 갈기에 자줏빛 비늘을 번쩍이는 세 명의 개자식들이 반대쪽에서 튀어나와 강철 드래곤들을 로나와 동생들 쪽으로 몰아붙였다.

로나는 한 호흡 기다린 다음, 명령을 내렸다. 동생들이 민첩하면서도 소리 없이 움직였다. 번개 드래곤들과는 달랐다. 그녀들의 움직임은 우아했다. 쿵쿵거리거나 짓뭉개듯 움직이는 카드왈라드르 사촌들과도 달랐다. 로나는 동생들이 알을 깨고 나오려고 몸부림치던 그날부터 체계적으로 정확하게 움직이도록 훈련시켰다. 지금 그녀들은 적의 분대를 가르며 바로 그렇게 움직이고 있었다.

언제나처럼 에다나가 선두를 지켰다. 그녀의 브로드소드가 앞으로 쇄도하는 첫 번째 강철 드래곤의 콧등을 내리쳤다. 칼날이 콧구멍을 지나 뼈를 뚫고 뇌에 이르자 그녀는 칼날을 한차례 비틀어 뽑아 당겼다.

다음으로 네스타가 에다나를 빙글 돌아 철퇴를 휘둘렀다. 철퇴는 두 번째 강철 드래곤의 얼굴 가리개를 깨부쉈고, 네스타는 꼬리 끝으로 그자의 두개골을 꿰뚫는 동시에 세 번째 적의 가슴 덮개를 깨고 다시 철퇴를 휘둘러 마무리했다.

하지만 브리나는 근접전을 즐겼다. 검도 도끼도 철퇴도 지니고 있었지만, 그녀는 언제나 상대를 바닥에 넘어뜨린 다음 길게 휘어진 단도로 끝장을 보았다. 브리나는 로나에게 어머니를 가장 많이 떠올리게 했다.

세쌍둥이가 저마다 솜씨를 뽐내고 있는 사이, 번개 드래곤들이 덤비듯 날아들었다. 돕겠다고, 가련하고 나약한 여자들을 돕겠다고 말이다.

피로 점철된 오 년을 보낸 후에도 노스랜더들은 여전히 여자들이 전장에 있는 것은 너무나 위험하다고 생각하는 것 같았다. 물론 여자들 자신에게 위험하다는 생각이었다. 여자란 불쌍하고 가련한 존재니까. 그나마 술집에서 로나의 자매들이나 사촌 자매들과 몇 차례 싸워 본 후에는 그들도 제법 영리하게 그런 감정을 저희끼리만 간직하게 되긴 했다. 물론, 그들이 느끼기에 여자들이 '심각한 위험'에 빠진 지금 같은 상황은 예외였다.

하지만 로나는 서둘러 동생들을 도우려 들지 않았다. 그 애들이 스스로를 돌볼 수 있다는 것을 알기 때문이었다. 그래서 그녀는 기다렸다.

이윽고 최근 들어 그녀에게도 익숙해진 대로, 강철 드래곤 셋이 나머지가 전투를 끝내는 사이 싸움터의 반대쪽으로 숲을 뚫고 조용히 숨어들었다. 강철 드래곤 중에도 정예 전사들이 있었다. 보병보다 훨씬 잘 훈련된 자들. 더 영리하고, 더 빠르고, 매복에도 뛰어난 자들이었다. 다만 카드왈라드르 일족 근처에서 그런 식으로 움직였다는 게 안된 일이었을 뿐이다. 정예 강철 드래곤이 영리하고 빠르고 은밀해 봤자, 로나의 어머니 같은 이에게 훈육받으며 자라지는 않았을 테니까.

브라다나는 로나가 영지의 가장 높은 산에 올라가 서 있을 때 소리 없이 뒤로 다가와 아직 덜 여문 날개를 붙잡고 그녀를 내던지며 소리쳤다.

'무슨 짓을 하든 아래는 내려다보지 마라.'

그렇게 나는 법을 가르쳤다.

안 되지. 카드왈라드르 일족 근처에서 몰래 움직이고 싶다면 그보다는 훨씬 더 은밀해야지. 가장 아끼는 창을 그러쥔 로나는 겨우 몇 걸음 사이를 둘 때까지 세 강철 드래곤의 뒤를 쫓았다. 그녀가 꼬리를 끌며 다가갈 수 있는 간격은 그 정도, 그보다 약간 더 떨어진 정도였다. 그들이 멈추자 로나도 멈췄다. 그녀는 이 상황을 즐기면 안 된다는 것을 알고 있었다. 드래곤 퀸 군대의 전사로서 자기 임무를 다하고 자매들에게로 돌아가야 했다. 하지만 최근 들어 그녀는 별로 재미를 보지 못했다.

로나는 가장 가까이에 있는 강철 드래곤을 선회하듯 다가가 그자의 눈에 창을 쑤셔 박았다. 그리고 그자가 비명을 지르는 사이, 그녀의 목을 노리고 다가든 칼을 창으로 막았다. 그대로 칼을 바닥에 내리친 그녀는 칼을 휘두른 자에게 박치기를 날렸다. 다시 머리를 향해 날아온 칼을 몸을 숙여 피하고, 꼬리를 휘둘러 상대의 얼굴을 쳤다.

나가떨어진 상대가 시야를 가린 피를 닦아 내려고 애쓰는 동안, 나머지 드래곤이 뒤에서 부딪쳐 왔다. 로나도 바닥으로 넘어졌지만 재빨리 몸을 굴려 창을 집어 들고 공격 태세를 갖췄다. 강철 드래곤이 돌진하며 호선을 그리듯 칼을 휘둘렀다. 로나는 몸을 뒤로 기울였고, 칼날은 가슴 덮개를 그었지만 금속에 흠집이 난 정도에 그쳤다.

그러나 강철 드래곤은 지나치게 서두르는 바람에 그대로 굴러 넘어지고 말았다. 로나가 돕기라도 하듯 칼을 쥔 그자의 발톱을 꼬리로 감아 바닥에 패대기쳤다. 일단 상대를 바닥에 누이면 로나는 다른 어떤 허튼짓에도 시간을 낭비하지 않았다. 곧장 그자의 목덜미에 창을 박아 숨을 끊어 놓았다. 그렇게 또 한 놈을 해치운 그녀는 재빨리 돌아섰다.

역시 잘한 짓이었다. 그녀에게 얼굴을 얻어맞았던 자는 심하게 다치지 않았고, 그래서 이제 막 공격을 하려는 참이었다. 로나는 창으로 그자의 칼을 막아 냈지만 뒤로 밀려났다. 바닥을 뒹구는 두 드래곤의 몸을 피해 우아하게 물러날 여유는 없었다. 그녀는 넘어질 듯 비틀거렸다. 그 빈틈을 놓치지 않고 강철 드래곤이 재빨리 따라붙었다. 그녀는 꼬리로 땅을 밀어 넘어지는 것을 막고 그 반동으로 몸을 세운 다음, 공격을 준비하고 있던 창을 들어 올렸다.

하지만 로나는 다시 넘어지고 말았다. 커다란 자줏빛 발톱이 가슴을 쳐 넘어뜨린 것이다. 거세게 바닥에 부딪친 그녀는 힘겨운 숨을 토해 냈다. 하지만 그대로 주저앉아 있을 수는 없었다. 그녀는 창을 굳게 쥐고 억지로 몸을 일으켰다. 그리고 다가오는 강철 드래곤에게 시선을 고정한 채 공격을 준비하면서 창을 들어 올렸다.

하지만 다음 순간, 그녀는 머리 위쪽에서 다가오는 거대한 워해머를 보았다. 강철 드래곤도 같은 것을 보았다. 그자는 로나의 창을 움켜잡고, 창을 놓지 않는 그녀까지 한꺼번에 당기던 참이었다. 너무나 육중해서 쉽사리 멈출 수 있을 것 같지 않은 워해머가 점점 가까워졌다. 로나는 재빨리 몸을 뉘었지만 창까지 움직이지는 못했다.

그녀가 압도적인 공포에 사로잡힌 가운데, 노스랜더의 우아하지 못한 거대한 강철 덩어리가 그녀의 창을 깨부수고 창대를 반으로 뭉개 놓았다. 로나는 구르듯 뒤로 물러났다. 창대의 남은 부분을 여전히 움켜쥔 채였다.

강철 드래곤이 바닥에 넘어지자, 번개 드래곤은 그자를 뒤집은 다음 워해머로 그자의 머리를 내리쳤다. 자비를 구걸하던 강철 드래곤의 비명이 즉시 멈추었다.

노스랜더는 천천히 로나를 마주 보고 섰다. 짙은 잿빛 눈동자로 그녀가 쥔 창대의 남은 부분을 응시하던 그가 심각한 어조로 말했다.

"이래서 여자는 전투에 나서면 안 되는 거야. 당신 머리가 바로 그렇게 될 수도 있었다고."

'끔찍한 자' 비골프는 워해머로 바닥을 쿵 내리찍고 손잡이에 기대섰다.

가엾은 것. 그녀는 자기 무기, 저 귀엽고 앙증맞은 창이 부서진 것에 심하게 낙담한 것이 분명했다. 맙소사, 겨우 창 한 자루 때문에?

비골프는 여섯 번째 겨울에 전사 훈련을 시작한 이후로 창을 써 본 적이 없었다. 아버지, 그 노스랜드의 개자식은 아들들이 더 나이를 먹을 때까지 기다려야 한다고 생각하지 않았다. 나는 법을 배우기도 전에 발톱과 무기를 써서 적을 죽일 수 있어야 한다고 믿었다.

'건달' 올게어는 이렇게 말한 적도 있었다.

'너희 조그만 개자식들은 격투장에 던져 봤자 동전 한 닢 못 건질 거다.'

그러나 비골프는 열 번째 겨울이 될 무렵 창술 훈련을 끝내고 철퇴로 넘어갔고, 다음은 검으로, 결국에는 그가 가장 좋아하는 무기인 워해머를 잡게 되었다.

그에게는 두 개의 워해머가 있었다. 하나는 본모습이든 인간 형태든 쓸 수 있는 것으로, 아무 데나 잡고 바닥을 내리치기 좋았다. 다른 하나는 드래곤 형태일 때만 쓰는 것으로, 머리 부분이 한 방에 드래곤 두개골도 깨부술 수 있을 만큼 큼지막하고 무거웠다. 비골프는 가끔 지나치게 흥분하곤 했는데, 그럴 때면 워해머를 군단 단위 부대의 한쪽 끝에서 다른 쪽 끝까지 휘둘러 병사들을 쓸어 버렸다. 그러고도 살아남은 자들은 그의 부대가 처리하면 되었다.

그런데 겨우 창 한 자루에 낙담이라고? 전 영토를 통틀어 봐도 오직 여자들이나 주공격에서 사용할 무기가 아닌가. 로나는 거의 죽을 뻔했다는 충격으로 얼어붙은 채 여전히 바닥에 주저앉아 그를 빤히 쳐다보고 있었다.

비골프는 그녀에게 손을 내밀었다.

"일어나, 로나. 내가 데려다주지."

로나가 손을 잡자, 비골프는 그녀가 일어나도록 도와주었다. 하지만 그녀는 반쯤 몸을 일으키다가 멈추더니 예쁜 밤색 눈을 내리깔고 뭐라고 속삭였다. 비골프는 전투 중에 어딘가를 다쳤나 보다 짐작하고 그녀에게로 몸을 기울였다. 바로 그 순간, 이 배은망덕한 계집년이 대뜸 머리로 들이받았다. 제기랄! 지랄 맞은 카드왈라드르! 믿을 데라고는 눈을 씻고 봐도 찾을 수 없는 족속이라니까!

비골프는 그녀를 놓아 버리고 이마를 문질렀다.

"뭐하는 짓이야?"

로나가 어느새 똑바로 일어나, 부러진 창 자루로 그의 목줄기를 누르고 있었다.

"이 거만한 얼간이 자식아, 다시 한 번 나와 내 사냥감 사이에 끼어들었다간 눈알이 뽑힐 줄 알아!"

비골프는 그녀를 도로 바닥에 패대기쳐 버리고 싶은 마음을 억누르며 쏘아붙였다.

"이 악마 같은 여자야, 당신을 도와주려 한 거잖아!"

"하지 마! 돕지 말라고! 거들지도 말고, 아무 짓도 하지 마!"

그녀가 몸을 숙여 부러진 창의 다른 쪽을 집어 들고는 그 앞에 내밀며 소리쳤다.

"내 아버지가 주신 창이야. 내 아버지가 날 위해 손수 만들어 주신 거라고!"

"어머, 로나 언니! 언니 창이 어떻게 된 거야?"

또 다른 카드왈라드르 여자, 세쌍둥이 중 하나가 다가왔다.

"이 얼간이 자식이……."

비골프는 로나의 대답을 가로채며 소리쳤다.

"난 도와주려고 했어!"

"입 닥쳐!"

로나가 반사적으로 쏘아붙이더니, 고개를 숙이고 숨을 가다듬었다. 비골프는 그녀가 왜 그러는지 알고 있었다. 마음을 가라앉히려는 것이다. 어쨌든 그녀는 '두려움 없는 자' 로나가 아니던가. 완벽한 전사. 적어도 그녀는 그렇게 믿고 있었다. 그녀의 여자다운 마음속에서, 전사란 평정을 잃어서는 안 되었다. 화를 내서도 안 되고 명령을 받은 경우가 아니라면 언성을 높여서도 안 되었다. 사실 그 모두는 옳은 얘기였다. 전투 중이라면 말이다. 하지만 로나는 언제나 그러려고 했다.

비골프는 솔직히 이번만큼은 그녀가 평정을 잃는 모습을 보면서 즐기고 있었다. 아주 약간이긴 하지만. 그리고 그 모습을 더 보고 싶어서 조금 거들어 주기로 했다.

"내가 당신에게 딱 맞는 조그맣고 사랑스럽게 생긴 창을 하나 만들어 줄게."

밤색 눈동자가 그를 향해 고정되었다.

"그따위 물건은 갖다가 당신 똥구……."

"로나 언니!"

"로나!"

"언니!"

어느새 모여든 세쌍둥이가 일제히 소리쳤다. 그녀들은 초록빛 눈을 크게 뜨고 웃음을 참느라 애쓰고 있었다.

'두려움 없는 자' 로나가 낮게 으르렁거리자 콧구멍에서 검은 연기가 피어올랐다. 하지만 그녀는 결국 몸을 돌리고 성큼성큼 걸어가며 어깨 너머로 동생들에게 명령했다.

"그 시체들 가져가서 사령관님께 보고 올리도록."

"당신은 화낼 때 진짜 사랑스러워."

비골프가 말했다.

"입 닥치라고 했지!"

로나는 그대로 성큼성큼 걸어가 버렸다. 말소리가 들리지 않을 만큼 그녀가 멀어지자, 세쌍둥이 중 하나—에다나였던가—가 경고했다.

"당신이 자고 있을 때 언니가 죽이러 갈 거야. 그 창은 아버지가 언니에게 직접 만들어 주신 거거든."

"아마 언니는 잘 때도 그 창을 안고 잤을걸."

다른 쌍둥이가 말했다.

"그런데 당신이 그걸 부러뜨린 거야. 게다가 언니와 언니 사냥감 사이에 끼어들어서 언니를 조롱하기까지 했지. 스스로 죽음을 재촉하는 짓이었어."

그때까지 지켜보고만 있던 마지막 쌍둥이도 말을 더했다.

"난 정말 도우려고 한 거라고. 당신들 모두 마찬가지야. 이런데 나와 있으면 안 되⋯⋯."

"여자인 우리는 전투에 나서면 안 되는 거라고 말하려는 거라면⋯⋯."

"당신이 자고 있을 때 다리몽둥이를 분질러 줄 거야."

"아예 뽑아내서 숲 짐승들 먹이로 던져 주지."

세쌍둥이가 차례로 말을 이었고, 마지막으로 그녀들 중 하나—네스타였나? 제길, 누가 알겠어—가 그의 가슴을 가볍게 토닥였다.

"우린 당신을 좋아해, '끔찍한 자' 비골프. 그 마음 변하게 만들지 말라고."

비골프는 지난 오 년 내내 궁금하게 여겼던 것을 묻기로 했다.

"그러니까 로나도 나를 좋아하는 거지?"

"맙소사! 아니야!"

그녀들 중 하나가 웃음을 터트리더니, 뒷다리로 강철 드래곤의 시체를 잡아끌기 시작했다.

"내가 당신이라면 언니가 창을 잃은 걸 잊어 주기 전까지는 언니 곁에 다가가지 않을 거야. 그랬다가는 그 예쁜 잿빛 눈알을 뽑히고 말 테니까."

다른 하나——솔직히 그는 이 세쌍둥이를 구별할 수 없었다——
가 말했다.

"난 노스랜더야. '예쁜' 눈알이라니!"

그가 반박하자, 세쌍둥이는 일제히 웃음을 터트렸다.

"어쨌거나, 번개 드래곤. 자꾸만 전투 중에 언니의 즐거움을
뺏으려 들었다가는 예쁜 눈알이건 안 예쁜 눈알이건 오래 간직하
진 못할 거야."

세 여자가 여섯 구의 드래곤 사체를 끌고 가는 모습을 지켜보
며 비골프는 미소 지었다. 그때, 뒤에서 나지막하게 웅얼거리는
소리가 들려왔다.

"그 여자한테 새 창을 구해 주는 게 좋을 거다."

힐끗 돌아보니, 사촌 형 마인하르트였다.

"왜?"

"눈알을 잃은 널 내가 전장마다 끌고 다니고 싶진 않으니까."

"로나는 날 해치지 않을 거야. 너무 착하거든."

마인하르트는 카드왈라드르 여자들이 남기고 간 강철 드래곤
들의 사체를 꼼꼼히 살피기 시작했다.

"내가 보기에는 말이다, 비골프. 그 여자는 네 목줄기를 끊어
놓고도 태연히 자기 일족이랑 술 마시러 가 버릴 거다. 물론 두
번 다시 네 생각 같은 건 안 하겠지."

"그 '보모'가?"

'두려움 없는 자' 로나를 가리키는 또 다른 별명이었다. 그녀가

살아오면서 많은 시간을 백쉰 살 이전의 어린 드래곤들을 돌보았던 데서 얻은 별명.

"그 여자가 아끼는 아이들한테나 해당되는 말이지. 냉정한 전사들을 상대로는 아니라고."

마인하르트는 남아 있는 강철 드래곤 사체들의 꼬리를 한꺼번에 붙잡으며 말을 이었다.

"무엇보다, 비골프. 세상이 다 아는 사실인데, 그 여자는 널 신경도 안 써."

"형이 틀렸어. 지금 당장은 날 미워하겠지. 하지만 그것도 일종의 아끼는 마음이라고. 그러니까 약간의 기술만 있으면 쉽게 사랑과 애정으로 바꿔 놓을 수 있어."

사촌 형이 머리를 내젓더니 그대로 몸을 돌렸다.

"내 어머니가 옳으셨지. 넌 돌덩이만큼이나 미련한 놈이다."

"형 어머니도 날 사랑하셔."

"널 가엾게 여기시니까."

비골프는 웃었다.

"거봐, 약간의 기술만 있으면 사랑과 애정은 그냥 따라오는 거라고."

전쟁은 오 년이나 되는 시간 동안 맹위를 떨쳤다. 그 긴 시간 내내, 로나는 매일매일을 번개 드래곤들과 함께 지냈다. 하지만 그녀가 자라는 동안 혐오해 왔던 적으로서가 아니었다. 이제 그들은 그녀 일족의 동맹이었다.

모든 일이 그처럼 변할 수 있다니 기이하기도 했다.

로나의 어머니와 이모들, 외삼촌들은 전장에서 번개 드래곤을 대량으로 살육함으로써 전과를 올리고 명성을 얻었다. 그녀의 왕족 사촌들, 드래곤 퀸의 세 아들 피어구스, 브리크, 그웬바엘 또한 전장에서 노스랜더들과 대적했고 그들로부터 왕족이라는 지위 이상의 존중을 받아 냈다. 그래서 그녀 역시 언젠가는 일족의 윗사람들처럼 번개 드래곤을 상대로 발톱을 휘두르게 될 줄 알았다. 하지만 그 대신에 로나는 동맹으로서 그들의 존재를 견뎌 내야 했다. 그자들이 사우스랜드 드래곤들을 납치해서 억지로 짝을 맺었던 과거도, 그렇게 납치된 여자들은 심한 경우 날개를 잃고 머나먼 이역 거친 땅에 갇힌 채 혐오스러운 남자와 살아야 했다는 사실도 잊어야 했다.

이제 노스랜더들은 누군가 자신들의 과거를 상기시키기라도 하면 그건 오래전 이야기일 뿐이라고 재빨리 반박하곤 했다. 물론 전대의 늙고 무자비했던 번개 드래곤 우두머리는 죽었고, 당대에는 더 이상 그런 식의 관습이 허용되지 않는다.

하지만 그들 더 온화해진 새로운 노스랜더들 또한 전투 중 여자는 스스로를 지킬 수 없다고 믿는다는 점에서는 마찬가지였다.

솔직히, 오늘 같은 날에는 노스랜더의 그 새롭고 더 온화한 이미지를 참아 주기가 어려웠다. 하지만 또 어쩌면, 로나가 참아주기 힘든 것은 노스랜더 전체가 아니라 그들 중 하나뿐일지도 몰랐다. '끔찍한 자' 비골프, 혹은 그녀가 부르기 좋아하는 별명대로 '골칫덩이' 사령관.

헤시오드 산맥 깊숙한 곳에 자리한 본대로 복귀한 로나는 어느새 근무가 끝난 시간인 것을 알았다. 그래서 저 짜증스럽고 고루한 노스랜더에 대한 생각은 싹 지워 버리고 그동안 절실하게 고대했던 목욕을 하러 가기로 했다. 일전에 그녀는 산속 깊숙한 곳에서 자그마한 폭포가 딸린 아름다운 호수를 찾아냈다. 그곳에 대해 아는 이는 몇 되지 않았고, 그들 모두는 그 사실을 비밀로 했다.

그러나 곧 로나는 자신의 계획이 생각한 대로 순순히 이루어지는 법이 별로 없다는 사실을 새삼 확인해야만 했다. 언제나 무슨 일인가 —아니면 누군가— 방해물로 나타나곤 하는 것이다.

"어이, 로나."

그녀는 걸음을 멈추었다. 그 목소리를 듣는 순간, 온몸의 근육이 긴장으로 굳어졌다. 몇 세기 전 전쟁에서 목줄기에 입은 상처로 인해 거칠게 쉰 듯한 울림을 내게 된 목소리.

로나는 상관을 향해 몸을 돌렸다.

"예, 장군님!"

"그냥 어머니라고 부르면 안 되니?"

젠장. 어머니가 그렇게 말하는 건 로나에게 일종의 경종이었다. 산꼭대기에서 울려 퍼지는 전투 함성만큼이나 분명하고 명백한 경고.

'난도자' 브라다나가 처음 그 말을 한 것은 알에서 갓 나온 블루 드래곤 델렌을 로나의 팔에 안겨 주면서였다.

'바쁘지 않으면 새 여동생을 좀 봐 줘라.'

그러고는 전장—그 후로 사 년이나 계속되었던 전쟁의—으로 달려가 버렸다. 로나가 형제자매들을 도맡아 기르게 된 것도 그때부터였다.

"예, 어머니."

"성가신 일을 만났다면서?"

"예. 하지만 문제는 없었어요. 쌍둥이들과 함께 있었거든요."

"그 애들도 제법 싸움꾼으로 잘 자라고 있더구나. 내 딸들다워, 그렇지?"

그 말에 로나는 움찔했다. 그녀는 싸움꾼을 키운 게 아니었다. 전사를 길러냈다. 하지만 어머니로서는 칭찬이라고 한 말일 것이기 때문에 반박하지는 않았다.

"그렇죠. 하루하루 더 나아지고 있어요."

"내년에는 베르세락이 그 애들을 아누바일 산으로 데려가고 싶어 할 거야."

"잘됐네요. 저도 기대가 돼요."

잘했어. 로나는 눈 하나 깜빡 안 하고 거짓말을 했다. 물론 세쌍둥이가 다른 형제자매들처럼 드래곤워리어가 되기를 바라지 않는다는 의미는 아니었다. 로나가 수년 동안 길러 낸 브라다나의 자식들 가운데 세쌍둥이 막내들은 그녀와 가장 가까운 사이였다. 실제로 그녀는 그 애들이 알에서 서로 먼저 나오려고 물고 뜯고 꼬리로 후려치고 이마로 들이받고 난리를 치던 순간부터 함께해 왔다. 어머니는 언제나처럼 부화기 동안 근처에 머물러 있기는 했지만 세쌍둥이가 나오기 직전에 반역자를 잡으러 가야 한다며 드래곤 요새로 달려가 버렸다. 때가 되면 돌아올 거라면서— 물론 돌아오지 않았다.

어머니가 꼬리로 목줄기의 그 끔찍한 상처를 긁으며 다시 입을 열었다.

"그렇다면…… 너도 그 애들하고 함께 가면 되겠구나. 다 같이 훈련받을 수 있을 거다. 재미있을 거 같지 않니?"

교묘하시네. 어머니는 확실히 교묘했다. 어머니는 그녀가 세쌍둥이를 얼마나 사랑하는지 알고 있었고, 당신이 원하는 바를 얻어 내기 위해서라면 그 사랑을 거리낌 없이 이용할 터였다. 어머니가 원하는 바는 그녀가 드래곤워리어의 길을 걷는 것이었다. 당신의 다른 모든 자식들처럼, 카드왈라드르 일족 대부분이 그러 듯이.

거기에는 딱 한 가지 문제가 있었다. 로나가 드래곤워리어가 되기를 바라지 않는다는 것. 어머니한테는 상당한 골칫거리겠지만, 로나는 지금 자신의 모습에 만족했다. 그녀는 전사이고, 맡은 바 책무를 훌륭하게 수행해 내고 있었다. 대체 어머니는 왜 그게 그렇게 못마땅하단 말인가.

"그 애들은 제가 없어도 잘 해낼 거예요."

로나는 침착하게 대답했다.

"삼촌이 네게 기회를 주는 거야."

"그 점은 저도 감사하죠. 하지만 전 이대로 괜찮아요."

목욕을 하고 싶은 욕구가 점점 더 강해지는 걸 느끼며 로나는 몸을 돌렸다.

"가도 된다고 하지 않았는데!"

어머니가 쏘아붙였다.

로나는 다시 몸을 돌려 어머니를 마주했다.

"어느 쪽이세요? 지금 이 순간 제 어머니신가요, 아니면 제 상관이신가요? 어머니시라면 그냥 가도 될 텐데요."

"둘 다지!"

"그럴 수는 없어요. 어머니든 상관이든, 한쪽으로 정하세요!"

"내 앞에서 으르렁거리지 마라, 이 살모사 같은……!"

로나는 발톱을 들어 어머니의 말을 잘랐다. 그녀의 시선은 어머니 뒤편을 향해 있었다.

"거기, 너!"

어머니 뒤쪽에 세 명의 병사들이 보였는데, 그들 중 하나가 오른팔을 껴안듯이 하고 서 있었다.

"어떻게 된 거지?"

"터널 파는 작업을 하다가 팔이 깔렸습니다."

로나는 어머니를 지나쳐 어린 병사에게 다가갔다.

"부러졌잖아."

그리고 함께 온 골드 드래곤을 돌아보았다.

"너, 이 녀석을 치료사에게 데려가라."

다음으로, 남은 번개 드래곤에게 명령했다.

"넌 터널로 복귀해. 사령관님께서는 가능한 한 많은 병사들이 터널 작업에 투입되길 바라신다. 곧장 가."

그리고 나서야 다시 어머니를 마주하고 섰다.

"어디까지 하셨죠? 그렇지, 이 살모사 같은…… 그다음은요?"

어머니는 꼬리를 쾅 내리치더니, 성큼성큼 걸어가 버렸다.

하지만 이걸로 끝이 아님을 로나는 알고 있었다. 이 문제는 아누바일 산에서 훈련받으라는 베르세락 삼촌의 제안을 그녀가 처음 거절한 이래로 계속된 논쟁이었다. 드래곤 퀸의 반려이자 드래곤 퀸 군대의 사령관 '위대한 자' 베르세락은 저 전설적인 드래곤워리어의 일원이 될 기회를 아무에게나 주지 않았다. 실제로 브라다나는 무려 전투 중에 전장을 이탈해 딸을 찾아와서는 베르세락의 제안을 거절하다니 천치 같은 짓이라고 소리쳤을 정도다.

하지만 어머니가 아무리 위협하고 회유하고 술수를 부려도 로나는 마음을 바꾸지 않았다. 그녀는 자신의 강점과 약점을 스스로 잘 안다는 데 자부심을 갖고 있었다. 그녀의 강점은 어머니 브라다나만큼이나 완강하다는 것이었다. 약점은 드래곤워리어가 되고 싶지 않다는 것. ……그래그래, 진짜 약점은 아니겠지. 문제는 어머니가 그렇게 생각하신다는 거야.

"언니, 괜찮아?"

언제 왔는지, 델렌이 물었다.

"어. 똑같은 얘기지, 뭐. 어머니는 지겹지도 않으신가 보다."

"그게 우리 어머니의 미덕이잖아. 결코 지겨워하지 않는다, 매일 죽이고 또 죽여도 지겨운 줄 모른다. 내 생각에 어머니 사전에는 그런 단어가 없는 거 같아. '이성적인'이라든가, '보살피는'처럼 말이야."

"탁월한 분석이야."

로나는 동생의 어깨에 팔을 걸쳤고, 자매는 즐거이 웃었다.

"넌 요즘 어떠니?"

"좋아. 내일부터 며칠은 우리 부대도 터널 작업에 투입될 거야. 애들을 좀 다그쳐서 이번에 아주 끝내 버릴 생각이지. 터널 작업이 빨리 끝날수록 강철 놈들을 자기네 땅으로 날려 버릴 날도 빨리 올 테니까. 우리 어머니와 달리 난 지겨운 걸 알거든."

동생이 로나의 어깨를 꼬리로 다독이며 말을 이었다.

"자, 이제 가서 좀 쉬지그래. 언니 며칠째 쉬지 않고 근무를 섰

잖아. 우리가 적을 치러 갈 건데 언니가 잠들어 있어서야 도움이
안 된다고."

로나는 키득키득 웃었다.

"좋은 지적이야."

"목욕하러 갈 거야?"

델렌이 소곤거리며 물었다.

"그러려고."

"그럼 저쪽 길로 가."

동생이 석굴을 가로지르는 좁은 길을 슬쩍 가리켜 보였다.

"잠깐 밖으로 나가야 하지만 어머니를 피할 수 있을 거야."

"고맙다, 동생아."

로나는 동생이 알려 준 길을 따라 누구의 눈에도 띄지 않고 산
정상에 이르렀다. 잠시 걸음을 멈춘 그녀는 유프라시아 계곡의
전경을 내려다보았다. 노스랜드 영토와 서부 산맥과 사우스랜드
의 한중간에 자리한 긴 띠 모양의 땅. 여름은 물론이고 지독한 칼
바람과 얼음 폭풍이 몰아치는 한겨울에도 정글처럼 숲이 우거진
거칠고 위험한 골짜기. 다양한 크기의 산들이 둥글게 둘러싼 그
곳에 그들은 헤시오드 산맥의 주둔지를 만들었다. 강철 드래곤들
은 그 정반대 지점에 폴리카프 산맥을 보호막 삼아 주둔하고 있
었다. 하긴, 이만하면 다행이지. 적어도 우린 깨끗한 물을 보급
할 수원이라도 있잖아.

"근사하지, 안 그래?"

로나는 절로 어깨가 처지는 걸 느끼며 눈을 감고 한숨을 내쉬

었다.

"……난 쉬지도 못하지."

"내가 뭘 어쨌다고?"

그녀는 굳이 번개 드래곤을 돌아보려고도 하지 않았다. 그래 봐야 뭐하겠나.

"아니야."

로나는 능선을 따라 걷기 시작했다. 하지만 번개 드래곤이 앞을 막아섰다.

"내가 장검을 한 자루 사 주면 어떨까?"

"뭐?"

대체 무슨 소리를 지껄이는 거야? 젠장맞을, 난 그냥 목욕을 하고 싶다고!

"장검 말이야, 당신 창을 대신하게."

"당신이 나한테 뭘 사 줄 필요는 없어. 특히나 무기는."

그녀가 한 걸음 떼자, 그도 다시 한 걸음 앞을 막아섰다.

"내가 검 쓰는 법을 가르쳐 줄게, 그 점이 걱정되는 거라면."

로나는 주먹을 말아 쥐었다.

"난 검 쓰는 법을 배울 필요가 없어."

"쓰는 법을 모르는 무기를 지니고 다니면 안 되지."

"난 검을 쓸 줄 알아."

"그럼 왜 여태 창을 쓰고 있었던 거야?"

"창을 좋아하니까. 내 아버지가 날 위해 만들어 주신 창이었으니까. 젠장, 대체 내가 왜 당신과 이런 얘기를 하고 있는 거야!"

로나는 다시 걷기 시작했고, 그 역시 따라 걸었다.

"그럼 도끼는 어때? 조그만 놈으로. 당신이 다루기 적당한 무게로 말이야."

그 순간 로나의 짜증이 폭발했다.

맙소사, 그녀는 정말이지 작고 예쁜 드래곤이 아닌가! 그의 평소 취향에 비하자면 상처가 좀 있기는 하지만, 그래도 로나는 정말 예뻤다. 비골프는 수년 전 그녀를 처음 만난 순간부터 그렇게 생각했다. 어깨까지 닿는 밤색 갈기를 보통 전사들이 하듯 단순하게 땋아 내린 밤색 비늘의 드래곤. 그녀의 짙은 밤색 눈은 ― 그를 노려볼 때를 제외하면― 언제나 밝고 생생하게 반짝였다.

그런데 요즘은 그런 모습을 보기가 힘들어졌다. 이제 로나는 항상 그를 노려보듯 하고 다녔다. 비골프는 전쟁의 중압감 때문일 거라고 생각했다. 어쨌든 그녀는 사우스랜더인 데다 여자이니까. 노스랜더들이야 전쟁밖에 모르고, 그래서 전장에서 보낸 지난 오 년도 그들에게는 별달리 부담스러운 시간아 아니었지만 말이다.

물론 로나는 그저 보통의 사우스랜드 드래곤이 아니었다. 카드왈라드르 일족인 것이다. 혈통상 카드왈라드르 여자들은 불안정한 데가 있었다. 하지만 로나는 다른 카드왈라드르 여자들과도 별로 비슷하지 않았다. 그녀 역시 살육은 했지만, 그걸 아주 즐기는 것 같지는 않았다. 누군가의 머리를 썰어 내고 있을 때만 미소를 짓는 그녀의 어머니와는 달랐다. 아니, '두려움 없는 자' 로나는 전혀 달랐다.

그래서 비골프는 그녀를 책임지고 지켜봐 줘야 한다고 생각하게 되었다. 로나처럼 달콤한 여자는 강압적이기 짝이 없는 그의 형제들에게 쉬운 먹잇감이 될 수 있었다. 비골프가 그녀에게 접근하지 말라는 경고—'난폭한' 경고였다—로 형제들을 쫓아 버린 것도 바로 그런 이유에서였다. 그렇다고 로나를 졸졸 쫓아다닌다거나 한 건 아니었다. 그러니까 난 그저…… 지켜봐 준 것뿐이지.

다만, 가끔 보면 로나의 삶에서 최대 문젯거리는 그녀의 어머니 같았다. 비골프는 그 여자—라고 할 수나 있을까—를 생각하는 것만으로 거의 전율을 느꼈다. 하지만 브라다나의 자식들은 대부분 기분 좋은 친구들이었다. 로나와 세쌍둥이와 다른 딸들 몇 명 그리고 아들들은. 따지고 보면 그들 대부분을 로나가 키웠으니 그럴 만도 했다.

"도끼도 필요 없어."

로나가 이를 악물고 잇새로 으르렁거렸다.

"겁낼 거 하나도 없어. 다루기 쉬운 무기거든."

"난 도끼도 쓸 줄 알아. 당신한테 배울 필요가 없다고. 그냥 인정하시지, 노스랜더. 당신이 내가 아끼는 무기를 깨부순 건 자기 무기 하나 제대로 다루지 못해서였다는 걸 말이야."

"미안하지만, 난 내 워해머를 완벽하게 다룰 줄 알아. 그저 일단 휘둘러 버리면 간단히 멈출 수 있는 게 아니라서 말이지, 레이디 로나."

비골프는 말을 멈추고 으쓱한 기분을 느끼며 미소 지었다.

"사실, 내 물건에 대해서라면 뭐든 그렇다고 말할 수 있지."

"일단은 '으웩!'이고. 다음으로 난 레이디가 아니야. 카드왈라드르 일족이자 드래곤 퀸 군대의 전사지. 왕족 아가씨를 상대하고 싶다면 내 사촌 케이타나 찾아봐. 그 애라면 더할 나위 없는 공주님이니까."

로나가 그를 비켜 지나가자, 비골프도 몸을 돌려 그녀를 뒤따르려 했다. 하지만 갑자기 그녀의 꼬리가 눈을 노리고 날아드는 바람에 뒤로 주춤 물러나야 했다. 로나는 어깨 너머로 그를 노려보며 쏘아붙였다.

"그리고 그만 좀 쫓아다녀."

"쫓아다니다니! 난 그냥…… 당신을 지켜봐 주는 거야. 여기 동굴들은 위험할 수 있거든."

"드래곤이 맘 편하게 동굴 안을 돌아다닐 수 없는 날을 맞으면 차라리 제 발로 화장터를 찾아 들어가야지."

"아니면 호위를 데리고 다닐 수도 있지."

로나의 밤색 눈이 거의 머리 안쪽을 보듯 돌아갔다. 하지만 그녀가 뭔가를 말하기도 전에 누군가 그녀의 이름을 불렀다.

"뭐야?"

로나가 그의 어깨 너머를 향해 소리쳤다. 그녀의 여동생들 중 하나—그는 이름을 기억 못 하는—가 동굴 입구에 서 있었다.

"걔들 또 그러고 있어."

로나의 으르렁거림이 어찌나 험악했던지 비골프는 잠깐 물러나야 할까 생각했다. 실제로 그러지는 않았지만, 그런 생각이 스치기는 했다.

"이 망할 놈의 개자식들이…… 내가 둘 다 죽여 놓고 만다!"

그녀는 거의 고함을 지르고 있었다.

"두 녀석이 아니면 그 계집애를 죽여 버리든가. 그럼 그 켄타우루스 똥 같은 짓거리도 끝장이 나겠지!"

그를 밀치듯 지나친 로나가 동생이 가리킨 방향으로 쿵쿵거리며 멀어져 갔다.

비골프는 잠시 멍하니 서 있다가, 그녀를 쫓아가는 대신 그녀가 가려고 했던 방향으로 가 보았다. 잠시 후 눈앞에 지하 폭포가 나타났다. 로나의 목적지였던 게 틀림없었다. 여자들은 목욕하는 걸 정말 좋아한다니까. 하지만 언제나처럼 또 누군가 로나를 필요로 하는 이가 나타난 것이다. 불운하게도, 진짜 불운하게도.

로나는 낮은 계급 드래곤들이 근무를 서지 않는 시간에 머무는 동굴들과 방들을 지나 쿵쿵거리며 나아갔다. 그리고 동생이 알려 준 대로, 사촌들이 '또 그러고 있는' 장소에 이르렀다. 어린 신병들이 그들을 둘러싼 채 서서 동전을 던지고 내기를 걸면서 각자 맘에 드는 쪽을 응원하고 있었다.

그 모든 것에 질릴 대로 질려 속이 부글부글 끓어오른 로나는 병사들을 밀어젖히고 나아가 두 녀석의 날개를 붙잡았다. 그리고 동생들을 길러 내면서 단련된 근육의 힘으로 둘을 떼어 놓은 다음, 다시 힘차게 박치기를 시켰다. 두 돌머리 녀석이 머리를 부딪친 충격으로 정신을 놓고 비틀거렸다.

"그만 좀 해라! 내가 이 켄타우루스 똥 같은 짓거리에 진력이 난다!"

로나는 사방에 둘러선 병사들 사이로 두 사촌을 내던지며 소리쳤다.

"쟤가 먼저……."

"네가 먼저……."

서로 항변하려는 그들에게 로나가 불을 뿜었다. 그렇게 일단 하나를 벽 쪽으로 몰아 놓고, 다른 하나는 바닥을 굴러 동굴 반대쪽으로 물러나게 했다.

"그만하라고 했지!"

그러고는 나머지 병사들을 노려보았다.

"나가라! 다 나가!"

뒤에서 죽음의 신이 쫓아오기라도 하는 듯 병사들이 허겁지겁 달아났다. 다들 사라지고 나자, 로나는 다시 입을 열었다.

"네놈들 하는 짓, 진짜 믿기지가 않는다. 자그마치 오 년이야. 내가 이 똥 같은 짓을 오 년이나 참아 줬다고. 네놈들이 개싸움 벌이는 꼴을 보고만 있었어!"

그녀는 머리를 절레절레 흔들었다.

"그 계집애 맛이 이 난리를 칠 만큼 좋은가 보구나!"

로나의 왕족 사촌, 드래곤 퀸의 막내아들, 블루 드래곤 에이브 히어가 천장에 닿을 듯이 큰 덩치로 벌떡 일어났다.

"누나! 그 애는 내……."

"조카딸이라고 말만 해 봐, 주둥이를 찢어 놓을 테니까! 이 멍청아, 우리 모두 아는 사실이야. 여기서 진짜 문제는 '위험한 자' 이지가 네 조카딸이 아니라는 거지. 걔는 그냥 두 사촌 사이에 끼어든 음탕한 계집애일 뿐이라고."

눈을 씻고 계보를 뒤져 봐도 왕족하고는 무관한, 로나의 또 다른 사촌 블랙 드래곤 켈뤤이 갑자기 어디서 용기가 생겨났는지 그녀 앞에 우뚝 섰다.

"이지에 대해 그런 식으로 말하지 마! 여기서 누군가에게 잘못이 있다면 저 자식이지!"

그는 사촌을 손가락질하며 소리쳤다.

"이 주제도 모르는 심술쟁이 놈아!"

"네가 그 애를 이용해 먹었잖아!"

"헛소리!"

"주둥이 닥아!"

두 드래곤은 잠시 으르렁거리다가 서로를 외면했다.

이 모든 일이 여자 하나 때문에 일어났다. 드래곤도 아니고 인간 여자 하나 때문에! 에이브히어의 형 브리크가 양녀로 삼은 '위험한 자' 이지. 몇 년 전 드래곤 퀸 리아논과 '피투성이' 앤닐의 드래곤-인간 부대가 웨스트랜드의 부족들과 전쟁을 벌이고 있을 때, 이지는 켈뤤을 연인으로 선택했다. 그때부터 그들 모두가 그 어리석은 계집애의 선택으로 인해 고통 받아야 했다.

로나는 다시 입을 열었다.

"혹시 기억하는지 모르겠는데, 우리는 젠장맞을 전쟁 중이거든. 너희 두 천치 놈들이 이런 짓을 벌일 때마다 동료 병사들이 위험에 처한다는 걸 생각이나 하는 거야? 우리 병사들은 매일같이 목숨을 걸고 있는데, 네놈들은 성질부리는 새 새끼들처럼 서로 쪼아 대기나 하고 있다고! 그렇게 할 일이 없어?"

"누……."

"시끄러, 에이브히어. 한마디도 하지 마!"

그녀는 두 앞발로 엉덩이를 짚었다.

"너희 둘 다 사우스랜드로 보내 버리는 게 좋겠다. 일족들이 전장에서 명예를 얻든 죽임을 당하든, 거기서 몇 년쯤 자숙하고 있다 보면 확실히 정신이 들겠지."

로나가 예상했던 대로, 두 사촌의 눈에 두려움이 어렸다. 그녀의 위협은 실제로 관철될 수도 있는 일이었다. 물론 그들 진영에 무지막지한 전력이 되는 두 녀석 중 어느 한쪽도 포기할 여유는 없었지만, 하급 사병에 불과한 두 멍청이는 그런 사실을 알지 못했다.

"제발 그러지 마, 누나. 다시는 이런 일 없을 거야."

에이브히어가 애원했다.

"절대 없을 거야. 제발 사우스랜드로 보내지만 말아 줘."

켈륀도 사정했다.

"글쎄다, 내 생각에는……."

로나는 말끝을 흐렸다.

"우리 다시는 안 싸울게."

"절대로 안 싸워."

그녀는 굳이 맹세를 시키려고도 하지 않았다. 둘 다 자기가 거짓말을 하고 있는 걸 인식 못 하는 판국에 그래 봤자 뭐하겠는가? 하지만 최소한 두 녀석에게 두려움을 심어 준 것만큼은 확실했다.

"좋아."

로나의 말이 떨어지기 무섭게 두 드래곤의 몸이 축 늘어졌다. 그제야 안도한 것이다.

"하지만 너희 둘이 싸우는 꼴이 한 번만 더 내 눈에 띄면……."

"그럴 일 없을 거야. 없어."

에이브히어가 재빨리 장담했다.

"그래야지."

그녀는 다시 한 번 경고 조로 말했다. 그러고 나서야 동굴 밖을 향해, 드디어 그토록 고대하던 목욕을 하러 가기 위해 걸음을 옮겼다.

블루 드래곤 에이브히어는 동굴 건너편의 사촌을 노려보았다.

"다 네 잘못이야."

"내 잘못? 네가 먼저 시작했잖아!"

"내가 시작했다고? 네놈이 물건 간수만 잘했어도……!"

"또 그 얘기야, 진짜?"

"그래, 또 그 얘기다!"

"분명히 말해 두는데, 사촌! 나와 이지 사이에 일어난 일은 전부 그녀의 확실한 동의하에 이루어졌다고!"

그들이 다시 가슴을 부딪치며 서자, 에이브히어는 지난 몇 번의 급성장기 이래로 켈륀보다 상당히 더 자랐다는 사실에 즐거워졌다.

그때, 동굴 바깥에서 로나의 목소리가 들려왔다.

"내가 방금 무슨 소리를 들은 건가? 아무 소리도 안 들려야 하는데……."

레드 드래곤 아우스텔이 동굴 안으로 달려 들어오더니 둘 사이로 파고들며 소리쳤다.

"아니요, 아닙니다! 잘못 들으신 겁니다! 아무 소리도 안 났습니다!"

동료 병사이자 에이브히어와 켈륀 둘 다의 친구인 아우스텔은 로나가 했던 것처럼 둘을 밀쳐 떼어 놓았다.

"대체 왜들 이러는 거야? 이제 그만둘 때도 되지 않았어?"

"저 자식 때문이라니까!"

겔륀이 쏘아붙였다.

"나 때문이라고?"

"가라. 그냥 가."

아우스텔은 그를 떠밀었다.

"어쨌든 난 경계 근무 나가야 하니까."

켈륀이 그렇게 말하고 쿵쿵거리며 동굴 밖으로 향했다.

"경계 서다가 비극적인 죽음이나 당하지 않기 바란다!"

에이브히어는 그의 뒤통수에 대고 소리쳤다.

"엿이나 먹어!"

돌아오는 켈륀의 대꾸를 들으며 아우스텔은 머리를 내저었다.

"사촌끼리 그렇게 싸우면 안 되지."

"그 자식 잘못이야."

"그것도 여자 하나 때문에."

"그 애는 잘못 없어."

아우스텔이 어깨를 으쓱했다.

"내가 듣기로는 아니던데."

에이브히어는 저도 모르게 친구의 목줄기를 움켜쥐고 벽에 밀어붙였다. 아우스텔이 그의 손을 떼어 내며 말했다.

"언제가 돼야 네 감정을 인정할래?"

"그 애는 내 조카야."

"혈족은 아니지."

아우스텔은 그의 어깨를 다독이며 말을 이었다.

"이 친구야, 영리하게 굴어. 싸워서라도 얻어 낼 가치가 있는 여자는 세상에 존재하지 않는다고."

"난 누굴 얻어 내려고 싸우는 게 아니야. 그냥 내 가족을 보호하려는 거지."

"그런 똥 같은 소리를 너 진심으로 하는 거야?"

에이브히어는 한숨을 내쉬었다. 그리고 뭔가 먹을 것을 찾으러 가며 중얼거렸다.

"뭐, 대체로는……."

아티아 플로미아 가문의 장녀 바테리아는 여동생들이 밤 외출을 준비하고 있는 방으로 천천히 걸어 들어갔다. 이 땅의 인간 지배자 라우다리쿠스의 아들들이 주관하는 한 달간의 격투 대회가 열리고 있었고, 바테리아의 가족은 왕족을 위해 따로 마련된 자리에 모습을 드러내 그들을 축복해 주어야 했다.

가족들은 종종 그렇듯 인간의 형태로 그 자리에 나가곤 했지만, 인간 축생들이 주제를 잊고 설치는 경우는 결코 허용하지 않았다. 이 땅의 진정한 지배자는 드래곤 일족이기 때문이었다.

지난 육백 년간 퀸틸리안을 다스려 온 강철 드래곤.

한때, 강철 드래곤은 다크플레인 드래곤의 일부였다. 그러나 다른 누군가의 지배를 받는 데 염증을 느낀 바테리아의 조부가 가족과 동맹들을 이끌고 웨스트랜드와 아리시아 산맥을 한참 지나 퀸틸리안 지방으로 근거지를 옮겼다.

다크플레인의 드래곤들과 달리 할아버지는 인간들에게 본모습을 숨기려 하지 않았다. 대신에 퀸틸리안의 얼마 안 되는 지배층을 모아 놓고 선택권을 주었다. 강철 드래곤의 지배를 받아들이든가, 남자들은 불타고 여자들과 아이들은 드래곤의 노예가 되는 꼴을 지켜보든가.

대부분의 인간들이 그렇듯 나약했던 당시의 지배층은 재빨리 드래곤의 지배를 수락했다. 물론 속으로는 침략자들이 지하 동굴의 보금자리에 편안해지기를 기다렸다가 때가 되면 쳐부술 작정을 하고 있었다. 하지만 바테리아의 조부는 그런 꿍꿍이에 넘어가기에는 너무나 영리했다. 애초부터 그는 퀸틸리안 지방을 의문의 여지 없는 자기 것으로 만드는 작업을 해 나갔다. 실제 살육은 최소한으로 하고 ―농부나 가축치기나 잡일꾼으로 쓰려면 인간이 필요했다― 죽거나 죽음보다 더한 일을 당하게 될 거라는 위협을 평소 그가 쓰던 칼처럼 휘둘렀다.

한번은 인간 원로 하나가 조부의 결정에 감히 의문을 제기했다. 결국 그의 자식들은 노예가 되었고 그의 아내들은 창녀가 되었으며 그의 땅은 불타 잿더미로 변했다. 하지만 조부는 문제의 원로만은 살려 두고 집도 없고 동전 한 푼 없이 매일 거리를 돌아다니게 만들어, 모든 사람이 그를 볼 수 있게 했다. 노예가 된 자식들도 일하러 가는 길에 그를 지나치곤 했는데, 그들의 몸은 채찍 자국으로 덮였고 그들의 얼굴에는 주인의 낙인이 찍혀 있었다. 간혹 한 번 이상 소유주가 바뀌어 몇 개의 낙인을 새기고 있기도 했다.

조부가 장남이자 바테리아의 아버지 트라시우스에게 권력을 승계할 무렵에는 퀸틸리안에 대한 강철 드래곤의 지배가 의문의 여지도, 저항의 여지도 없이 확고해져 있었다. 트라시우스가 아리시아 대전투에서 당대의 사우스랜드 드래곤 퀸 아디엔나의 반려를 사로잡아 퀸틸리안으로 귀환한 것도 그 무렵이었다. 여왕은 사자를 보내 조약 체결을 제안하고 반려를 무사히 돌려보내 주면 아무런 보복도 하지 않겠다고 약속했다. 하지만 트라시우스는 자기 아버지를 기리는 공개 격투 대회를 열고 그 행사의 볼거리로 드래곤 퀸의 반려를 십자가에 매달아 죽였다. 그리고 그 시체를 조각조각 잘라서 상자에 담아 여왕에게 보냈다.

얼마 후, 여왕이 퀸틸리안에 대한 전면 공격을 계획 중이라는 소문이 퍼졌다. 이는 트라시우스가 바라던 바였다. 전투가 여왕의 영토보다는 주로 그의 영토에서 벌어지고 있었기 때문이다. 하지만 그 충돌은 여왕에게 다른 문젯거리가 생기는 바람에 보류되고 말았다. 북부의 야만족 번개 드래곤이었다. 트라시우스는 이참에 다크플레인을 공격할까 생각해 보았지만, 번개 드래곤들이 자동적으로 그의 편에 서 줄 거라고는 믿을 수 없었다. 그 야만족은 적당한 돈이나 짝 지을 여자—둘 다 사우스랜드에 풍부한 자원이었다—만으로 쉽사리 매수당할 수 있었기 때문이다. 게다가 그의 관심을 끄는 것은 서쪽에 훨씬 더 많았고, 트라시우스는 서두를 생각이 없었다.

그러나 수 세기가 지난 지금, 퀸틸리안은 더 이상 시골 지방이 아니었다. 세간에 퀸틸리안 독립국이라고 알려진 왕국의 주요 도시에 불과했고, 왕국의 영토는 사방으로 수천 리그씩이나 확장되었다. 한쪽을 제외하면.

하지만 그것도 이제 곧 달라질 터였다. 지금 이 순간에도 아버지의 대규모 군대가 당대 드래곤 퀸의 군대와 유프라시아 계곡의 야만족 번개 드래곤들을 상대로 싸우는 중이고, 서부 산맥에서는 라우다리쿠스의 인간 군대가 가반아일의 미친 여왕 '피투성이' 앤닐의 군대와 싸우고 있었기 때문이다. 양면 공격은, 특히 적군의 병력이 아군에 크게 못 미치는 상황에서는 상당히 효과적일 수 있었다.

"나 어때?"

바테리아의 네 여동생 중 하나인 콜루멜라가 흑적색 튜닉을 입고서 포즈를 취해 보이며 물었다.

"잘 어울리는 것 같구나."

"너무 과한 칭찬은 하지 마, 언니."

"그럴 생각 아니었는데."

바테리아는 사촌 동생 하나를 유심히 바라보다가 눈을 가늘게 떴다.

"그건 내 목걸이구나."

어린 사촌 동생이 어깨 너머로 바테리아를 흘끗 보며 말했다.

"내가 빌려도 되지? 언니보다 나한테 훨씬 잘 어울리잖아."

그녀의 목소리는 다가오는 저녁에 대한 기대로 잔뜩 들떠 있었다. 바테리아의 기억이 맞다면, 오늘 밤의 외출은 그녀가 어른으로서 경험하는 첫 행사일 터였다.

"그래, 그렇구나."

바테리아도 인정했다. 하지만 다음 순간, 그녀는 사촌 동생의 목줄기를 틀어쥐고 발톱을 세워 찔렀다. 여전히 인간의 형태인 그녀의 손을 타고 왈칵 피가 쏟아졌다.

"그렇다고 내 물건을 네 맘대로 가져가도 되는 건 아니지."

비명을 지를 수도, 숨을 쉴 수도 없게 된 사촌 동생이 그녀의 팔과 가슴을 치며 바둥거렸다. 바테리아는 사촌을 바닥으로 누르고 머리 아래로 족히 피 웅덩이가 생겨날 때까지 기다린 다음에야 놓아주었다. 사촌의 목에 걸린 목걸이를 잡아챈 그녀는 겁에 질려 웅크리고 있는 인간 노예들을 지나쳐 가며 말했다.

"저대로 피를 흘리고 있게 둬라."

그리고 그들 중 하나에게 조그만 단지를 건넸다.

"죽을 것 같거든 이 연고를 발라 줘. 피가 멎을 테니 살 수는 있을 거다."

아버지의 지하 감옥에서 점점 더 자주 즐거운 시간을 보내면서 바테리아가 알아낸 것들이 있었다. 그녀는 거기에 굉장히 귀중한 전리품을 간직해 두었다. 더욱 무시무시한 또 다른 적들이 퀸틸리안 관문에 접근하지 못하게 해 주는 귀한 전리품이었다. 적어도 대군주 트라시우스가 이끄는 군대가 귀환할 때까지는.

바테리아는 왕실 근위대의 드래곤에게 명령했다.

"인간 형태로 둬야 더욱 고통스러울 거야. 그러니 저 애가 드래곤으로 변신하려 들거든 그 자리에서 죽여라."

드래곤이 고개를 조아리자, 그녀는 여동생들을 보며 말했다.

"이제 가자. 우리가 자리에 앉아 줘야 대회가 시작될 테니 말이야."

왕족이 모습을 드러내지 않는 한 인간들은 감히 경기를 시작하지 못할 터였다.

바테리아는 앞장서서 방을 나섰다. 동생들이 일렬로 그녀 뒤를 따랐고, 하녀 하나가 그녀 곁으로 달려와 손에서 피를 닦아 주었다.

"그냥 목걸이만 돌려받았어도 되잖우, 언니?"

콜루멜라가 은근히 한마디 했다.

"네 말이 맞아. 하지만 그래서야 저 애가 뭘 배우겠니?"

3

다음 날 아침, 비골프는 형의 작전실로 들어가 지난밤 내내 골 머리를 앓았던 질문을 던졌다.

"형, 창을 고칠 수 있는 자 누구 알아?"

"창?"

문서들을 들여다보고 있던 '교활한 자' 라그나가 흘끗 눈을 들 며 되물었다.

"언제부터 창을 다시 쓰기 시작한 거냐?"

"내 창 말고."

비골프는 엉덩이를 붙이고 앉아 라그나가 보고 있는 문서를 넘겨다보았다.

"그건 뭐야?"

"터널 지도."

거의 일곱 달 동안이나 아군의 병사들이 터널을 파고 있었다. 폴리카프 산맥을 뚫고 지나가는 그 터널은 강철 드래곤들의 주둔 지로 곧장 이어졌다. 일단 침투에 성공하면 강철 드래곤들이 미처 알아채기도 전에 그들을 섬멸할 수 있을 터였다. 적어도 그것이 현재의 계획이었다. 계획이 성공할지 실패할지는 누구도 몰랐지만, 그저 가만히 주저앉아 무슨 일인가 일어나기를 기다리고만 있는 것보다는 나을 터였다.

"이제 얼마 남지 않았어."

"잘됐네. 강철 놈들이 점점 더 대담해지고 있거든."

"무슨 소리냐?"

"또 몰래 숨어들려는 놈들을 잡았지. 대체 무슨 속셈인지 모르겠지만."

"이번에는 몇 놈이나?"

"열 놈쯤 주의를 끄는 사이에 정예 세 놈이 몰래 지나쳤어."

라그나가 고개를 들었다.

"겨우 셋?"

"응."

비골프는 말려서 구운 소 다리가 구석에 쌓여 있는 것을 보고 그쪽으로 가서 하나 집어 들었다.

"그래서 내가 더 모르겠다니까, 놈들이 무슨 생각을 하는지 말이야. 첩자로 보낸 걸까?"

"그럴 수도 있지."

라그나도 엉덩이를 깔고 주저앉았다.

"아니면 터널에 대해 알고 있거나, 그것도 아니면 우리 약점을 찾은 걸 수도 있고."

비골프는 다리 살을 송곳니로 물어뜯으며 말했다.

"형 또 편집증 도졌네. 우린 놓친 게 없어. 모든 출구와 입구를 확보하고 있다고. 그리고 놈들이 터널에 대해 알고 있다면 지금 쯤 트라시우스가 이미 부숴 버린 후일걸."

"그야 모르는 일이지."

그때, 마인하르트가 방으로 들어왔다. 비골프는 소 다리 하나를 사촌 형에게 던지며 말했다.

"라그나 형 편집증 도졌어."

"새삼스러울 거 있냐."

"한 놈도 침투하게 돼서는 안 돼. 그럴 여유가 없다고."

라그나가 상기시키듯 말했다.

"그러니까 부탁인데, 우리가 어디 놓친 구석은 없는지 한 번 더 확인해 줘."

"형이 부탁을 한다고?"

"친구들에게 하는 것처럼?"

짜증이 솟은 듯 라그나가 두꺼운 나무 탁자를 쾅 내리쳤다.

"하라는 대로 좀 해!"

"뭘 그렇게 딱딱거리냐."

마인하르트가 웅얼거렸고, 비골프는 소 다리 뒤에 숨어 몰래 웃었다.

"빌어먹을!"

라그나가 으르렁거렸다. 하지만 그때 사랑스러운 케이타 공주가 방 안으로 들어섰고, 그의 얼굴엔 금세 미소가 떠올랐다.

"어머, 좋아라! 멋진 남자 셋이 여기 다 모여 있네요."

라그나는 그녀를 잡아 바싹 당겨 안았다.

"강철 놈들이 또다시 숙영지에 침투하려고 했다는군. 좀 염려가 돼서⋯⋯."

그가 말을 흐렸다.

"괜찮을 거야."

"그럴 수도 있고 아닐 수도 있지. 어쨌든 당신이 렌과 함께 다크플레인에 가기로 했다니 반가워."

"렌이 떠나?"

비골프가 물었다.

노스랜더들은 렌을 '이방의 드래곤'이라 불렀다. 렌이 그들 중 누구도 가 본 적 없는 곳, 특히 바다 건너 이스트랜드에서 왔기 때문이다. 그는 꽤나 유익한 동맹이었다. 싸움도 잘했고 마법도 쓸 줄 알았다. 둘 다 전투에 도움이 되는 기술이었다.

"다크플레인에 그가 필요하다니까."

라그나는 대답을 하면서도 케이타의 얼굴을 꼼꼼히 살피고 있었다.

"케이타도 그와 함께 갈 거야."

"라그나는 나를 여기서 쫓아 버리려 해요."

케이타의 말에 라그나가 곧바로 반박했다.

"그런 뜻이 아니라는 거 알잖아."

"우리도 당신이 여기 있었으면 좋겠는데요. 라그나를 눈곱만치라도 기분 좋게 만들어 주는 건 당신뿐이거든요."

비골프가 끼어들었다.

"고맙기도 하구나."

라그나는 무뚝뚝하게 중얼거렸다.

"난 여기 있어도 괜찮다니까 그러네. 당신도 날 필요로 한다면 말이야."

케이타가 그의 목을 가볍게 두드리며 말했다.

"나도 당신이 필요하지. 하지만 여기서 멀리 떨어져 있는 게 훨씬 안심이 돼."

라그나는 그녀를 꽉 껴안았다.

"렌과 함께 가. 그 친구도 당신이랑 함께 가면 좋아할 거야."

"아, 그 문제 말인데……."

케이타가 발꿈치를 들더니 라그나의 귀에 대고 무슨 말인가 속삭였다. 비골프는 마인하르트를 흘끗 보았지만, 사촌 형은 소다리뼈의 골수를 빨아 대느라 정신이 없었다.

"정말 그렇게 생각해?"

라그나가 묻자, 케이타는 고개를 끄덕였다.

"그게 최선이야."

"그렇겠지. 하지만 그녀가 달가워할지는 모르겠는데."

"날 위해 해 줄 거야. 장담하는데, 무엇보다 한동안 고모한테서 벗어나게 된다는 사실만으로도 좋아할걸."

"나도 그녀가 가 주면 훨씬 좋지. 유능한 전사니까."

"게다가 내가 렌하고 둘만 있을 거라는 점이 맘에 안 들기도 하겠지."

케이타가 놀리듯 말을 이었다.

"렌도 내가 당신의 전투 창녀라는 걸 아는데 말이야."

"전투 '처녀'라니까, 케이타!"

비골프와 마인하르트의 웃음소리를 들으며 라그나가 불평하듯 말했다.

"전투 '처녀'! 전투 창녀도, 전투 계집도, 전투 노리개도 아니고 전투, 처녀!"

케이타는 키득거리며 그의 팔을 빠져나와 곧장 방을 나갔다.

"둘이 무슨 얘길 한 거야?"

비골프가 형에게 물었다.

"사우스랜드로 가는 동안 케이타에게 붙여 줄 호위 얘기."

"호위가 왜 필요해? 그 이스트랜더가 둘 다 안전하게 지킬 수 있을 텐데."

라그나는 뭔가 말을 하려다 말고 잠시 생각하더니, 다시 입을 열었다.

"그 친구 정신이 분산될지도 모르니까. 호위를 데려가는 게 최선이야. 특히 케이타가 함께 가는 거잖아."

"누굴 보낼 건데? 케이타의 오빠들 중 하나? 이런! 설마 애송이 녀석은 아니겠지?"

"아니, 에이브히어는 남아 있을 거야. 피어구스도 브리크도 여기 있어야지. 대신 사촌들 중 하나를 보낼 거야."

라그나가 발톱을 세웠다.

"이 얘기는 당분간 비밀이다. 자세한 건 나중에 얘기해 주마."

"그럼 카드왈라드르 일족 중 하나겠네."

비골프는 좀 더 생각해 보고는 고개를 저었다.

"카드왈라드르 일족이 왕족 호위 따위를 맡으려고 전장을 떠난다고? 그런 일은 안 일어날걸."

"케이타가 거절을 순순히 받아들이는 법 없다는 걸 너도 알 텐데. 내 사랑하는 공주님은 언제나 자기가 원하는 걸 얻어 내고야 말지. 그게 얼마나 짜증스러운 일인지는 모른다고 해도 말이다."

전날 밤에는 그녀의 주의를 요하는 일들이 몇 가지 더 생겨 결국 목욕할 시간을 내지 못했지만, 다음 날 아침 식사 중에 드디어 간신히 몸을 뺄 수 있었다. 그래서 로나는 지금 이렇게 쏟아져 내리는 폭포수 아래 서 있었다. 온몸의 근육을 주무르듯이 긴장을 풀어주며 비늘에 부딪쳐 오는 물의 느낌이 환상적이었다. 아아 아아아! 내가 바라던 딱 그대로야. 느긋하게 쉬며 그저 고요함을 즐기…….

"언니!"

로나는 누구의 방해도 받지 않도록 동굴 벽을 마주하고 서 있었다. 그녀에게 거의 성스러운 일이나 다름없게 된 이 시간─목욕 말이다, 젠장맞을 목욕!─을 일가친척 누구에게도 침해당하지 않도록.

"장난치기야, 언니? 다 들리는 거 알아."

케이타가 가까이 다가오며 말했다. 그녀를 피할 수 없으리란 걸 깨달은 로나는 한숨을 내쉬며 돌아섰다. 하지만 폭포수 아래를 벗어나지는 않았다.

"무슨 일이야, 케이타?"

"언니가 어떤지 보러 왔지. 그렇게 전사들처럼 땋아 내린 갈기가 얼마나 예쁜지도 말해 주고 말이야. 언니, 혹시 거기다 리본을 좀⋯⋯."

"아니, 난 리본 같은 거 절대 안 달아."

로나는 사촌 여동생을 살피듯 뜯어보았다. 입에 꿀 바른 소리를 하는 것이, 분명 뭔가 바라는 게 있는 모양이었다.

"그래, 원하는 게 뭐니?"

"그게 아니⋯⋯."

"케이타, 더 이상 말을 돌리다가는 내 전투 근육이 긴장하는 꼴을 보게 될 거야."

"알았어, 알았다고. 위협까지 할 건 없잖아. 난 그냥 작은 부탁이 하나 있어서 온 건데."

"네가 관여한 일이라면 작은 부탁일 리가 없지. 알았으니까 그냥 말해 봐."

"나랑 렌이 다크플레인으로 돌아가는데 언니가 호위로 함께 가 줘."

"싫어."

케이타가 이마를 찌푸렸다.

"싫다니, 무슨 뜻이야?"

"말 그대로야. 너에겐 뭔가 꿍꿍이가 있고 난 거기 말려들기 싫다는 뜻이지, '독사' 케이타."

사실 케이타에게는 언제나 꿍꿍이가 있었다. 누구도 대놓고 얘기하지는 않지만, 특히 이번 전쟁에서 케이타는 퀸틸리안 독립국의 한복판에서 대군주 트라시우스의 면전에다 그 아내의 머리통을 내던짐으로써 사실상 직접 행동에 나서기까지 했다. 그 특정 사건 이후로 전쟁은 기정사실이 되었다. 그리고 로나가 보기에 그 모두는 전적으로 케이타의 잘못이었다.

"이런, 그렇게 나오기야? 심하잖아."

케이타가 조금 더 밀어붙었다.

"이번엔 정말 언니가 필요하단 말이야."

"렌에게 호위가 필요 없다는 건 우리 둘 다 아는 사실인데도?"

"내가 함께 갈 거라니까."

"렌이라면 너까지 충분히 보호할 수 있잖아."

로나는 혼란스러움을 느끼며 물었다.

"그게 너희 둘이 늘 하던 거 아냐? 렌을 호위 삼아 세상을 떠돌아다니는 거."

"렌은 바쁠 거야."

"무슨 일로?"

"이런저런 일로."

"됐다 그래."

로나가 돌아서려 하자 케이타는 그녀의 팔을 잡았다.

"언니, 자세히는 설명할 수 없어. 적어도 여기서는 안 돼."

그러고는 몸을 가까이 기울여 간신히 폭포 소리를 뚫고 들리도록 속삭였다.

"동굴 벽에도 귀가 있다고."

"박쥐라는 생물이지."

"아이참! 꼭 그렇게 따지고 들어야겠어?"

"네 미친 짓거리에 날 끌고 들어가려 하니까 그러지. 난 안 가, 케이타."

"언니가 꼭 필요해. 이건 중요한 일이야."

로나가 투덜거리자 케이타는 얼른 말을 더했다.

"정 나를 못 믿겠으면 라그나한테 가서 물어봐. 그이가 말해 줄 거야."

사촌 동생이 진심이라는 걸 ─그렇지 않다면 '교활한 자' 라그나에게 가서 물어보라고 할 리가 없었다─ 조금은 믿게 된 로나는 물었다.

"넌 왜 가야 하는데?"

"라그나가 그러길 바라거든. 내가 다크플레인에 있는 게 더 안전하다고."

"그건 내 생각도 마찬가지야. 여기는 네가 있을 데가 아니야, 케이타."

"그러니까 언니가 가반아일로 데려가 줘."

다크플레인 인간 여왕의 권좌 곁으로 말이지. 로나는 여기서 자신이 해야 할 온갖 일들을 생각하며 고개를 저었다.

"난 불가능해. 하지만 우리 막내들한테……."

"안 돼! 다들 그 애들을 찾을 거야."

케이타가 냅다 소리치는 바람에 로나는 깜짝 놀라고 말았다.

"그러니까 네 말은, 그 애들이 보이지 않으면……."

"어디 갔는지 다들 찾으러 다닐 거라고. 그런 소란이 일어나서는 안 돼. 같은 이유로 남동생들도 갈 수 없지. 아니, 다른 사촌 누구도. 이 일은 조용히 끝나야 해."

로나는 두 앞발을 엉덩이에 얹고 자기보다 훨씬 작은 체구의 사촌 동생을 노려보았다.

"그러니까 네가 이 일에 나를 선택한 이유는, 내가 없어져도 아무도 알아채지 못할 거라서구나."

"아무도 알아채지 못한다기보다는…… 좋아할 거란 얘기지."

"아하, 굉장히 고마운 말이네!"

케이타의 꼬리가 호수의 수면을 찰싹 내리쳤다.

"그렇게 받아들이면 안 되지!"

"그럼 어떻게 받아들여야 하는데?"

"이제 그만!"

케이타가 허공에 대고 앞발을 휘두르며 말을 이었다.

"난 드래곤 퀸 리아논의 딸이야, 천출 사촌. 하급 전사라면 내가 시키는 대로 해야지."

로나는 아무 말 없이 폭포수 아래를 벗어났다. 그리고 사촌 여동생이 동굴 벽까지 물러나도록 성큼성큼 다가갔다.

"알았어, 알았다니까! 성질부릴 것까진 없잖아."

케이타가 두 앞발을 들어 로나를 떼어 놓으려 하며 말했다.

"애초에 성질을 건드리지 마."

"부탁이야, 언니. 여기서 나가면 다 설명해 줄게. 지금 여기서
는 안 돼. 그리고 내가 이렇게 부탁하는 건 언니를 믿기 때문이
야. 렌도 언니를 믿지. 언니도 알잖아, 세상에 우리 둘 다 믿는
건 별로 없다는 걸."

망할 계집애! 케이타는 언제나 제 뜻을 관철시키고야 말았다.
하지만 로나도 지금 그녀가 진지하다는 것—난생처음으로!—을
인정할 수밖에 없었다. 그리고 조금 걱정도 하고 있다는 것을.
세상 무엇도 걱정하는 법 없는 케이타가 말이다.

"라그나는 알 거란 말이지? 내가 너랑 함께 갈 거고, 그러라는
명령을 받았기 때문이라는 걸? 그러니까 일이 드러난다 해도, 내
일족이 나를 탈영병으로 생각하지는 않을 거라고?"

"그럼, 당연하지!"

케이타가 다시금 그녀의 팔을 잡으며 말했다.

"믿어 봐, 언니. 이 일이 다 끝나고 나면 다들 언니를 영웅으로
여기게 될 거야."

로나는 피식 웃고 말았다.

"그런 거 필요 없으니까, 그저 네 어머니 지하 감옥에 던져 버
리지나 말아 줘. 그럼 우린 괜찮을 거야."

케이타도 화사하고 예쁘게 미소 지었다.

"그거야 쉽지."

비골프는 다섯 개째 소 다리에서 눈을 들고, 작전실로 돌아오

는 케이타를 바라보았다. 마인하르트는 나가고 없었지만, 그는 대체 무슨 일이 벌어지고 있는지 알고 싶어 자리를 지키고 있었다. 케이타가 그에게 미소를 지으며 지나치더니 우쭐거리는 걸음으로 라그나를 향해 다가갔다.

비골프는 형을 도저히 이해할 수 없다는 사실을 인정할 수밖에 없었다. 케이타가 라그나와 함께한 지도 이제 오 년이 다 되었다. 그녀는 그들이 노스랜드의 집을 떠나 이 계곡으로 왔을 때도 함께 움직였다. 짜증스러운 병사들과 성가신 친척들과 이 동굴에 머물러야 했음에도 불구하고 불평 한마디 하지 않았고, 언짢아 보이지도 않았다. 하지만 라그나는 아직도 그녀에게 '권리 주장'을 하지 않았다. 케이타의 마음이 그의 것, 오직 그만의 것이라는 사실을 알려 주는 표식을 새기지 않은 것이다.

형이 대체 뭘 기다리는지 비골프는 알 수가 없었다. 자신에게 짝을 지을 드래곤이 생긴다면 절대로 기다리지 않을 거라는 사실은 전쟁의 신들도 알 터였다. 좋은 여자를 만나는 건 어려운 일이었다. 그리고 케이타는 짝으로 삼기에 완벽한 여자였다. 예쁘고, 영리하고, 매력적이고, 우아하고, 아주 충성스러웠다. 번개 드래곤의 군주로서 라그나의 지배에 감히 의문을 제기하는 드래곤은 대개 비늘 아래 고약한 발진이 생긴다든가, 이유를 알 수 없는 탈모, 각혈 따위로 고생하곤 했다. 몇 차례 그런 종류의 일이 일어나자, 그들 모두는 입을 다무는 법—적어도 케이타 앞에서 라그나에 대한 불만을 얘기하면 안 된다는 교훈—을 배우게 되었다.

"다 준비됐어."

케이타가 미소 지으며 말했다.

"잘됐네."

라그나가 그녀의 뺨을 부드럽게 쓰다듬었다.

"당신이 그리울 거야."

"물론 그래야지. 난 근사하니까."

"지금 떠나는 거예요, 케이타?"

비골프는 물었다.

"쉿! 목소리가 커요."

케이타가 속삭이듯 말을 이었다.

"이 일은 조용히 진행돼야 하거든요."

"왜요?"

"내가 나중에 말해 준다니까. 자리 좀 비켜 줄래?"

라그나가 말했다.

비골프는 고개를 끄덕여 보이고 밖으로 향했다. 하지만 문득 맘에 걸리는 게 생각나 걸음을 멈추고 물었다.

"당신 호위로 에이브히어가 따라가는 건 아니죠?"

"그 애가 지난 오 년 동안 굉장히 발전했다는 거 비골프도 알 잖아요."

언제나 자기 막냇동생, 그 덩치만 징그럽게 커다란 애송이 자식을 보호하려 드는 케이타가 반박하듯 말했다.

"어쨌든 에이브히어는 아니죠?"

케이타는 한숨을 내쉬었다.

"그래요, 에이브히어는 안 가요. 그 애는 여기 당신들과 함께 있을 거예요. 그리고 난 당신이 그 애를 잘 돌봐 주리라 믿어요."

"에이브히어는 혼자가 아니야, 케이타."

라그나가 비골프를 흘끗 보며 말을 이었다.

"돌봐 줄 형들이 있잖아."

"내 오빠들이 그러지 않으리란 걸 우리 모두 알잖아!"

비골프와 라그나는 동시에 웃음을 터트렸다. 그건 사실이었다. 그 불쌍한 블루 드래곤 녀석의 형들은 노스랜드 드래곤 어느 누구보다도 그에게 심하게 굴었다. 하지만 에이브히어 역시 그런 대우를 개의치 않게 된 것 같았다. 그러니까 사촌 켈뤈과 싸우느라 바빠서.

케이타가 뒷발 발톱으로 두꺼운 바닥을 두드리기 시작하자, 비골프는 형이 계속 웃고 있는 것을 보면서도 웃음을 멈췄다. 그러고 싶지는 않았지만 그는 좀 더 밀어붙였다.

"그럼 누구랑 함께 가나요?"

"내 사촌 중 하나죠. 하지만 다시 한 번 말하는데, 이 일은 비밀이에요."

"왜요?"

"라그나가 나중에 설명해 줄 거예요."

"지금 해 주면 왜 안 되는데요?"

"그만 좀 귀찮게 굴어라, 비골프."

"그러니까 말해 주면 되잖아."

케이타의 눈이 가늘어지더니, 그녀가 한 발짝 앞으로 나섰다. 비골프는 그녀가 무슨 짓을 하려는지 몰랐지만, 라그나가 그녀의 어깨에 손을 올려 자기 쪽으로 당겼다.

"케이타와 렌은 드래곤 퀸 군대 최고의 전사에게 호위를 받을 거다. 로나 하사 말이야."

비골프는 눈알을 굴렸다.

"로나라고?"

"뭐가 문제예요?"

케이타가 쏘아붙였다.

"며칠 전에만 물어봤어도 전혀 문제없었죠."

"그런데 오늘은?"

"과로했나 보던데, 징징거리더라고요."

"로나 언니가? 징징거렸다고요? 언니는 그게 무슨 뜻인지도 모를걸요. 그보다 언니가 왜 징징거리겠어요?"

"내가 로나의 귀중한 창을 부러뜨렸거든요."

케이타가 눈을 똥그랗게 뜨고 숨을 들이켰다.

"언니의 창을 부러뜨렸어요?"

"그게……."

"그거 고모부가 주신 창인데. 언니를 위해 직접 만들어 주신 거라고요."

"대장장이시라고?"

라그나가 물었다.

"술리엔 고모부는 전에 화산 근처에 사셨지."

비골프는 이마를 찌푸리며 물었다.

"왜요?"

"거기서 나셨거든요. 그분 일가는 다들 그래요. 화산 드래곤이죠. 그 뜨거운 열기며, 근처에 사는 드워프들이며…… 덕분에 지난 천 년 이상의 세월 동안 그들은 탁월한 대장장이와 유리 세공가가 되었죠. 고모부는 온갖 종류의 굉장한 무기를 만드실 수 있어요. 아버지는 그분을 싫어하시지만……."

케이타는 퉁명스럽게 말을 이었다.

"대체 왜 그러시는지 모르겠다니까. 어쨌든, 뿌리 깊은 울분을 담은 증오 같은 게 있어요. 대부분의 드래곤을 향한 증오보다 더 크죠."

그러고는 다시 미소를 지었다.

"하지만 난 그분을 좋아해요. 매번 금방 태어난 새끼 양이라든가 송아지를 따끈따끈할 때 갖다 주시거든요."

라그나가 머리를 내저었다.

"다정도 하시군."

"내 생각에는 당신이 다른 호위를 데려가야 할 거 같아요. 내 사촌 두 명이면 되겠네요."

비골프는 말했다.

"왜요? 로나가 어때서?"

케이타가 잠깐 입술을 오므리더니 질문을 더했다.

"아니면, 진짜 문제는 로나에게 달릴 게 안 달렸다는 건가요?"

"그거 굉장히 잘못된 얘기 같은데."

라그나까지 지적하고 나서자 비골프는 한숨을 내쉬었다.

"창 한 자루 부러진 걸 갖고 징징거리……."

"사랑하는 아버지가 주신 창이라니까요!"

"카드왈라드르 여자들한테는 달릴 게 안 달렸다고 얘기하면 안 되는 거랍니까?"

"그것참 재밌는 소리네요."

"무엇보다, 당신에겐 '보모'보다 강한 호위가 필요하다고요."

케이타가 다시금 숨을 들이켰다.

"그 별명을 지어낸 게 비골프였어요? 로나가 그 별명을 얼마나 싫어하는데."

하지만 곧 어깨를 추썩이고 말았다.

"하긴, 나 어렸을 때도 한동안 언니가 돌봐 줬죠. 유모가 없을 때요."

"내 얘기를 듣고는 있는 거예요, 케이타?"

비골프의 항의를 케이타는 시큰둥하게 받아넘겼다.

"뭐, 그다지……. 내가 로나 언니를 잘 아는데, 언니는 나와 렌을 안전하게 지켜 줄 거예요. 그 점에 있어서라면 의심할 여지가 없죠."

"난 의심스럽다니까요."

"그럼 너도 같이 가라."

라그나의 말에 비골프는 형을 쳐다보았다.

"뭐?"

"그렇게 걱정이 되면 너도 함께 가라고."

"우리가 전쟁 중이란 걸 잊었어?"

"터널 작업 끝내고 모든 준비를 마치기까지 시간이 좀 있잖아.

사우스랜드에 다녀오기에 충분할 거다."

"난 사령관이야. 아무 데나 막 돌아다닐 수 없다고."

"아무 데나 막 돌아다니는 건 아니지. 내가 임무를 주는 거니까 말이야."

비골프는 반사적으로 킬킬거렸지만 형이 노려보자 웃음을 멈추었다.

"게다가, 어머니도 뵙고 올 수 있잖아."

그들이 유프라시아로 옮겨 왔을 때, 그들의 어머니는 다른 모든 노스랜드 여자들과 함께 스스로의 안전을 위해 사우스랜드로 보내졌다. 그 결정은 사우스랜드 드래곤 모두를 혼란스럽게 만들기도 했다.

가령, 브라다나는 이렇게 말했다.

'그 여자들은 못 싸우나? 대부분 날개 하나씩은 잃은 상태라고 하지만, 앞발 뒷발은 멀쩡하잖아?'

비골프는 원할 때면 언제든 어머니와 마음으로 얘기를 나눌 수 있었지만, 직접 마주하는 것과는 달랐다. 여전히 어머니가 보고 싶었다.

"그리고 로나를 지켜보고 있는 편이 안심이 되지 않겠냐? 과로로 지쳐 있다며, 그런 상태니까 혹시 무슨 큰 실수라도 하지 않도록 지켜봐 주는 거지."

형의 말에 일리가 있었다. 노스랜드에 있는 것과는 또 달랐다. 유프라시아 계곡은 모든 방향에서 국경과 훨씬 더 가까웠다. 다크플레인으로 가서 얼른 케이타를 내려 주고 강철 놈들을 끝장내러 돌아오는 데는 며칠이면 충분할 것이고 그동안에도 내내 사우스랜드 영토 안에서 움직이는 것이었다. 좋아. 그렇다면 괜찮지. 그리고 어쩌면 여행하는 동안 '보모'에게 새 무기를 찾아 줄 수도 있을 테니까. 뭔가 좀 더…… 그녀 나이에도 맞고, 모든 면에서 나은 걸로 말이지.

"좋아, 그럼. 언제 떠나죠?"

"한 시간 내에요. 하지만 명심해요, 비골프. 누구한테도 얘기하면 안 돼요."

케이타가 다시 한 번 강조했다.

"그럼 당신은 가는 길에 대체 무슨 일인지 말해 주는 거죠?"

"그럴게요. 약속해요."

로나는 세쌍둥이를 그들이 '안전지대'라고 부르는 곳에서 만났다. 어머니가 절대로 찾을 수 없는 유일한 장소라 그렇게 이름 붙인 그곳은 임시 도서관이었다.

동생들에게 높이 쌓인 책 더미 뒤쪽으로 가자고 손짓을 보낸 로나는 한차례 더 주변을 살폈다.

"언니, 왜 그래?"

에다나가 물었다.

"별일 아니야. 하지만 지금부터 내가 하는 이야기는 듣기만 하고 한마디도 입 밖에 내지 않겠다고 다짐해 줘."

"물론이지. 우린 믿어도 되는 거 알잖아, 언니."

네스타가 대답했다.

로나는 아버지와 함께 자신이 길러 낸 동생들을 바라보며 미소를 지었다. 그녀는 모든 형제자매 가운데 이 세쌍둥이가 가장 자랑스러웠다. 그녀들은 언젠가 강력한 전사가 될 것이고 훌륭한 지휘관이 될 터였다.

"난 며칠간 자리를 비울 거야. 오래는 아니고."

"자리를 비운다고? 어디 가는데?"

네스타의 질문에 로나는 눈알을 굴리지 않을 수 없었다.

"사우스랜드로 돌아가시는 케이타 공주님의 호위 임무가 떨어졌단다."

에다나가 인상을 찌푸렸다.

"그 얘기를…… 입 밖에 내면 안 된다고? 왜?"

"나도 당최 모르겠다. 하지만 케이타가 비밀 엄수를 단호하게 고집하니까."

"그런데 언니는 우리한테 말해 주고 있네."

브리나가 실실거리며 덧붙였다.

"나빴어."

"그래, 나도 알아. 하지만 케이타 일이잖아. 왜 비밀로 해야 한다는 건지, 걔가 무슨 꿍꿍이를 품고 있는지 대체 누가 알겠니? 그래서 적어도 너희 셋에게는 말해 줘야 한다고 생각했지. 만약의 경우를 대비해서. 특히, 어머니가 알아채셨을 경우 말이야. 지금 상황에서 내가 제일 피하고 싶은 건 어머니가 날……."

"탈영병이라고 생각하시는 거?"

"그래, 맞아."

"어머니도 그 정도는 아니시겠지."

네스타가 머리를 내저었다.

"음…… 지금 나한테 좀 화나 있으시거든. 그러니까 더 건드리고 싶지 않아서."

"그렇다면야. 그런데 정확히 어디로 가는 거야?"

에다나가 물었다.

"다크플레인."

"우와아! 그럼 아빠도 만나겠네!"

"와! 아빠 만나는 거야!"

"우아, 아빠 보러 가는 거잖아!"

세쌍둥이가 일제히 소리치는 모습은 로나를 미소 짓게 했다.

"그래, 그럴 거야."

아버지는 전쟁이 시작된 이래로 '피투성이' 앤널의 대장간에서 일해 왔다. 인간 여왕의 대장간은 규모가 거대했고 수많은 유능한 대장장이들이 아버지 밑에서 일하고 있었다. 일부는 드래곤이고 일부는 인간이었다. 지금 있는 그곳이 아버지에게는 잘 맞는 것 같았다. 데벤알트 산맥의 사우스랜드 드래곤 주둔지에서 아버지는 별로 잘 지내지 못했는데, 특히 베르세락 삼촌과 사이가 나빴다. 두 드래곤은 사이좋게 지낸 적이 한순간도 없었다.

"내가 아버지의 수집품 중에서 너희에게 맞는 걸로 몇 개 꼭 받아 올게."

네스타와 브리나가 동굴 벽을 타고 소리가 전해질 것을 신경 써서 조그맣게 손뼉을 치며 속삭이듯 환호했다. 하지만 언제나 좀 더 진지한 에다나는 이마를 찌푸렸다.

"조심해, 언니. 우리 사촌을 사랑하긴 하지만, 케이타는 무모하잖아. 그러면 안 되는 데 꼭 끼어들고."

"그 애가 어떤지는 내가 더 잘 알지. 항상 경계하고 있을게, 에다나. 나도 네가 그래 주길 바란다."

"걱정 마, 언니"

에다나는 살짝 미소 지으며 덧붙였다.

"엄마는 우리가 알아서 할게."

출발을 앞두고 케이타는 자신이 사랑하는 덩치 큰 번개 드래곤을 마주하고 섰다. 물론 그녀는 아직 라그나에게 사랑한다고 말한 적이 없었다. 관계의 초기 단계에 남자에게 그런 종류의 정보를 너무 쉽게 넘겨주는 건 좋지 않았다. 그렇다! 성가신 고모들이 어떻게 생각하든 간에, 오 년은 여전히 관계의 초기 단계인 것이다.

"왜 비골프에게 같이 가라고 고집했어?"

"안 그랬으면 로나가 돌아올 때까지 그 녀석이 날 미치게 만들었을 테니까. 녀석은 인정하지 않겠지만, 로나한테서 눈을 못 떼니까."

"대체 왜?"

라그나가 미소 지었다. 그녀가 좋아하는 미소였다.

"로나에게 반했거든. 처음부터 그랬다는 데 내기라도 걸겠어."

"그것참 안됐네. 언니는 비골프를 싫어하는데. '골칫덩이'라고 부르잖아. 카드왈라드르 여자한테 '골칫덩이'라고 불려서야 가망이 없지. 그런 사이는 잘될 수가 없다고."

라그나가 그녀를 살짝 밀었다 당기며 말했다.

"당신, 내 동생을 과소평가하는 거야."

그러고는 그녀의 얼굴을 두 앞발로 잡은 채 그윽한 시선으로 눈을 맞추었다.

"어쨌든 당신이 더 잘 보호받을수록 나도 더 행복해지니까. 부탁이야, 케이타. 제발…… 어리석은 짓은 하지 마."

케이타는 웃음을 터트렸다.

"고맙기도 하셔라."

"내 말 무슨 뜻인지 알잖아. 당신은 최선을 다해 자제해도 무모하다고. 위험요소가 있어도 감수하지. 특히 일족의 안전에 관한 문제라면 말이야."

"일족에게 도움이 되지 않는 일이라면 절대로 안 할게."

"정말 당신 오빠들에게 알려 주면 안 되나?"

케이타의 세 오빠는 저마다 군대를 맡아 지휘하고 있었다. 세 명의 장군이 직속으로 그들 각각에게 보고를 올리고 수많은 군사들이 그들의 기치 아래 군단을 이루었다. 피어구스와 브리크, 그웬바엘이 전장에서 군대를 지휘한 지도 수년이 지났다. 그들은 처음부터 맡은 바 임무를 훌륭하게 수행해 냈고, 전투 기술로 인정받기 힘들다는 노스랜더들에게조차 깊은 인상을 남겼다.

"피어구스와 브리크가 알면 어머니 군대의 절반을 떼어서 쫓아올 거야. 카드왈라드르는 일족 전부가 따라올걸. 이쪽 전선에 지금 당장 그런 여유는 없잖아. 당신은 오빠들을 막지 못해. 이 문제에 대해서는, 가반아일이 얼마나 잘 보호되고 있든지 간에 절대 못 막아. 하지만 렌과 나라면 그 모든 일을 안 겪고도 해낼 수 있으니까."

"그럼 로나는 왜 데려가는데?"

"그저 왕족의 호위라는 의례적인 거지. 렌이 마법을 쓸 텐데, 그러자면 주의도 흐트러지고 힘도 줄어들 거야. 하지만 로나가 우리를 지켜 줄 테니까, 저승 세계를 지키는 사나운 악마의 개처럼 말이야."

라그나가 겨우 미소를 지었다.

"나라면 로나 앞에서는 그런 소리 안 하겠어."

"안 되지, 안 돼."

케이타도 짐짓 심각한 어조로 말했다.

"로나는 그 자매들이나 자기 어머니하고는 다르니까. 절대 칭찬으로 받아들이지 않을 거야."

4

로나는 저지대의 출구 중 하나에서 케이타와 렌을 만났다. 그들은 인간의 형태로 변신해서 터널을 지났고 안전한 거리만큼 멀어져 이윽고 날 수 있는 지점에 이르자 밖으로 나왔다. 사촌 여동생을 참을성 있게 기다리는 동안 그녀는 마지막으로 그 애를 돌봐 주었던 때를 떠올렸다. 드래곤 퀸이 보모로 삼았던 켄타우루스가 몇 달간 데벤알트 산을 비웠던 때였다. 그 몇 달은 로나의 생에서 가장 길었던 시간이었다. 하지만 그런 과거에도 불구하고 로나는 케이타를 사랑했다.

"언니!"

그녀를 본 순간, 케이타가 환호하듯 달려와 안겨 들었다.

"되게 오랜만 같아!"

"우리 본 지 한 시간도 안 됐는데."

"진짜? 그보다는 더 된 거 같은데."

케이타가 슬쩍 눈을 피하자, 로나는 그 시선을 붙잡고 물었다.

"출발 준비는 된 거니?"

"그럼."

로나는 케이타를 두고 렌에게 다가갔다. 그리고 미소 지으며 그를 안았다.

"안녕, 친구?"

"로나, 당신 정말 이 여행 괜찮겠어?"

"아니. 하지만 케이타에게서 당신을 보호하기 위해서라면 내가 가야지."

렌이 웃음을 터트렸고 케이타는 삐죽거렸다.

"자, 그럼 출발하지."

로나는 재촉하듯 말했다.

케이타가 재빨리 그녀를 재듯이 보았다.

"언니 좀 서두르는 거 같네."

"이 일이 빨리 끝나야 전장에 복귀하는 날도 빨라질 테니까."

"전장의 영예를 위해서 말이지?"

"카드왈라드르 일족에게 그거 말고 뭐가 또 있다고?"

케이타가 그녀의 어깨를 톡톡 두들겼다.

"언니를 보면 슬퍼진다니까."

역시 인간의 모습을 하고 있던 라그나가 케이타에게 팔을 둘러 끌어당겼다. 그리고 그녀를 꼭 안은 채 귓가에 무언가를 속삭였다. 완벽하게 둘만의 시간을 줄 수는 없었지만, 로나는 그들로

부터 몸을 돌렸다. 그리고 비골프와 딱 마주쳤다.

로나는 대번에 이마를 찌푸렸다. 비골프는 벌거벗은 인간의 몸으로, 어깨를 덮은 얇은 털 망토 위에 배낭을 걸치고 등에는 커다란 워해머—당장은 인간용 크기지만 드래곤용으로도 조절할 수 있는—와 배틀액스를 메고 있었다.

"당신이 왜 여기 있지?"

"나도 같이 갈 거니까."

로나의 눈매가 가늘어졌다. 거의 아무것도 볼 수 없을 정도로.

"누구랑 같이 간다는 거야?"

"케이타와 렌이지. 호위로 가는 거야."

로나는 예비용 창들 가운데 하나를 꽉 잡고 땅바닥을 쾅 내리찍었다.

"호위는 나야. 내가 그들을 호위하기로 했다고."

"그야 물론이지."

비골프의 어조에 담긴 겸손을 가장한 태도가 너무나 확연하고 분명했기 때문에, 로나는 그가 개 쓰다듬듯이 자기 머리를 다독이지 않는 게 다 놀라울 지경이었다. 충직하지만 어디 한 군데 불구인 개를 대하듯 말이다.

"새 창인가 봐?"

그가 물었다.

"아니, 예비용이야."

"단검 정도로 수준을 높여 볼 생각은 없어?"

"없어."

"배우기 어렵지 않아. 여행하는 동안 내가 가르쳐 줄 수도 있는데."

"나도 단검 쓸 줄 알아. 전에도 설명했지만, 난 모든 종류의 무기를 수련했다고."

"하지만 아직도 창을 쓰잖아."

"그러고 싶으니까."

"전장에서라면 나도 이해해. 하지만 이런 종류의 임무에서는 그보다 다루기 쉽고 가벼운 무기가 좋지 않겠어? 좀 덜…… 번거로운 걸로?"

로나는 자기 무기가 얼마나 '번거로운지' 그의 목에 대고 시험해 보이려고 창을 뽑아 들고 물러섰다. 하지만 라그나가 그들 사이로 끼어들더니 동생에게 말했다.

"바깥을 확인해 봐, 지금 출발해도 되는지."

비골프가 밖으로 나가자, 그는 로나를 마주하고 섰다. 그리고 그녀가 말을 꺼내기도 전에 먼저 말했다.

"알아요, 내가 잘 알죠."

"형제가 대체 어쩌면 그렇게 다를 수 있어요?"

"그냥 저 하고 싶은 대로 하게 돼요. 그럼 좋아라 할 테니까."

라그나가 미소 띤 얼굴로 부탁했다.

"당신도 그렇고요?"

로나의 되물음에 그는 어깨를 추썩였다.

"나의 케이타에 관한 일이잖아요. 이 여행 동안 당신과 내 동생이 그녀를 보호해 주고 있다고 생각하면 굉장히 안심이 될 거예요. 그리고 당신도 곧 이 여행이 왜 그렇게 중요한지 알게 될 테니까. 그래요, 날 위해 그렇게 해 줘요. 내 정신 건강을 위해서라도."

젠장. 젠장. 다른 누구도 아니고 라그나의 부탁이었다. 라그나는 처음부터 로나에게 깊은 인상을 주었다. 공정하고 명석할 뿐 아니라 강력한 지휘관이기도 한 그는 여자들이 전쟁을 수행할 능력이 있는지 없는지, 혹은 전장에 나가야 하는지 나가지 말아야 하는지 따위를 문제로 여겨 본 적조차 없었다. 누구든 군대에 소속되어 있다면 전사로서 맡은 바 임무를 다하면 된다고 간명하게 생각했다. 번개 드래곤치고는 드문 남자였다.

하지만 그의 동생은……

"로나?"

라그나가 대답을 재촉했다.

"알았어요."

로나는 마지못해 고개를 끄덕였다.

"하지만 당신 나에게 빚을 하나 진 거예요. 당신 동생을 견뎌 줘야 하는 대가로."

"인정해요."

그렇게 대답한 라그나는 눈짓으로 케이타를 가리켜 보였다.

"케이타를 안전하게 지켜 줄 거죠?"

"저 애는 내 혈족이에요, 라그나. 내 목숨을 걸고 지키죠."

"좋아요. 케이타는 내 목숨이기도 하거든요."

로나는 미소 지었다.

"나도 알아요."

비골프는 인간 한 명이 드나들 만한 작은 동굴 입구 옆에 몸을 낮춘 채 웅크리고 있었다. 팔을 들어 올리고 손을 편 그는 귀를 기울였다. 그때, 마인하르트가 보내는 신호가 들려왔다. 확인할 수 있는 한 주변에 아무도 없음을 알려 주는 신호였다. 비골프는 신호가 두 번 더 들려올 때까지 기다린 다음, 손을 내렸다.

로나가 제일 먼저 나왔다. 그녀는 일단 주변을 한차례 훑어본 다음에야 재빨리 몸을 낮추어 움직였다. 케이타와 이스트랜더가 그녀를 뒤따라 나왔다. 역시 몸을 낮추고 소리 없이 움직였다.

비골프는 마지막으로 한 번 더 동굴 입구를 돌아보았다. 형이 거기 서서 그들을 지켜보고 있었다. 형제의 시선이 서로에게 고정되었다. 작별 인사도, 아니, 한마디 말도 필요하지 않았다. 이 여행 중에 비골프에게 무슨 일이 생길지는 아무도 알 수 없었고, 이 전쟁 중에 라그나에게 무슨 일이 생길지 또한 누구도 알 수 없었다. 그것이 전사의 길이었다. 형제는 이미 오래전에 그런 식의 삶을 받아들였고 더 이상 곱씹어 생각할 필요도 없었다.

비골프는 형에게 고개를 끄덕여 보인 다음, 한 번 더 주변을 살폈다. 그리고 특별히 이상하거나 걸리는 것이 눈에 띄지 않자, 일행을 따라 사우스랜드로 향하는 길에 올랐다.

5

‘오만한 자’ 혹은 ‘막강한 자’ 브리크의 짝이자 할데인의 딸, 탈라이스는 가반아일의 대전을 향해 이어지는 계단을 내려갔다. 그녀는 지쳐 있었다. 며칠만 있으면 만월이 뜰 것이고, 계획 중인 주문을 완성하기 위해서는 그 전에 준비해야 할 것이 너무나 많았다. 그녀는 데저트랜드 출신의 놀웬 마녀였으나, 십육 년 이상을 망할 여신에게 힘을 금제당한 채 살아야 했다. 여신은 정중한 의논 상대가 되기를 여전히 거부하고 있었지만, 탈라이스는 이미 자기 힘을 되찾았고 이제 진정으로 완벽하게 그 힘을 발휘할 준비가 되었다.

하지만 그녀를 도와줄 수 있는 유일한 마녀가 가장 증오하는 적이었기에 쉬운 일은 아니었다. 아이스랜드의 퀴비치.

퀴비치는 악몽 같은 아이스랜드 영토에서 온 전사 마녀들이었다. 그녀들은 전장에서의 불가사의한 기술, 신들과의 소통, 그녀들이 부리는 마법 등 여러 가지 이유로 유명했다. 하지만 무엇보다 그녀들을 널리 —두려운 존재로서— 알려지게 한 것은 신생아부터 걸음마하는 나이의 여아들을 빼앗다가 자기네 일원으로 만든다는 점이었다. 농부건 왕족이건, 누구의 딸이건 가리지 않았다. 퀴비치가 일단 자기네 일원으로 점찍으면 누구도 막을 수 없었다. 그녀들은 주로 아이스랜드에 머물고 그곳의 여아들을 취했지만, 남쪽으로는 데저트랜드부터 서쪽으로는 퀸틸리안 독립국까지 모습을 드러내기도 했다. 오직 이스트랜드만은 예외였는데, 아마도 대륙을 가르는 거친 바다 때문인 듯했다.

탈라이스는 걷기 시작한 때부터 그녀의 양육을 도와준 놀웬 마녀들에게서 퀴비치에 대한 이야기를 듣고 자랐다.

'우리가 숨 쉬는 공기를 나눠 준다는 것만으로도 감사히 여겨야 마땅한, 살인광에 저급 창녀들이란다.'

그녀의 어머니가 간단히 정의한 바에 따르면 '암캐들'이었다.

하지만 탈라이스는 이제 퀴비치에 대해 불평 정도밖에는 할 수 없었다. 그녀들이 진실하고도 강력한 의도를 품고 여기 가반 아일에 머무르고 있기 때문이었다. 탈라이스에게 너무나도 중요한, 그 어떤 말로도 적절히 표현할 수 없을 만큼 귀중한 이들을 보호하기 위해서.

퀴비치는 아이들을 보호하기 위해 여기 와 있었다.

"좋은 아침이에요, 다그마."

동서이자 다크플레인의 총사령관 다그마 라인홀트가 보고 있던 문서에서 눈을 들었다. 그녀는 거의 매일같이 편지와 전령 들을 받고 있었다.

"당신도요, 탈라이스."

다그마도 퀴비치처럼 북쪽 출신이었다. 노스랜드의 강력한 전쟁 군주의 딸. 하지만 그녀는 배경이 아니라 자기 힘으로 앤빌 여왕의 존중을 얻어 냈다. 앤빌로서는 불가능한 합리적이고 정치적인 방식으로 많은 이들을 두려움에 떨게 만든 것이다. 앤빌 역시두려움을 불러일으키긴 하지만, 그녀가 실제로 할 수 있는 일은 상대의 머리를 잘라 내고 상대가 이끄는 병사들을 몰살시키는 것뿐이었다. 그러나 다그마는 일단 마음을 정하면 그보다 훨씬 심한 짓도 할 수 있었고, 종종 그렇게 했다.

"별일 없어요?"

탈라이스는 그녀에게 물었다.

"글쎄요."

"내가 심각하게 겁먹어야 할 일이라면요?"

"당장은 없어요."

"잘됐네요."

탈라이스는 커다란 탁자 앞에 자리 잡았다. 하인이 뜨거운 죽과 갓 구운 빵을 가져와 앞에 내려놓았다. 하지만 그녀가 스푼을 쥐고 막 죽을 떠먹으려는 순간, 뒤쪽에서 문이 열리고 누군지를 알려 주는 꺅꺅거리는 소리가 들려왔다.

탈라이스는 의자를 돌리고 두 팔을 넓게 벌렸다. 그녀의 막내딸이 덤벼들듯 달려왔다. 소녀의 조그만 몸이 어머니의 몸에 부딪치고, 작은 팔이 어머니의 목을 끌어안았다.

"예쁜 내 딸! 오늘 아침 기분은 어떠세요?"

"좋아요."

리안웬이 그녀의 목덜미에 대고 말했다.

리안웬, 줄여서 리안—제 언니는 '라이'라고 부르지만—은 믿기지 않을 만큼 수줍음 많고 사랑스러운 아이였다. 놀랍게도 부모를 전혀 닮지 않았다. 사실, 리안은 애초에 존재할 수 없는 아이였다. 여러 가지 이유에서 그랬다. 우선, 아버지는 드래곤이고 어머니는 인간이기 때문이었다. 다음으로, 놀웬 마녀로서 탈라이스가 팔백 년 이상의 삶을 보장받은 대신에 오직 한 아이만을 가질 수 있기 때문이었다. 그 한 아이는 이지였다. '피투성이' 앤닐의 종자가 되어 목숨을 걸고 전선에 나가 있는 딸아이. 탈라이스는 열여섯에 이지를 낳았다.

하지만 신들이 마음을 바꾼 듯 그녀에게 딸을 하나 더 주었다. 사랑스러운 꼬마 리안. 어머니의 혈통을 받아 구릿빛을 띤 피부, 아버지를 닮은 은빛 머리칼과 보랏빛 눈동자, 리안은 비할 데 없이 아름다웠다. 그리고 감사하게도 꼬리도 없고 비늘도 없었다. 탈라이스의 딸은 누가 봐도 완벽한 인간이었다—아직까지는. 힘이나 전투 능력은 리안의 타고난 소명이 아닌 듯했지만, 탈라이스는 아이에게서 마녀의 자질을 알아볼 수 있었다. 그것도 평범한 마녀가 아니었다. 리안은 믿을 수 없을 만큼 강력했다. 신들의 축복을 받은 것이 분명했다. 마력이 아이를 둘러싸고, 소용돌이치고, 관통했다. 리안은 한 번 시선을 맞추는 것만으로도 상대의 영혼을 곧장 들여다볼 수 있었다. 그것은 때때로 상대를 조금 당혹스럽게 했다. 심지어 어머니 탈라이스조차 그런 기분이 되곤 했다.

"네 사촌들은 어디 있니?"

탈라이스는 딸아이 곁에 쌍둥이가 없을 때면 언제나 그렇듯, 어떤 대답을 듣게 될지 두려움을 느끼며 물었다. 동생이긴 하지만 리안은 사촌들을 온순하게 진정시키는 영향을 미쳤다. 쌍둥이 역시 인간인 앤닐 여왕과 드래곤 왕자 피어구스 사이에서 태어난, 본래 존재해서는 안 되는 아이들이었다. 그러나 탈라이스의 딸이 다정하고 순진무구한 반면에 리안의 인간-드래곤 사촌들은 전혀 그렇지 않았다. 아니, 그 애들이 장차 그렇게 될지조차 의심스러웠다.

"걔들하고 놀고 있어요."

리안이 그녀의 길고 고불고불한 머리카락을 잡아당기며 대답했다.

"개…… 개들하고 논다고?"

"들판에서요. 배틀액스를 들고 가던데요."

다그마가 번쩍 머리를 들었고, 탈라이스와 시선이 부딪쳤다. 상대의 생각을 알기 위해 마음을 읽을 필요도 없었다. 두 여자가 동시에 일어났다. 리안은 여전히 탈라이스의 팔에 안긴 채였다.

그때, 가까운 뒷문이 열리고 에바가 양손에 아이 하나씩을 든 채 안으로 들어섰다. 오른손에 들린 것은 계집아이 탈윈, 왼손에 들린 것은 사내아이 탈란이었다.

"내가 잡았지."

켄타우루스가 미소 띤 얼굴로 말했다. 누구도 그 비결을 알지 못했지만, 오 년이나 지났는데도 여전히 그녀는 앤뉠과 피어구스의 자식들을 잘 견뎌 내고 있었다.

"제 개들은요?"

다그마가 물었다. 그녀는 여왕의 신하이자 총사령관으로서 임무를 다하는 데 더해, 개들을 교배시키고 훈련시키는 일까지 여전히 도맡아 하고 있었다. 세상에 알려진바 가장 경이롭고 특히 사나운 이 전투견들은 놀랍게도 멋진 애완동물이기도 했다.

"아, 그 애들은 괜찮아."

에바가 아이들 침실로 이어지는 계단을 올라가며 대답했다.

"쌍둥이가 배틀액스를 들고 간 건 소 떼를 쫓기 위해서였지 개들한테 쓰려던 게 아니었으니까. 개들이 그냥 따라 나간 거야."

"어째 그다지…… 안심되는 얘기가 아니네요."

다그마가 중얼거리듯 말했다. 탈라이스도 그녀의 소감이 이해가 되었다.

그때, 퀴비치들의 우두머리 아스타 사령관이 두 명의 전사 마녀들을 거느리고 안으로 들어섰다. 그녀를 본 탈라이스가 입을 열었다.

"글쎄요, 퀴비치들이 자기네 할 일을 다 해서 실제로 아이들을 지켜보고 있었다면…….."

아스타가 걸음을 멈추었다. 탈라이스가 그녀를 싫어하는 것 이상으로 그녀도 탈라이스를 싫어했다.

"나와 내 마녀들이 할 일은 당신네 자식들을 살아 있게 해 주는 거다. 그 애들이 소 떼를 괴롭히지 않도록 막는 거라면…… 그건 당신 일이 아닌가, 놀웬?"

탈라이스가 살짝 이를 갈자, 다그마가 그녀 앞으로 나서 문신한 암캐들을 시야에서 가리며 말했다.

"그만해요."

"짜증 나게 굴잖아요."

"당신한테는 세상이 다 짜증스럽잖아요, 탈라이스. 저들이라고 특별할 거 있어요?"

그야…….

이 노스랜드 여자가 하는 말에는 일리가 있다니까.

"멈춰야겠어."

일행 뒤편에서 케이타가 말했다.

로나와 비골프는 서로를 흘끗 보았다. 이제 겨우 네 시간을 걸었을 뿐이기 때문이었다. 하지만 생각해 보면, 음모를 꾸미는 식으로 입을 놀리는 것 말고는 몸 쓰는 일을 해 본 적 없는 케이타이니 쉽게 지칠 수도 있었다.

"케이타, 두 발로 이 정도도 못 걸으면서 이 여행을 계속할 생각이라면……."

그렇게 말하며 뒤를 돌아본 순간, 로나는 걸음을 멈출 수밖에 없었다. 나무둥치에 기대앉아 숨을 헐떡이고 있는 것은 렌이었기 때문이다.

"렌? 어떻게 된 거야?"

로나는 그의 곁으로 다가가 쪼그려 앉으며 물었다.

"별일 아니야. 잠시만 쉬면 돼."

렌이 미소를 지으려 애쓰며 대답했다. 로나는 사촌 동생을 돌아보았지만, 케이타는 렌에게만 집중하고 있었다. 자리에서 일어난 로나는 번개 드래곤에게 다가갔다.

"이스트랜더가 저렇게 약한 줄은 몰랐는데."

비골프가 그녀에게만 들리도록 소리를 낮추어 중얼거렸다.

"원래 저렇게 약하지 않으니까."

"그럼 무슨 일인데?"

"나도 몰라."

로나는 그렇게 말하고 다시금 사촌 동생을 돌아보았다.

"하지만 이제 케이타가 우리한테 사실을 알려 줄 때가 된 것 같네. 케이타, 어떻게 된 일인지 말해 봐."

"얘기해 줘, 케이타. 둘 다 이해할 거야."

렌이 부드럽게 말했다. 케이타는 그에게 고개를 끄덕여 보이고 일어섰다.

"렌은 통로를 열고 있는 거야. 그건 엄청난 기력을 소모하는 일이지."

"통로? 통로를 왜 여는데?"

로나는 케이타가 대답을 꺼내기도 전에 말을 이었다.

"지난번에 렌이 통로를 열었을 때 벌어진 일을 생각하면……
맙소사! 너 이번에는 또 무슨……."

"이번 통로는 렌과 다른 이들을 이스트랜드로 보내는 거야, 언니. 간단한 여행이 아니지. 보통 이런 규모의 주문을 완성하려면 몇 주는 준비해야 해. 하지만 우리에겐 그럴 시간이 없으니까, 그래서 렌은 가능한 한 서둘러 통로를 열려고 하는 거야."

비골프가 어깨를 으쓱하며 중얼거렸다.

"그냥 하나…… 확 열어 버리면 안 되나?"

"할 수는 있죠. 하지만 주문을 정확히 완성하지 못하면 통로가 그들을 어디로 보내 버릴지 알 수 없어요. 그건 너무 위험하죠."

로나는 사촌 동생에게 한 걸음 다가섰다.

"그들이라고? 렌이 누구를 데려가는데?"

케이타가 렌을 돌아보았다.

"다 이야기해 줘, 케이타. 그러는 게 좋을 거야."

렌이 재촉하듯 말했다. 케이타는 다시 고개를 끄덕여 보이고 입을 열었다.

"지금 이 순간에도, 앤닐이 쓸어버리려고 하는 웨스트랜드 부족들이 함께 모여 가반아일로 달려가고 있어. 그들은 앤닐과 여왕의 군대 대부분이 거기 없다는 걸 알아. 그래서 복수를 위해 성을 파괴하고 여왕의 자식들을 죽이러 가는 거지. 우리가 더 일찍이 얘기를 해 주지 않은 건 피어구스와 브리크에게 알리고 싶지 않았기 때문이야. 이유는 언니도 알겠지? 오빠들이 자기 아이들이 위험에 처해 있다는 걸 알면 어떤 일이 벌어질지 말이야. 군대를 이끌고 아이들을 보호하러 달려가려 할 거야. 번개 드래곤들과 어머니 군대 나머지는 자기들끼리 방어하도록 남겨둔 채로.

그래서 난 이렇게 하는 게 최선이라고 판단했어.”

그녀는 두 손을 짝 마주치고 말을 이었다.

“자, 모든 걸 고려한 계획이 있고 우리가 집으로 돌아가는 동안은 두 분이 우릴 지켜 줄 거잖아요. 그러니까 걱정할 거 없죠.”

비골프는 로나를 주의 깊게 지켜보고 있었다. 그녀가 격분해서 케이타에게 덤벼들려 하면 붙잡기 위해서였다. 하지만 로나는 그저 사촌 동생을 가만히 바라보다가 이렇게 말했을 뿐이다.

“그렇군. 알겠다.”

가벼운 한숨을 내쉬기는 했다. 하지만 또 금세 말을 이었다.

“그럼 날아갈 수 없을 때를 대비해서 말을 구해 와야겠네.”

“잠깐, 잠깐! 잠깐만!”

비골프는 케이타가 쏟아 낸 이야기를 순순히 받아들이는 로나의 반응에 충격을 받으며 끼어들었다.

“케이타, 그 모든 사실을 어떻게 알았죠?”

“글레안나 고모가…….”

비골프는 손을 들어 케이타의 말을 막고 로나에게 물었다.

“어느 분이야?”

“칠, 구 연대의 장군이자 내 어머니의 언니, 브로드소드 두 자루로 적의 머리통을 뭉개 죽이는 걸 좋아하시는 분이지.”

“아, 맞아! 글레안나 장군님!”

“어쨌든.”

케이타가 말을 이었다.

"글레안나 고모가 강철 놈들에게 가려고 우리 영토로 숨어든 밀사를 붙잡아서 내게 보내셨어요. 난 그자를…… 그자에게서 몇 가지 사실을 알아냈죠."

"그게 무슨 뜻이죠?"

"자세한 건 묻지 마."

로나가 경고하듯 말했다.

"왜 묻지 마?"

"케이타 말은, 그자가 알고 있는 걸 다 털어놓고 죽여 달라고 애원할 때까지 고문했다는 뜻이니까."

로나 역시 그런 일들을 용인하는 게 분명했다. 비골프는 케이타를 똑바로 보았다.

"형도 알고 있어요? 당신이 고문……."

하지만 거기서 멈추었다.

"아니, 내 질문은 잊어 줘요."

"잊었어요."

케이타가 명랑하게 대꾸했다.

"그런데 웨스트랜드 부족들이 왜 지금 공격을 한답니까? 앤닐이 다크플레인을 비운 지도 오 년이나 되었는데요."

"밀사가 편지를 한 통 가지고 있었어요. 유프라시아 계곡에 있는 트라시우스 대군주에게 보내는 딸 바테리아의 편지였죠. 그 여자는 아버지를 대신해서 퀸틸리안 독립국을 다스리고 있는데, 편지에 따르면 그 여자가 웨스트랜드 부족들을 매수해서 가반아일을 공격하고 피어구스와 브리크의 아이들을 죽이라고 보냈다는 거예요."

"밀사가 편지를 갖고 있었다고?"

로나가 물었다.

"그래."

"그리고 그 편지에 바테리아의 사악한 음모가 세세하게 적혀 있었단 말이지?"

케이타가 미소를 짓자 로나는 머리를 내저으며 중얼거렸다.

"그 여자 참 물건이네."

비골프는 잠시 생각한 끝에 말했다.

"바테리아는 밀사가 중간에 잡히기를 바랐던 거군요. 당신 오빠들이 밀사를 잡으면 카드왈라드르 일족 전체를 이끌고 자기 자식들을 구하러 달려갈 거라고 생각한 거예요."

케이타가 고개를 끄덕이더니 웃음을 터트렸다.

"당신들 불쌍한 야만족 노스랜더들을 강철 드래곤 최정예군의 처분에 맡겨 두고서요. 트라시우스는 일단 당신들을 해치우고 사우스랜드로 날아가 조각난 여왕의 군대에 덤벼들 작정이었겠죠. 사실 나쁜 계획은 아니었어요. 내가 먼저 밀사를 잡지 못했더라면 정확히 내 오빠들이 벌였을 법한 일이니까요."

"아니, 잠깐."

비골프는 공주를 탐색하듯 바라보았다.

"당신이 편지에서 이 모든 걸 알아냈다면…… 밀사는 왜 고문한 거죠?"

공주가 아주 살짝 어깨를 움찔하고는 말했다.

"조금…… 지루해졌거든요."

로나가 한숨을 내쉬었다.

"자세한 건 묻지 말라고 했잖아. 고집스럽기는."

그녀가 옳았다는 데 짜증이 난 비골프는 쏘아붙였다.

"당신은 이 모든 일에 대해 할 말이 없어?"

"무슨 말을 해?"

"케이타 공주 얘기 못 들었어? 당신 조카들이 위험에 처해 있는데, 공주는 이스트랜더와 통로를 연다느니 하는 말도 안 되는 계획을 세워 놓고, 우리가 야만족의 격렬한 전장 한복판에 던져질지도 모르는 판국에 미리 경고 한마디 안 해 줬다는 거잖아."

"그랬지. 그런데?"

"좀 화도 내고 그래야 하는 거 아냐? 분통을 터트린다든가, 삿대질이라도……."

"내가 그런 짓을 다 한다고 쳐. 그럼 뭐가 달라지는데?"

"뭐가 달라지느냐고?"

"그래, 달라지는 게 뭐냐고? 아무것도 없지. 그럼에도 불구하고 난 명령받은 대로 케이타와 렌을 가반아일로 호위해서 데려가야 할까?"

"그야……."

"물론이지. 그럼 언젠가는 케이타도 망나니짓을 그만두게 될까? 특권 의식에 사로잡혀 저 하고 싶은 대로 하고도, 우리 모두 저 애 어머니인 살인광 드래곤 퀸을 두려워한다는 이유로 무사통과일 텐데?"

"어……."

"그럴 리가 없지. 그렇다면 다 무슨 소용이야?"

"그게……."

"내 말이. 아무 소용 없다고. 그러니까 자, 이제 가서 둘 다 뭘 좀 먹게 해 줘. 난 냇가를 찾아서 깨끗한 물을 길어 올 테니까. 이제 날아가도 될 만큼 안전한지, 아니면 말을 구해 와야 할지는 내가 돌아오면 결정하고."

로나는 물을 찾으러 가 버렸고, 비골프는 그저 멍하니 그녀의 뒷모습을 바라보고만 있었다.

"언니가 저럴 때는요, 그냥 두는 게 최선이에요. 절대 못 이길 테니까."

어느새 다가와 옆에 선 케이타가 속을 털어놓듯 말했다.

"말 한마디 꺼낼 틈도 안 주잖아요. 저 혼자 묻고 저 혼자 대답하고…… 제기랄. 그럼 질문은 대체 왜 한 거야?"

"그게 로나 언니의 방식이니까요. 신경 쓰지 마요, 비골프."

케이타가 그의 미늘 갑옷 소매 부분을 당겨 자기를 보게 하더니 물었다.

"당신도 내가 특권 의식에 사로잡혀 있다고 생각하는 건 아니겠죠?"

"물론 아니죠."

비골프는 거짓말을 했다.

"설사 그렇다 해도, 그건 내가 그럴 만하기 때문이라고요. 난 내가 원하는 걸 가질 자격이 있어요. 당신도 그렇게 생각하죠?"

더 이상은 거짓말을 하고 싶지 않았기 때문에 그는 공주에게 배낭을 건네주며 말했다.

"여기요, 안에 소고기가 들어 있으니까 둘 다 좀 먹어요. 금방 돌아올게요."

로나는 수통에 물을 채우며 다음 할 일을 생각해 보았다. 계속 걸어가야 할까, 아니면 위험을 무릅쓰고 날아가야 할까? 이번 여행에 대한 진실을 듣고 나니 날아가는 쪽이 현명한 선택일 것 같았다. 하지만 렌의 기력이 염려스러웠다. 비행은 드래곤에게도 힘든 일이었다. 하지만 렌은 날개도 없지 않은가. 그는 난다기보다…… 그냥 떠 있는 것뿐이었다. 만약 그들이 날고 있는 동안 인간 지상군의 공격이라도 받는다면, 렌이 전투는 고사하고 피하기라도 할 수 있을까?

그런 생각을 하며 냇가에서 일어난 로나는, 소리 없이 다가와 뒤에 서 있던 번개 드래곤에게 물었다.

"말을 탈까, 날아갈까?"

"뭐라고?"

"남은 여정 말이야. 말을 타고 갈까, 날아갈까?"

"난 말하고 별로 안 맞는데."

"별로 안 맞다니, 무슨 소리야?"

"그게…… 말이 내 냄새를 맡으면 도망가 버리더라고."

비골프는 어깨를 추썩이고는 시선을 피하며 중얼거렸다.

"나 말고기 진짜 좋아하는데. 배고프다."

이럴 시간이 없다고 생각한 로나는 그를 빙 돌아 일행이 있는 쪽으로 걸음을 옮겼다.

"그래, 계획이 뭐야?"

그가 물었다.

"계획?"

로나는 그를 돌아보고, 어깻짓을 하며 말을 이었다.

"하던 대로 해야지. 저 둘을 가반아일로 데려가는 거."

"그리고?"

"그리고 뭐?"

"우린 전쟁 지역으로 가고 있는 거야, 로나 하사. 당신 사촌 말에 따르면 그럴 가능성이 높지. 열 받은 야만 부족과 퀴비치 마녀들 사이로 뛰어들게 될지도 모른다고. 그야말로 누구에게도 바람직한 상황이 아니지."

그가 한 걸음 더 다가섰다.

"그리고 퀴비치가 자기네 신들에게 수호하겠노라 맹세한 아이들을 이스트랜더가 가반아일에서 데리고 떠나가는 걸 순순히 보고만 있을 거라고 당신이 생각한다면……"

"알았어, 알았다고."

맙소사. 이 남자는 꼭 이렇게 주절거려서 속을 긁어 놔야 하는 거야?

"그럼 어떻게 하자는 거야?"

"우선 그 웨스트랜드 부족들을 찾아서 살펴봐야지. 규모가 얼마나 되는지 같은 거. 한두 개 연대 정도인지, 아니면 사단 병력이 넘어가는지 말이야. 그런 다음에 렌과 케이타를 다크플레인에 데려다주고, 우리끼리 다시 서쪽으로 가야지. 저들 군대가 얼마나 접근했는지 확인하러."

"좋아, 그렇게 하지."

로나는 순순히 동의했는데 비골프가 자신을 노려보자 이유를 알 수 없었다.

"아니면 당신 의견을 들어 볼 수도 있지."

"내 의견?"

"그래, 당신 의견. 당신이 제안하고 싶은 거, 당신 생각."

"내 생각?"

노려보는 그의 눈빛이 더 사나워졌다.

"당신도 생각이 있을 거 아냐?"

"그렇지. 하지만 당신이 상관이니까……."

비골프가 화난 어조로 말을 잘랐다.

"우선! 그런 소똥 같은 소리는 하지도 마. 우린 지금 위계질서가 필요한 군대로서 여기 있는 게 아니야. 그냥 당신과 나와 힘 빠진 외부자 그리고 독과 고문을 좋아하는 공주님 일행일 뿐이지. 명령받은 대로만 하는 당신으로는 부족하다고. 난 이쪽 영토에 대해서 아는 게 없어. 그리고 당신이나 나나 케이타의 명령을 따르는 건 바라지 않잖아. 그러니까 로나, 우리가 해야 해. 우리 둘이 함께. 자, 이제 다시 묻지. 당신 의견은 뭐야?"

로나는 그의 말이 맞다는 걸 알았다. 얼마나 거칠고 무례한 태도였든 간에 맞는 말이긴 했다. 그녀는 자기 의견을 내놓는 데

―오직 드래곤워리어만이 전투와 임무 수행 중에 할 수 있는 일이었다― 익숙하지 않았지만, 그래서 그가 요청한 대로 했다.

"내 생각에, 우리 임무는 케이타와 렌을 가반아일에 안전하게 데려다주는 거야. 그것만으로도 충분히 힘든 일이지. 웨스트랜드 부족은 일 년 내내 말을 타고 빠르게 돌아다니는 자들이야. 다크플레인까지 행군해 가지는 않겠지. 앤닐의 부재를 최대한 이용하기 위해서라도 말을 타고 질주할 거야. 그러니까 케이타와 렌을 자기들끼리 가게 두는 건 너무 위험해. 그리고 우리가 일단 다크플레인에 도착하기만 하면, 둘에서 퀴비치를 상대해 줄 수 있겠지."

번개 드래곤이 그녀의 의견을 곰곰이 생각해 본 다음 고개를 끄덕였다.

"당신 생각이 맞아."

내 생각이 맞아? 이 남자가 지금 내가 맞다고 인정한 거야?

"난 웨스트랜드 부족에 대해 전혀 몰라. 우리 번개 드래곤은 그들과 싸워 본 적이 없거든. 그러니까 당신 생각이 맞을 거야. 렌과 케이타를 자기들끼리 가게 둘 순 없어. 하지만 가반아일까지만 데려다주면 거기서 보호해 주겠지. 그곳에 대한 내 기억이 맞다면, 그편이 훨씬 수월할 거고."

그가 주변을 한차례 둘러보고는 말했다.

"계속 가야겠어. 필요하다면 내가 이스트랜더를 지고 가지."

렌이 덩치 큰 드래곤은 아니지만 ―특히 로나의 일족과 비교하자면― 그래도 가벼운 짐은 아닐 터였다.

"그렇게 얼마나 갈 수 있는데?"

맑은 잿빛 눈동자가 그녀의 눈을 똑바로 향했다.

"필요한 만큼."

로나는 괜히 목청을 가다듬었다.

"흠…… 그래, 알겠어."

"출발하지. 강철 놈들이 이 근처까지 정찰하러 나올지도 모르니까."

둘은 더 이상 아무 말도 하지 않고 케이타와 렌에게 돌아갔다.

6

결국 그들은 위험을 감수하고 날아가기로 했다. 처음 한 무리의 야생마를 만났을 때, 말들이 번개 드래곤의 냄새를 맡자마자 겁에 질려 우르르 도망가 버리는 걸 보고 내린 결정이었다.

비골프는 어깨를 추썩이며 중얼거렸을 뿐이다.

'미안.'

중간에 짧게나마 휴식을 취하긴 했지만, 그래도 밤에는 충분히 자 둘 필요가 있었다. 피곤함보다는 정신이 맑아지는 느낌에 로나가 먼저 불침번을 서기로 했다. 그녀는 인간의 모습을 한 채 나무 꼭대기로 올라가 이파리 사이로 몸을 숨겼다.

세쌍둥이에게 지금 무슨 일이 벌어지고 있는지, 변한 게 무엇인지 상황을 알려 줄까 잠시 생각한 로나는 결국 그러지 않기로 마음먹었다. 물론 그녀는 동생들을 믿었다. 하지만 그 애들이 피어구스와 브리크의 자식들을 걱정해서 다른 형제자매들에게 경고할 가능성이 너무 높았다. 그러면 형제자매들은 어머니에게 얘기할 테고, 어머니는 곧장 피어구스와 브리크를 찾아가 케이타가 또 제 '헛짓거리―어머니는 케이타가 하는 거의 모든 일을 이렇게 불렀다―'에 당신 부하 중 하나―그렇다, '딸'이 아니라 '부하'―를 멋대로 써먹고 있다고 불평할 게 틀림없었다. 그러니까 아무 말도 하지 않는 게 최선이었다.

몇 시간 후, 나무줄기를 톡톡 두드리는 느낌에 로나는 아래를 내려다보았다. 비골프였다. 그가 그 큰 덩치로는 믿기지 않을 만큼 가벼운 동작으로 나무를 타고 올라와 그녀 곁에 앉았다. 그의 무게에 고목이 신음 비슷한 소리를 냈지만 가지가 부러지지는 않았다.

"이상 없어?"

낮은 목소리로 그가 물었다.

"그래."

"좋아."

비골프는 날카로운 눈으로 주변을 한차례 둘러본 다음, 천에 싼 고기와 빵을 건넸다.

"웨스트랜드 부족들이 왜 그토록 앤윌을 싫어하는지 설명해 줄 수 있어?"

"누가 그렇대?"

"퀸틸리안의 군주가 대가를 지불했다는 이유만으로 그자들이 가반아일 공격을 덥석 수락했다고는 믿기지가 않아서."

"그게……."

로나는 짧게 한숨을 내쉬고, 음식을 싼 천을 만지작거렸다.

"앤널은 노예제도나 노예상을 좋아하지 않아. 그런데 그게 웨스트랜드 부족의 주 수입원이거든. 몇 년 전에 그녀는 자기 나름의 방식으로 설득하기를 바라며 그들을 쳤어. 당장 세상 하직하고 싶지 않거든 노예제를 그만둬라…… 뭐, 그런 거였지. 물론 그들은 이의조차 제기하지 않았어. 하지만 그 후로 강철 놈들과 퀸틸리안 문제가 생겼고, 앤널은 더 이상 그들을 신경 쓰지 않게 됐어. 그자들을 주로 후원하는 게 퀸틸리안이라는 걸 알았으니까."

"그러니까 앤널은 상품의 수요자를 없애면 공급자는 저절로 사라질 거라고 생각한 거군?"

"그런 셈이지. 앤널에게 권력은 문제가 안 돼. 자기가 옳다고 생각하는 대로 되느냐가 문제지. 그녀는 노예제가 옳지 않다고 생각해. 그래서 못 하게 하지. 그녀는 퀸틸리안의 지배가 닿는 곳에서 벌어지는 모든 일이 옳지 않다고 생각해. 그래서 그들을 막으려 하는 거야."

"당신은 그녀 곁에서 싸워 봤지?"

"한 번 이상. 인간의 모습을 하고서였어. 카드왈라드르 일족은 맞서 싸울 드래곤이 없으면 인간 군대에 합류하기도 하거든."

"당신네 왕족 사촌들도 그래?"

로나는 웃음을 터트렸다.

"내 사촌들? 괄크마이 바브 과이어 왕가의 직계 자손들이? 그럴 리가! 그 애들 아버지이자 진정한 카드왈라드르인 베르세락 삼촌조차도 인간을 빠른 이동 중에 먹는 한입 거리 간식 정도로 밖에 생각하지 않았어."

그녀는 머리를 내저었다.

"그런데…… 앤널이 나타났지. 십이 년쯤 전에 피어구스가 자기 동굴 밖에서 죽어 가고 있던 그녀를 발견한 이래로 많은 게 달라졌어. 다음으로 탈라이스와 다그마가 왔고 아이들이 태어났지. 모든 경계가 사라진 거야."

비골프가 천천히 고개를 끄덕였다.

"그렇군. 하지만 당신 사촌 케이타는……."

"그 애가 뭐?"

"뭔가를 숨기고 있어."

"케이타는 원래 숨기는 게 많아."

로나도 인정했다.

"그 애는 왕좌의 수호자니까. 왕좌를 지키기 위해서라면 전심전력을 다하지. 자기 목숨조차 아끼지 않을 거야."

"그렇게까지 할까? 심지어 어린 조카들을 위험에 빠트리면서까지?"

"케이타는 조카들을 위험에 빠트리고 있다고 생각하지 않을 걸. 그리고 자기 목숨에 대해서라면, 그 애는 이미 목숨을 건 적이 있고 앞으로도 그럴 거야. 그 점은 전혀 문제가 안 된다는 걸 이제는 나도 알아."

그 자그마한 케이타가 자그마한 거와는 전혀 거리가 먼 사촌 엘레스트렌의 격노에 맞섰던 것을 로나는 기억하고 있었다. 암캐 같은 엘레스트렌은 케이타를 반역자라 믿고, 명령받은 바도 없이 독단적으로 데저트랜드 경계에 있는 소금 광산으로 보내 버리려 했다. 그 모두가 사실은 공정한 전투 훈련 중에 케이타에게 눈을 잃고 드래곤워리어로서 수치를 당한 일 때문이었다. 불행한 일 ─아마도─이긴 했다.

그러나 로나의 어머니 역시 언니 글레안나와 훈련하던 중에 날개 끝부분을 잃었다. 그 탓에 비행 능력에 문제가 생겼지만 어머니는 수 세기 동안 노력한 끝에 문제를 극복해 냈다. 물론 언니에게는 아무런 반감도 품지 않았다. 어쨌든 케이타는 암캐 엘레스트렌에게 용감하게 맞섬으로써 로나가 사촌 동생에 대해 언제나 의심스러워했던 바─케이타는 눈에 보이는 것과 전혀 다르다─를 입증해 보였다.

그녀의 말을 그대로 받아들인 듯 비골프가 음식을 가리키며 말했다.

"먹어."

"고마워."

하지만 번개 드래곤은 잠시 투덜거리더니 물었다.

"그러니까 당신은 케이타의 대계획에 이의가 없단 말이지?"

로나는 마른 육포를 씹다가 대답했다.

"계획은 계획이잖아."

"그러니까 당신은 그냥 받아들인다고?"

그녀는 어깨를 으쓱하며 빵 조각을 베어 물었다.

"그러지 말아야 할 이유라도 있어?"

"하지만 당신은 아무것도 묻지 않았잖아. 케이타를 더 캐 볼 수도 있었을 텐데. 보이는 대로가 전부가 아니면 어쩌려고? 실상은 더 나쁘면?"

"그럼 또 거기 적응해야지. 그게 좋은 전사가 하는 일이니까. 명령에 따르고 적응한다. 지금 내가 하려는 일도 그거야."

비골프는 이 여자를 이해할 수 없었다. 로나는 결코 질문을 하지 않았다. 반항하는 법도 없고, 주어진 명령을 따르는 것 이상의 일은 하지 않았다. 하지만 어떻게 봐도 그녀는 게으르거나 어리석거나 무능하지 않았다. 여자임에도 불구하고 굉장히 잘 싸웠고 하사라는 계급을 따낼 만했다.

그러나 비골프는 로나에게서 그 이상의 것을 보지 않을 수 없었다. 솔직히 그가 판단하기에 도저히 유능하다고는 할 수 없는, 그녀의 형제자매들과는 달랐다. 그렇다면 뭘까? 왜 그녀는 단순히 명령만 받는 지위에 안주하는 걸 행복해하는 듯이 보일까?

비골프는 물어보았다.

"당신, 전사로 사는 게 좋긴 한 거야? 내가 보기엔 그런 것 같지 않거든."

그녀의 눈이 커졌기 때문에, 그는 자기 질문이 그녀를 놀라게 했다는 걸 알아챘다. 설마 누구도 그녀에게 전사가 되고 싶은지 물어본 적 없다는 건가?

하지만 또…… 로나의 어머니를 아는 그로서는, 누군가 로나에게 뭐든 물었으리라고는 생각하기 어려웠다. 아마도 그것은 당연하게 주어진 길이었을 것이다.

"충분히 좋다고 생각하는데."

그녀가 마침내 대답했다.

"진심으로 사랑하는 일이냐고?"

이번 질문에 대한 답이 나오기까지는 더 긴 시간이 걸렸다. 로나는 입에 든 것을 천천히 씹으며 생각에 잠겨 먼 데를 바라보았다. 그리고 한참 만에 입을 열었다.

"내가 잘하는 일이지."

어두운 밤색 눈동자가 그에게 고정되었다.

"사실을 말해서, 난 당신이 만나 본 전사 중 최고일 거야. 가장 충성스럽고, 가장 헌신적이고, 가장 유능하지. 하지만 그뿐이야. 당신이 만나 본 전사 중 최고, 그 이상도 이하도 아니지."

"그게 나쁜 일인 것처럼 말하네."

솔직히, 비골프는 오직 로나와 같은 전사들로 가득한 군대를 얻기 위해서라면 어떤 일도 할 수 있었다.

"내 일족 사이에서는…… 기대에 못 미치는 일이거든. 그러니까 내 말에서 당신이 느낀 건 내가 하는 일에 대한 혐오감이 아니야. 그냥…… 체념이지."

그녀는 그가 가져다준 고기와 빵 절반을 도로 건네주었다.

"당신도 기력을 채워 둬야 해, 사령관. 하루 반나절만 더 가면 다크플레인으로 들어설 테니까. 내 짐작이지만, 우리가 거기 도착하면 당신네 노스랜더의 강력함이 필요할 거야."

그러고는 능숙하게 나무를 타고 내려갔다.

로나가 사라지고 난 후, 경계를 서는 내내 비골프는 그녀의 밤
색 눈동자와 그 안에 담겨 있던 체념에 대해 생각했다.

7

다음 날은 렌 때문에 몇 번이나 휴식 시간을 가져야 했다. 그가 펼치고 있는 마법이 무엇이건 간에 상당히 강력한 것인 듯했고, 로나는 슬슬 걱정이 되기 시작했다.

케이타가 조금 떨어진 나무둥치 곁에서 짧은 낮잠을 자고 있는 사이, 로나는 렌의 곁으로 다가가 엉덩이를 붙이고 앉았다. 그들은 인간의 모습을 하고 있었는데, 우연히라도 진짜 인간을 마주칠 경우를 대비해서였다. 그들이 날고 있는 곳은 연중 이 시기에 가장 많이 사용되는 길이었기 때문이다. 로나는 단순히 드래곤을 보았다는 사실을 이웃들에게 얘기할지 모른다는 가능성만으로 인간들을 죽이고 싶지는 않았다.

"친구, 내가 뭐 도와줄 것 없을까?"

그녀의 물음에 렌이 미소를 지었다.

"없어. 난 괜찮아."

"괜찮아 보이지 않아서 그래. 당신, 내 사촌들이랑 한바탕 술 잔치를 벌인 것처럼 보인다고."

"맙소사! 그렇게 나빠 보여?"

그의 미소가 더 진해졌고, 그래서 로나는 조금 마음이 놓였다.

"난 괜찮아. 정말이야. 지독하게 피곤하긴 하지만, 그렇게 나 쁘진 않아. 그리고 일단 아이들을 데리고 이스트랜드로 가면 내 아버지와 가족의 힘이 나를 원래대로 돌려 줄 거야. 장담하지."

"지금 당장 필요한 건 없고?"

"음식 남은 거 좀 있어?"

로나의 눈이 가운데로 모였다.

"저 야만족이 우리가 챙겨 온 식량을 깡그리 먹어 치웠어. 주 변에 보이는 음식이란 음식은 그냥 흡입하는 거 같다니까. 일행 은 생각도 않고 말이야."

렌이 키득거렸다.

"그만하길 다행이지. 수다스럽기까지 했어 봐."

"좋은 지적이야. 내가 수다쟁이를 얼마나 싫어하는지는 당신 도 알지."

로나는 자리에서 일어섰다.

"당신이 먹을 만한 걸 잡아 올게. 맛있게 구워 줄 수도 있어."

"그럼 정말 좋지. 고마워."

"당신을 위해서라면 뭐든 해, '선택된 자' 렌."

"진짜? 왜 그러는데?"

"당신이 케이타를 잘 다뤄 주니까. 비교적 안전하게 말이야. 그것만으로도 우리 일족 전체가 당신에게 빚을 진 셈이지."

로나는 머리를 들고 공기의 냄새를 맡았다.

"사슴이다."

그리고 곧장 사냥감을 쫓아갔다.

비골프는 사슴을 잡아 나무에 패대기친 다음, 목이 부러진 사슴의 사체를 바닥에 던졌다. 위장이 요동치는 소리를 들으면서 그는 사슴의 뱃가죽을 찢어 아직도 따끈따끈할 내장을 꺼내 먹을 생각으로 손을 뻗었다. 하지만 사슴의 부드러운 털가죽에 닿기도 전에, 어디선가 날아온 불덩이에 손가락을 그슬리고 말았다.

"제기랄! 대체 왜 그런 거야!"

"당신은 내가 만나 본 드래곤 중에서 가장 이기적인 자식이야! 내 일족이 누군지를 감안하면 그건 진짜 의미심장한 평가지."

"또 내가 뭘 어쨌는데?"

"렌도 요기를 좀 해야지."

"그래서? 먹으라고 해."

"당신이 육포며, 빵이며 죄다 먹어 치웠잖아. 우리 중 누구에게라도 배고픈지 물어본 적이나 있어?"

비골프는 어깨를 추썩였다.

"케이타 공주한테 물어봤어. 하지만 공주는……."

"케이타? 케이타한테 물어봤다고? 자기 조카들을 보호하기 위해 마법을 펼치느라 지쳐 떨어진 게 케이타야? 누구 하나 보호하려 해 본 적도 없는 케이타? 다크플레인에 도착하면 무슨 옷을 입을지 하루 종일 떠들어 대는 거 말고는 아무 일도 안 하는 케이타? 사서 입겠다는 것도 아니고, 젠장맞을, 드레스가 거저 생긴다고 자랑질이나 하는 케이타 말이야? 당신이 먹을 걸 챙겨 줘야 할 게 정말 케이타라고 생각해?"

비골프는 괜히 목을 가다듬으며 뒷덜미를 긁적였다.

"뭐…… 그렇지."

로나의 눈이 가늘어졌다. 그녀는 그를 밀쳐 사슴의 사체에서 떼어 놓으며 말했다.

"이건 렌에게 갖다 줄 거야. 당신의 귀하신 공주님을 먹이고 싶거든 다른 걸 찾아봐."

"그 사슴은 공주에게 주려던 게 아니야. 내가 먹으려고 했지. 나도 배고프단 말이야."

로나가 얼빠진 듯 그를 바라보았다.

"또? 어떻게 또 배가 고플 수 있어? 하루 종일 먹기만 했잖아. 그러고 보니, 내 평생 날면서 먹는 드래곤은 처음 봤다니까."

"그럼 확실히 당신 세상 경험이 부족한 거네."

로나의 눈이 다시 가늘어졌다. 비골프는 그녀와 싸울 기분이 전혀 아니었기 때문에 얼른 두 손을 들어 보였다.

"알았어, 알았어. 계곡에 내려가면 사슴은 얼마든지 있으니까, 가서 하나 더 잡아 보지."

"좋아."

로나가 사슴 곁에 쪼그리고 앉더니 껍질을 벗기기 시작했다.

비골프는 잠시 그녀가 하는 양을 지켜보다가 물었다.

"그나저나, 이스트랜더는 좀 어때?"

"기진맥진이야. 죽을 만큼 지쳤지."

"당신, 그를 걱정하는군."

"그럼, 걱정하지."

"당신들…… 가까운가 봐."

로나는 맨손으로 사슴의 가죽을 잡아당겨 완전히 벗겨 냈다.

"그래, 그런 거 같아."

"얼마나 가까운데?"

그녀가 가죽을 한쪽으로 던져 버리고 그를 올려다보았다.

"뭐라고?"

"당신 자매들이 '잘생긴 이스트랜더'라고 부르는 자랑 얼마나 가까우냐고?"

"그런 걸 왜 묻는데?"

"대답하면 왜 안 되는데?"

"당신하고 상관없는 일이니까."

"정확히 어떻게 상관이 없는데? 나한테 뭘 숨기고 있는 거야?"

로나가 자리에서 일어나더니 손을 털고 쥐어짜 사슴 피를 떨어냈다.

"숨기는 거 없어. 그저 나만의 생활, 내 개인적인 영역은 내 거라는 뜻이지. 내 어머니조차도 그런 질문은 안 하셔."

"난 당신 어머니가 아니야."

"물론 아니지. 그러니까 더더욱 질문을 할 수 없는 거고."

비골프는 로나가 자리를 떠 버리기 전에 얼른 말했다.

"그럼 이것만 말해 줘. 당신들…… 친밀한 사이야?"

로나가 코웃음 치듯 가볍게 웃었다.

"아니, 그런 거 아니야. 우린…… 오랜 친구야."

"아하…….."

"친밀한 게 아니라 그냥 친구라고. 그러니까 그만해."

하지만 비골프는 그만할 수 있을 것 같지 않았다.

로나는 사슴의 사체에 대고 불을 뿜은 채 이리저리 돌려가며 맛있게 익을 때까지 잘 구웠다. 그것을 어깨에 둘러멨을 때 그가 물었다.

"당신은 친밀해지는 게 좋아?"

로나의 몸이 굳어졌다. 그의 질문이 점점 이상해지고 있었기 때문이다. 하지만 생각해 보면, 이 야만족은 원래가 이상했다.

"무슨 소릴 하는 거야?"

"짝이 생기는 거 말이야."

"그 부분에 대해서는 별로 생각해 본 적 없는 거 같은데. 왜?"

"그냥."

로나는 쏘아붙였다.

"그런 걸 어떻게 그냥 물어볼 수가 있어?"

"난 그냥 물어볼 수 있어."

"하, 그냥 으르렁거리지나 마시지."

그녀는 몸을 돌리고 걷기 시작했다.

"설마…… 짝을 갖기 싫은 건 아니겠지?"

그가 뒤에서 발을 잡듯 물었다.

로나는 다시 그를 향해 돌아섰다.

"왜 자꾸 그런 걸 묻는 거야?"

"궁금하니까."

"다른 여자나 궁금해하라고."

"왜? 당신 무슨 문제 있어?"

"나야 아무 문제 없지. 그저 나와 함께 전장에 나서려 하지 않는 남자와는 살지 않을 거라는 점을 빼면."

"난 지난 오 년 동안 당신과 함께 전장에 나갔는데."

"그러고 싶지는 않았잖아."

"소똥 같은 소리! 내가 언제 그랬다고……."

"전투에 함께 나간다고? 여자들이랑?"

로나는 세쌍둥이와 함께 있을 때 비골프를 놀리듯 흉내 냈던 낮은 목소리로 말을 이었다.

"언제 천지가 개벽을 했대냐?"

그가 눈을 깜빡였다.

"아…… 그래, 전에는 그런 말을 했던 것도 같네. 하지만……."

"하지만 뭐?"

"하지만 당신이랑 함께하게 된 후로는 아니야. 특히 당신에 대해서라면 절대로 그렇게 말한 적 없어. 당신은 처음부터 내게 깊은 인상을 남겼으니까."

"참 너그럽기도 하십니다."

로나는 던지듯 말하고 다시 몸을 돌렸다.

"멍청이……."

하지만 그녀가 몇 걸음 가기도 전에 그가 앞을 가로막았다.

"내가 여자 전사란 존재하지 않는다고 생각했던 건 인정해."

그는 그녀가 입을 열기 전에 재빨리 말을 이었다.

"하지만 당신과 당신 자매들이 그런 내 생각을 바꿔 놨지. 사실, 따지고 보면 당신도 마찬가지일걸. 당신도 노스랜더라면 무조건 야만족이라고 생각했을 거잖아."

"당신들은 야만족이니까."

"라그나도?"

"그야…… 아니지. 하지만 그는 달라. 특별하지."

비골프의 왼쪽 눈이 움찔거리는 걸 보고, 로나는 잠시 라그나의 안전이 염려되었다. 하지만 다음 순간, 그가 다시금 물었다.

"내 형제들 중 누구라도 당신네 여자를 납치해다가 '권리 주장'을 강요한 적 있어?"

로나는 눈을 굴렸다.

"아니."

그가 한 걸음 다가서며 그녀와 사이를 좁혔다.

"우리 가운데 여럿은 전장에 풀어놓아야 할 광전사라기보다는 뛰어난 전략가라는 것을 입증해 보이지 않았나?"

"그랬던 것 같아."

다시 한 걸음.

"당신네 여전사들이 술병을 내던지고 싸움을 걸어올 때, 그러니까 살짝 미친 듯이 굴었을 때조차 우리는 예의 바르고 사려 깊게 행동하지 않았어?"

그녀는 한숨을 내쉬었다.

"그랬지…… 대부분."

"그렇다면 이제 우리를 좀 인정해 주지그래? 날 인정해야 하는 거 아니냐고."

한 걸음 더.

"우리 모두 잘해 왔으니까, 그렇잖아?"

거의 닿을 만큼 가까워진 그가 잿빛 눈으로 그녀를 내려다보았다.

"렌에게 사슴 고기를 갖다 줘야 해. 다시 날아가려면 먹어 둘 필요가 있다고."

로나는 말했다.

"알겠어."

하지만 그는 움직이지 않았다. 그저 예의 '그런 식'으로 바라보기만 했다. '그런 식'이 어떤 것인지 설명할 수는 없지만, 분명 '그런 식'이었다.

그래서 로나는 다시 걸음을 옮기기 위해 억지로 힘을 내야 했다. 그를 피하듯 돌아선 그녀는 사촌 동생과 친구를 향해 천천히 걷기 시작했다.

하지만 진심으로는, 달려서 도망치고 싶었다.

그저 왜 그런 마음이 드는지 알 수 없을 뿐이었다.

8

　드래곤 퀸 리아논의 세 번째 자식이자 큰딸, 드래곤 퀸 마법의 계승자이며 앤널 여왕 군대의 전투 마법사, 화이트 드래곤 모르 퓌드는 자신의 인간 짝을 눈으로 더듬어 찾았다. 말을 탄 그녀 주 위로 사방에서 병사들과 요리사들, 기수들, 정찰병들, 인간 여왕 의 군대를 이루는 모든 이들이 바쁘게 움직이고 있었다.

　"모르퓌드?"

　그녀의 인간 짝, 앤널 여왕 군대의 장군 브라스티아스가 병사 들을 밀치고 그녀 곁으로 다가왔다.

　"무슨 일이야?"

　"우리 당장 유프라시아 계곡으로 가야 해."

　"이렇게 빨리? 얼마쯤 시간이 있는 줄 알았는데……."

　"퀸틸리안은 잠시 후퇴한 게 아니야. 군대를 완전히 이동 중이지. 유프라시아로 가는 거야."

브라스티아스는 거의 오 년 동안이나 머물러 있었던 전장을 흘끗 돌아보았다. 씁쓸한 미소가 그의 입가에 떠올랐다.

"가차 없는 우리의 공격을 더 이상 견디지 못해서 달아나는 거길 바랐는데……."

그가 고개를 들어 그녀를 올려다보았다.

"하지만 강철 놈들을 도우러 가는 거겠지?"

"그래, 이미 거기로 가고 있어."

"당신, 봤군?"

"신들이 보여 주는 걸 보다가."

"신들이 거짓을 보여 줄 수도 있어?"

"물론이야. 하지만 이건 그런 경우가 아니라는 걸 우리 둘 다 알잖아."

브라스티아가 고개를 끄덕였다.

"그러니까 우리도 따라가야겠군."

"동쪽으로 길을 잡아. 이 영역에 대한 내 기억이 맞다면, 퀸틸리안군을 반으로 갈라놓을 수 있을 거야."

고개를 끄덕인 그는 앤빌 군대의 지휘관들에게 돌아서서 명령을 내렸다.

"지금 이동한다. 꼭 필요한 것만 챙기게 해라."

"여왕님은……?"

지휘관 중 하나가 물었다. 모르퓌드는 브라스티아스가 거짓말을 하지 않아도 되도록 먼저 재빨리 대답했다.

"내가 지금 가는 길이에요. 모두들 당장 움직여야 하는 거 아시죠?"

질문했던 지휘관의 눈이 가늘어졌다. 하지만 모르퓌드에게 반박하려는 것은 아니었다. 그녀의 명성이 앤닐의 것—그저 잘라낸 목의 개수로 얻은—과 전혀 다르긴 했지만, 그들 모두는 모르퓌드가 만만히 볼 수 없는 드래곤이라는 것을 잘 알고 있었다.

지휘관들이 말없이 각자의 부대를 향해 떠나간 후, 브라스티아스는 그녀의 발목을 부드럽게 쥐었다.

"아무 소식 없어?"

아주 조용한 목소리로 그가 물었다.

"없어. 앤닐 일행 쪽으로는 여전히 시야가 막혀 있어."

"역시 당신의 고마운 신들 짓인가?"

"정말 모르겠어. 아리시아 산맥을 지나는 서쪽으로는 언제나 막혀 있거든. 나뿐 아니라 어머니에게조차도. 그게 신들 때문인지, 아니면 아주 강력한 마법사나 마녀 때문인지는 나도 몰라."

"걱정하지 마, 내 사랑. 내가 언제든 어디서든 세상에 딱 하나 믿는 게 있다면 바로 우리 미친 여왕님이니까."

모르퓌드는 안장에서 몸을 아래로 기울여 브라스티아스에게 키스했다. 그리고 몸을 세우기 전에 살짝 속삭였다.

"그래도 조심해 줘, 내 사랑. 우리 여왕님에게 충성하는 이들이나 마찬가지로 적의를 품은 자들 또한 움직이고 있으니까."

"그래, 그것도 알지."

그가 슬픈 듯이 대답했다.

모르퓌드는 조금 더 머무르고 싶었지만 그를 두고 몸을 돌렸다. 왜인지는 알 수 없었지만 뒤에 남아 기다리고 싶었다. 그러나 앤닐의 기치 아래 더 많은 피와 죽음을 갈구하며 적의 목을 노리고 전장을 뒹구는 병사들을 지켜보면서, 모르퓌드는 더 이상 선택의 여지가 없다는 것을 깨달았다. 앤닐이 그녀의 사촌과 조카를 데리고 사라졌다는 사실을 알게 된 이후로 계속해서 미루고 있던 일을 할 때가 되었다.

이제 어머니에게 연락을 취해야 했다.

가반아일에서 삼 킬로미터도 못 미치는 지점에 이르렀을 때, 렌이 갑자기 멈추었다. 일행도 함께 멈출 수밖에 없었다. 이스트랜더가 너무나 지쳐 보였고 가반아일이 그렇게 멀지 않았으므로, 비골프는 그를 업고 갈까 싶었다.

"왜 그래, 친구?"

로나가 렌에게 물었다.

"내가 여기 있다는 걸 알아챘어. 퀴비치 말이야. 역시 반기지 않는군."

"왜?"

"내가 무슨 일을 하려는 건지 아는 걸까? 나도 모르겠어."

"당신은 여기서 기다리고 있어."

로나는 비골프에게 다가오라는 몸짓을 했다.

"우리가 여기 있다는 걸 알려 주고 올게. 당신이 둘을 잘 지켜줘. 퀴비치들이 렌 때문에 미쳐 날뛰는 사태가 벌어지면 안 되니까. 내 얘기를 듣기 전에 사촌들이 당신을 보기라도 한다면 젠장 맞을 번개 드래곤을 처죽이겠다고⋯⋯."

그녀가 갑자기 그를 떠밀었다. 거대한 강철 창이 그를 꿰뚫을 듯 노리고 날아왔던 것이다. 그녀의 밤색 앞발이 창대를 붙잡았을 때, 창끝은 비골프의 목줄기 바로 앞에 멈춰 있었다. 둘은 고정된 듯 서로의 눈을 마주 보았다.

"고마워."

그는 웅얼거리듯 말했다.

"별말씀을."

로나가 그렇게 대답한 순간, 거대한 주먹이 비골프의 머리를 쳐 그를 앞으로 고꾸라트렸다.

갑자기 은빛 비늘 달린 주먹이 뒤통수에 꽂히는 바람에 비골프가 그녀 쪽으로 고꾸라지자, 로나는 몸을 피해 날아올랐다. 다음 순간 또 다른 주먹, 이번에는 검은 주먹이 비골프를 때려 뒤로 넘어뜨렸다. 하지만 다크플레인까지 그들을 따라온 드래곤들은 적이 아니었다. 그녀의 삼촌 실버 드래곤 아돌가와, 세상에 맙소사, 그녀의 아버지였다!

두 드래곤이 비골프를 무자비하게 두들겨 패 저승 문턱으로 데려가고 있는 사이, 로나는 케이타에게 달려가 그녀 손에 창을 억지로 쑤셔 넣은 다음, 거의 질질 끌리다시피 매달리는 왕족 동생의 새된 꽥꽥거림을 뿌리치고 재빨리 날아올라 싸움판으로 뛰어들었다.

"아빠! 삼촌! 안 돼요!"

아버지는 즉시 멈추었지만, 아돌가 삼촌은 기어이 비골프의 얼굴을 걷어차 거꾸로 공중제비를 돌게 만들었다. 노스랜더가 안 됐다는 생각에 그녀는 저도 모르게 움찔했다.

하지만 아버지를 다시 만나게 된 것은…….

무정한 여자 같으니! 내가 죽도록 얻어터지고 있는데도 저 망할 여자는 막아 줄 생각도 않고 자기 일족인지 누군지를 끌어안느라 바빠? 충성심은 어디다 흘리고 온 거야?

더 나이 든 쪽, 실버 드래곤이 그의 머리를 노리고 브로드소드를 내뻗었다. 비골프는 등에 메고 있던 워해머를 뽑아 휘둘렀고, 거의 칼을 막아 낸 듯했다. 그 서슬에 상대 드래곤의 머리를 치기라도 했다면……. 다행히 그의 무기는 무언가를 치기 전에 강력한 앞발에 잡히고 말았다. 그를 공격한 늙은 실버 드래곤의 칼도 마찬가지였다.

"내 딸이 안 된다고 했잖아. 그럼 멈춰야지."

비늘에 붉은 기가 도는 거대한 블랙 드래곤이 말했다.

"당신도 마찬가지야, 아돌가."

실버 드래곤은 한차례 사납게 으르렁거린 후, 브로드소드를 거두었다.

"너희가 올 거라고 미리 언질을 줬어야 했다, 노스랜더. 우리는 적인 줄 알았지. 또 다른 쓰레기 번개 놈이 아닌 걸 어떻게 알았겠나?"

"당신들과 동맹을 맺었다는 사실이 몹시 기쁠 따름입니다."

비골프는 코에서 뚝뚝 떨어지고 있는 피를 훔쳐 내며 웅얼거리듯 말했다.

"아돌가 삼촌은 적어도 세 차례나 노스랜더들과 전쟁을 치르셨어. 당신 아버지를 포함해서 말이야. 그러니까 삼촌이 당신들 전부를 무가치한 쓰레기라고 생각하신다 해도 유감스러워하면 안 돼."

로나가 설명했다.

비골프는 그녀를 가만히 바라보다가 물었다.

"이 상황에 그런 말이 도움이 된다고 생각해?"

"내가 너희를 지켜 주지."

블랙 드래곤이 그들 모두를 향해 말했다. 그의 얼굴에 떠 있는 빙글거리는 웃음은 로나와 아주 닮아 있었다.

"그래야 저 번개 드래곤이 안전하게 갈 수 있을 테니 말이다. 가엾게도 비실거리는 조그만 놈이로구나."

"아빠!"

로나가 꾸짖듯 ─어째 그런 것 같지는 않았지만─ 소리쳤다.

블랙 드래곤은 웃음을 터트리더니, 아직도 케이타가 매달려 끙끙거리고 있는 강철 창을 받아 로나에게 던져 준 다음, 가반아일 쪽으로 방향을 잡았다. 케이타와 렌이 그 곁에 나란히 섰다.

비골프는 로나의 팔을 붙잡고 물었다.

"아빠라고?"

"내 아버지가 여기 계신 걸 다행으로 생각해, 번개 드래곤. 아돌가 삼촌이 무슨 일을 하건 충분히 막을 수 있을 만큼 강력한, 몇 안 되는 드래곤 중 한 분이시니까."

성을 향해 날아간 로나는 몇 개의 문들을 지나 안쪽 광장에 내려앉았다.

성안의 풍경은 그녀가 기억하고 있던 것과 전혀 달랐다. 광장 안팎으로 노점들이 가득했던 활기 찬 마을 대신에 일종의 전초기지의 모습이었다. 공성에 대비한 무기들이 성벽 안쪽에 열을 지어 배치되어 있고, 해자 공사가 진행 중이었다. 해자는 아직 일부만 완성되었는데, 그 탁한 물속에 무언가 불친절하게 생긴 놈들이 살아서 움직이고 있었다.

그렇다, 그녀 기억 속의 성이 아니었다.

로나는 사촌들에게 고갯짓으로 알은척을 하고 이모들과 삼촌들에게 웃음을 보냈다. 하지만 그녀가 달려가 몸을 던진 곳은 아버지의 넉넉한 품 안이었다.

"내 딸, 내 아름답고 귀한 딸."

야장冶匠 술리엔이 낮게 속삭이며 그녀를 끌어안았다.

"아빠, 너무나 보고 싶었어요."

"나도 그랬지."

아버지가 몸을 떼고 그녀를 한차례 뜯어보더니 미소 지었다.

"정말 예뻐졌구나."

로나는 번개 드래곤을 거의 꿰뚫을 뻔했던 강철 창을 아버지에게 건네주었다.

"아빠가 만드신 게 아니네요."

아버지가 몸을 기울이며 다시 속삭였다.

"그래, 넌 내가 만든 걸 알아보지. 이놈은 조잡한 물건이야."

그러고는 그녀의 등에 메인 예비용 창을 가리키며 물었다.

"네 창은 어디다 두고?"

로나는 막 아버지 뒤로 내려앉는 번개 드래곤을 노려보았다.

"조각나 버렸어요."

그녀가 불평하듯 대답했다.

"그건 사고였잖아. 미안하다고 내가 몇 번을 말했는데!"

비골프가 되쏘았다.

"진심이 아니었잖아!"

"걱정 마라. 그렇지 않아도 네게 주려던 게 있으니까."

아버지가 밤색 눈을 반짝이며 달래듯 말했다.

"더 좋은 거야."

로나는 정말로 가슴이 두근거리는 걸 느끼며 미소 지었다.

"뭔데요? 말해 주세요!"

"우선 네 일부터 하고. 여기까지 온 건 이유가 있어서일 테니까 일을 다 끝내고 나면, 대장간으로 오너라."

아버지가 환하게 웃으며 그녀의 뺨을 다독였다.

"네가 돌아와서 기쁘구나, 얘야. 오래 머무를 거냐?"

"금방 돌아가야 해요. 내일 출발할 거 같아요."

"그럼 오늘 하루를 알차게 보내자꾸나."

9

그녀 아버지가 가 버린 후에야 비골프는 물었다.

"우리 내일 떠나나? 여기서 우리를 필요로 하지 않을까?"

"당신이 그렇게 명령한다면……."

"알았어, 알았다고."

아, 이 여자 참! 또 그놈의 명령 얘기네.

"난 그저 이곳을 방어 준비가 덜 된 채로 두고 떠나고 싶지 않을 뿐이야."

잠깐이지만 비골프는 로나의 얼굴에 어린 근심을 보았다. 그러나 다음 순간, 퀴비치 하나가 그들 사이로 지나갔다. 주변을 둘러싼, 자기보다 훨씬 큰 드래곤들이 보이지 않는 듯 걸어간 그녀는 인간 남자의 머리통을 들고 있어 있었다. 외부인 같았는데, 그래도 그건…….

"제셀라."

마녀가 누군가를 부르더니 들고 있던 머리통을 던졌다.

"그걸로 뭘 해야 할지 알지? 오늘 밤 만월이 뜰 거야."

"몸은 어쨌어? 손가락이랑 혀도 필요하단 말이야!"

로나가 피식 웃더니 그에게 말했다.

"난 내일 출발할 거야."

그러고는 어디론가 걸어가 버렸다.

비골프는 그녀의 모습이 사라질 때까지 그렇게 지켜보고 서있었다. 도대체 이해할 수가 없었다. 한순간은 '보모'답게도 세상 모두를 걱정하던 그녀가 어떻게 다음 순간이면 '저는 오직 명령만을 따릅니다, 지휘관님.' 하는 차갑고 무정한 전사가 되어 버리는 걸까?

"비골프."

비골프는 시선을 돌려 아래쪽을 내려다보고, 미소 지었다.

"레이디 다그마."

다그마 라인홀트. 형 라그나가 날개 아래 거두고 가르쳐 그 자신만큼이나 교활하게 만든 노스랜드 여자. 당시만 해도 비골프는 형을 이해하지 못했다. 조그만 체구에 평범한 외모의 다그마 라인홀트에게서 어떤 흥미로운 점도 찾아볼 수 없었기 때문이다. 그저 형이 애완동물 삼고 싶은가 보다 생각했을 뿐이다. 성적인 의미—비골프의 기준으로는 어느 모로 봐도 너무 어렸다—는 아니고 일상의 오락거리로. 강아지나 새끼 고양이처럼 말이다.

그런데 라그나는 다그마에게 너무나 많은 관심을 쏟았다. 그녀의 교육, 그녀의 건강, 심지어는 그녀의 다채로운 남편들——쓸모없는 놈들이기도 했다——의 부적절함에까지도. 그리고 지난 몇 년 사이에 비골프는 그 소녀, 이제는 여인이 된 다그마의 무엇이 형을 그토록 끌어당겼는지 이해하게 되었다. 완고하고 잔인하며 그 어떤 것에도 겁먹거나 위협당하는 법 없는 노스랜드 남자들이 한 점의 조소나 역설도 담지 않고 그녀를 '야수'라 부르는 이유에 대해서도.

다그마 라인홀트는 굉장한 인간이었다. 전략가이며 정치가인 그녀는 이성과 논리로 단단히 무장하고 최고 계급의 군주들과 정치적 승부를 유유히 즐겼으며, 소문을 믿자면 신들과도 비슷한 놀이를 한다고 했다. 그녀의 정신은 독하고 치명적인 힘을 갖고 있어서, 비골프 역시 다그마 라인홀트는 적으로 두기보다 우리 편으로 삼는 것이 현명하다고 생각하고 있었다.

"틀림없이 배가 고프시겠죠?"

"맞아요. 하지만 어머니부터 뵙고 싶네요."

"그분은 다른 노스랜드 드래곤들과 함께 데벤알트 산에 머물고 계세요. 그쪽에 이미 기별해 두었으니까, 곧 이곳으로 모시고 올 거예요. 그러니 그때까지는……."

그녀가 성을 가리켜 보이며 말했다.

"식사를 좀 하시죠."

비골프는 그 어조를 알아들었다. 형 라그나에게서 항상 듣던 어조.

"별로 선택의 여지가 없는 거죠. 그렇죠, 레이디 다그마?"

그녀의 미소가 가라앉았다. 차갑게.

"그래요, 없어요."

로나는 일족의 숙영지 근처 호숫가에서 인간의 모습을 하고 벌거벗은 채 몸 여기저기에 어지럽게 새겨진 흉터들을 살펴보고 있었다.

"젠장맞을! 바늘꽂이 꼴이네."

"로나?"

누군가 부르는 소리에 돌아본 그녀는 미소 지었다.

"안녕, 탈라이스?"

"잠깐 얘기 좀 할까요?"

사촌 브리크의 아름다운 짝이 물었다. 로나는 그녀의 목소리에 담긴 근심을 알아챘다. 놀랄 일도 아니었다. 그들 대부분이 지난 오 년 동안 떠나 있었다. 탈라이스는 초반 이 년이 지나고서야 브리크를 만날 수 있었고, 아직까지 딸은 보지도 못했다.

로나는 자기 몸을 내려다보며 물었다.

"내가 입을 만한 깨끗한 옷 좀 있어요? 내 건 죄다 냄새가 고약해져서."

탈라이스가 가볍게 웃었다.

"앤빌의 옷장에 몇 벌 있을 거예요."

"그거면 되겠네요."

로나는 그대로 숙영지를 등지고 걷기 시작했다. 하지만 탈라이스가 팔을 잡고 뒤로 당겼다.

"여기요."

그러고는 자기 털 망토를 벗어 로나의 벌거벗은 몸을 감싸 주었다.

"안으로 들어갈 때까지만이라도, 하인들을 위해서요."

"내숭쟁이."

로나는 놀리듯 말했다.

그녀 일족의 숙영지에서는 멀어졌지만 아직 성문에는 이르기도 전에 탈라이스가 입을 열었다.

"걱정이 돼요. 브리크에게 소식을 못 들은 지 며칠이나 지났거든요."

"브리크에게 소식을 듣고 있었어요?"

보통은 오직 혈족 사이에서만 먼 거리에서도 직접적인 소통이 가능했다. 그러나 그 대상이……

"마녀잖아요."

탈라이스가 일깨워 주었다. 그녀는 데저트랜드 마녀들 중 하나이자 퀴비치 필생의 숙적이라 했다. 벌거벗다시피 한 몸을 문신으로 뒤덮은 채 돌아다니는 퀴비치들과 함께하는 것은 그녀에게 특히 힘든 일이었으리라.

"힘이 돌아온 이래로 다시 배우기 시작한 기술 중에서 그이와 마음으로 소통하는 건 쉬운 편에 속했죠. 그리고 브리크는 노력을 좀 하고 불평을 많이 줄이기만 하면 꽤나 놀라운 마법사거든요. 그래서 별로 어렵지 않았어요. 그와 매일 얘기를 나눈 건 아니지만, 이렇게 오래 연락이 끊어진 적은……."

"내가 떠날 때까지는 별일 없었어요. 여전히 교착상태였죠."

물론 로나는 한순간에 모든 상황이 변할 수 있다는 것을 잘 알고 있었다. 하지만 굳이 탈라이스를 걱정시킬 필요는 없었다.

"당신 어머니께 확인해 볼 수 있죠?"

로나는 걸음을 멈추고 몸에 두른 털 망토를 추슬렀다.

"어……."

"어? 왜 어……예요?"

"내가 여기 와 있는 건 아무도 몰라요."

"그게 무슨 소리예요?"

"케이타가……."

"맙소사, 케이타!"

로나가 사촌을 편들 거라고 지레짐작했는지 탈라이스는 말도 말라는 듯 두 손을 쳐들었다.

"이번엔 또 무슨 일을 꾸미고 있대요?"

"그건 케이타에게 물어보……."

"됐어요."

탈라이스가 로나의 손을 잡아끌었다. 놀랄 만큼 강한 힘이었다. 그러고 보면 그녀가 한때 암살자였다는 사실을 로나는 종종 잊곤 했다. 그것도 상당한 실력자였던 것을.

잠시 으르렁거리던 탈라이스가 말했다.

"그 망할 여자를 찾아보죠."

"그쪽 사정은 어떤가요?"

다그마가 물었다. 비골프는 맛있는 냄새를 풍기는 소고기 스튜가 가득 담긴 그릇을 앞으로 끌어당기며 건성으로 대답했다.

"좋아요."

순간, 눈앞의 그릇이 사라지고 숟가락만 허공을 휘저었다.

"드래곤과 먹을 것 사이에 끼어들다니!"

비골프는 반쯤 진지하게 말했다.

"내 질문에 진짜배기 노스랜드 남자처럼 반응하는 상대라면 당해도 싸요."

그녀가 두 손으로 들고 있는 그릇에서 풍겨 나는 향기가 코끝을 간질이자 비골프는 살짝 으르렁거릴 수밖에 없었다.

"하지만 내 고향 남자들 대부분과 달리, 당신은 완전한 문장을 구사해서 충분한 대답을 만들어 낼 수 있잖아요. 그러니까 다시 묻죠. 그쪽 사정은 어떤가요?"

"형이 당신을 정말 잘 가르쳤다는 게 새삼 느껴지네요."

솔직히 말해서 지난 오 년 동안 비골프는 여자의 권리, 여자가 관여해도 되는 것과 그렇지 않은 것에 대한 자신의 의견을 상당히 바꿔야만 했다.

"그래요, 당신 형은 날 잘 훈련시켰죠. 그리고 당신을 라그나 자신처럼 신뢰해도 된다고 했어요."

다그마의 그 말은 비골프에게 굉장히 의미가 있었다. 진심이 아니라면 형이 그녀에게 그렇게 말했을 리 없기 때문이었다.

"형 말이 맞아요, 레이디 다그마."

"다그마라고 불러 주세요."

"그러죠, 다그마. 우선, 당신 짝은 잘 있어요. 성질은 더럽지만 잘 있죠."

"성질이 더러워요?

그녀가 그릇을 그 앞에 도로 내려놓으며 되물었다.

"다른 형제와 혼동한 게⋯⋯?"

"'훼손자' 그웬바엘, 맞죠?"

그녀가 고개를 끄덕였다. 수년 전 형이 만들어 준 안경 너머에서 그녀의 두 눈이 동그래졌다.

"그는 당신에게 꽤나⋯⋯ 충직하더군요, 안됐지만."

비골프는 서둘러 설명을 이었다.

"아, 그게⋯⋯ 오 년이나 지났잖아요. 그 친구 같은 남자에겐 쉽지 않은 일이죠. 게다가 자기 형제들과 마찬가지로 지난 삼 년간은 돌아오지도 못했으니까요. 그 친구 점점 참을성을 잃고 있어요. 성질이 더럽고 고약하게 변했죠. 그 성질을 적은 물론이고 우리한테도 부리고 있고요. 강철 놈들은 이제 그를 '오염자'라고 부른답니다."

그 순간, 다그마가 웃음을 터트렸다. 비골프로서는 이 고지식하고 완강한 여자에게서 볼 수 있으리라고 상상도 못 한 모습이었다.

"미안⋯⋯ 흠, 미안해요. 우리끼리 하던 농담이 생각나서. 그러니까, 어⋯⋯ 왜 그렇게 부르는데요?"

웃음을 참느라 말까지 더듬어 가며 그녀가 물었다.

"상대를 갈가리 찢어 놓기 일쑤거든요. 가끔은 아직 숨이 붙어 있는데도 그러죠. 말했다시피, 당신과 함께 있지 않을 때 그는 꽤나 성질이 더러워져요."

"그렇군요."

"다음으로, 전쟁에 대해 말하자면……."

비골프는 한숨을 내쉬었다.

"유감스럽지만 그건 좀 복잡한 얘기가 되겠네요."

로나는 소매 없는 미늘 셔츠에 밤색 가죽 바지를 입고 무릎까지 오는 가죽 부츠를 신었다. 고맙게도 앤널은 그녀와 체구가 비슷했다. 바지가 살짝 짧긴 했지만 부츠가 덮어 주었고, 인간 여왕의 가슴이 더 크긴 했어도 그 여유 덕분에 로나의 넓은 어깨에 맞춤했다.

그녀가 앤널의 옷을 입고 있는 동안, 여왕의 동서와 올케는 성난 하피들처럼 말싸움을 벌이고 있었다.

"어떻게 아무 말도 않고 올 수 있어요? 적어도 브리크와 피어구스에게는 얘기해 줬어야죠!"

탈라이스가 케이타에게 소리쳤다.

"바테리아가 원하는 걸 딱 그대로 해 주라고요? 잊고 있나 본데, 탈라이스, 난 왕좌의 수호자예요."

"어쩌고저쩌고 이유도 많지!"

"난 오빠들에게 아무것도 말해 주지 않기로 결정했어요. 하지만 조카들을 보호하기 위해 렌까지 데리고 왔죠. 그러니까 제발 그만 좀 넘어가라고요!"

케이타가 거울에 비친 로나를 보며 말했다.

"언니는 그 지랄 맞은 입 좀 닥치고 있었어야지."

"나 지금 비번이거든, 케이타. 카드왈라드르 일족의 법에 따르면 널 흠씬 패 줘도 된다는 뜻이지."

탈라이스가 눈을 깜빡였다.

"카드왈라드르 일족의 법이란 게 있어요?"

"필요할 때는요."

로나는 자신의 칼과 사랑하는 창의 남은 부분을 집어 들었다.

"말싸움 마저들 해요. 난 아버지를 뵈러 갈 테니까."

"지금 떠나는 거야?"

케이타가 물었다.

로나는 사촌 동생을 마주하고 섰다.

"넌 내게 너와 렌을 여기까지 안전하게 데려다 달라고 했어. 그리고 이제 여기 안전하게 와 있잖아. 여기서 뭘 하건 그건 네 문제야."

그녀는 문 쪽으로 걸어가며 말했다.

"난 새벽에 출발한다."

그러고는 밖으로 나와 문을 닫았다.

탈라이스는 방을 나가는 로나의 모습을 가만히 지켜보았다.

"로나 괜찮은 거예요?"

"로나잖아요."

"무슨 뜻이에요?"

"말 그대로죠, 로나라고요. 자, 이제 뭘 좀 먹어 볼까. 진짜 음식이 너무나 고팠어요!"

탈라이스는 케이타의 시선을 붙잡아 고정했다.

"말 돌리지 마요, 케이타. 렌이 내 딸을, 빌어먹을, 어디가 됐건 데리고 가는 일은 절대로 없을 거예요."

케이타가 손가락으로 관자놀이를 짚으며 말했다.

"내 말을 좀 들어보면……"

"아니요, 그 애도 그 애 사촌들도 여기서 완벽하게 안전해요. 난 그 애들을 내가 알지도 못하는 땅으로 보내는 위험을 무릅쓰지 않을 거예요. 내가 아니라 누구든 마찬가지일걸요. 브리크는 물론이고 이지도요."

"하지만……."

"그만! 그 얘기는 이걸로 끝이에요. 그리고 분명히 해 두겠는데, 퀴비치 몰래 쌍둥이를 데리고 갈 수 있으리라고는 추호도 생각하지 마요. 난 마녀들을 알아요. 그들은 렌을 추적해서 비늘한 조각 남김없이 벗겨 버릴 거야. 그러니까 케이타, 내가 당신이라면 이쯤에서 그만두겠어요."

다그마는 비골프와 함께 식당을 나와 대전으로 들어갔다.

"언제 떠나나요?"

그녀가 물었다.

"내일요, 아마도. 로나와 함께 갈 거예요. 내가 지켜봐 주지 않으면 그녀는 명령이 없다고 헤매기만 할 테니까 말이죠."

다그마는 걸음을 멈추고 비골프를 올려다보았다. 타입이 좀 다르긴 하지만 그도 형만큼이나 잘생긴 남자였다. 턱에 난 상처 때문에 그렇게 보이는지도 몰랐다. 그것 말고는 '교활한 자' 라그나처럼 순수해 보이는 구석이 전혀 없었으니까.

"로나를 지켜봐 줘요?"

"누군가는 해야죠."

"당신도 알 텐데요, 로나는……."

"카드왈라드르 일족이죠, 알아요. 그녀 일족에 대해서라면 꽤나 잘 안답니다. 모두가 자꾸만 내게 그 부분을 상기시키고 있으니까……."

비골프가 웅얼거리듯 말을 맺었다.

다그마는 그를 친애하는 벗의 동생으로 여길 뿐이지만, 사우스랜드 여자들이 어떤지에 대해 확실히 알려 줘야겠다는 생각이 들었다.

"나라면 따라다니지 않겠어요. 그 일족은 말할 것도 없고 대부분의 사우스랜드 여자들이 그런 걸 싫어하거든요."

"따라다니는 게 아니에요. 난…… 도와주려는 거죠."

"나도 노스랜더예요, 비골프. 내 고향 남자들이 여자들을 어떻게 '도와주는지' 잘 알죠. 하지만 그런 도움을 바라지 않는 여자들도 있다고요. 난 로나를 잘 모르지만, 그녀가 자기 일족과 같다면……."

"나도 조심하고 있어요. 하지만 이건 그냥…… 로나는 세상 모두를 걱정하고 보살펴 주는데, 그녀를 지켜 주는 이는 아무도 없는 것 같아서 그래요. 게다가…… 내가 그러는 걸 로나도 좋아하니까."

"정말요?"

"그럼요. 그저 자기가 그렇다는 걸 아직 깨닫지 못한 것뿐이라고요."

"아아."

그때 다그마는 로나가 계단을 뛰어 내려오는 것을 보았다. 앤닐이 남기고 간 듯한 옷을 입고 등에는 자기 무기를 메고 있었다.

"뭐 좀 먹었어?"

대전의 거대한 정문을 향해 달려가는 그녀를 보고, 비골프가 물었다. 로나는 대답 대신 그를 향해 손가락 두 개를 튕겨 보이고 그대로 달려가 버렸다.

"봤죠?"

비골프가 놀랄 만큼 확신에 차서 말했다.

"로나도 좋아한다니까요."

그 순간 다그마는 알았다. 여자에 관해서라면, 비골프는 자기 형과 전혀 닮지 않았다는 것을. 하지만 분명 그는 진정한 노스랜더였다.

슐리엔은 부러진 창의 두 조각을 양손으로 각각 들어 올렸다.

"워해머로 이랬단 말이지?"

"그 번개 드래곤이 아돌가 삼촌을 거의 칠 뻔했던 무기, 아빠도 보셨잖아요. 그건 심지어 그자가 전투 중에 쓰는 무기도 아니에요. 전투용은 무지막지하게 크죠. 거의 그 개자식 머리통만 하다고요."

아버지가 껄껄 웃더니 그녀를 돌아 한쪽으로 걸어갔다.

"이 창의 유일한 목적은 너를 지키는 거였지. 그리고 제 목적을 달성했구나. 이제 이 녀석 할 일은 끝난 거야."

그러고는 쓰레기를 모아 두는 통에 부러진 창 조각을 던지려 했다.

"버릴 생각은 하지도 마세요."

"왜? 부러진 창이야, 수리해 봤자 쓸모없을 거다. 다시 부러질 뿐이지."

"하지만 아빠가 절 위해 만들어 주신 거잖아요."

"의미 없는 것에 매달리고 있구나, 얘야. 네 엄마가 가끔 그러는 것처럼 말이다. 네 엄마의 경우엔 주로 원한이긴 하지만."

아버지가 창을 쓰레기통에 던져 버리자 로나는 그 속으로 뛰어들고 싶은 충동과 싸우느라 안간힘을 써야 했다.

"게다가 내가 줄 게 있다고 했지, 더 나은 거라고."

술리엔이 큰 궤 앞에 웅크리고 앉더니 뚜껑을 열었다.

"네가 집으로 돌아오면 주려고 했는데 더 잘됐구나."

그러고는 일어나 자그마한 금속 봉을 건네주었다. 로나가 보기에 그것은 겨우 길이가 일 미터밖에 되지 않았다. 일 미터 길이의 금속 봉, 그게 다였다.

"아…… 봉이네요. 굉장히…… 어…… 멋져요."

"바보 같은 소리 마라, 로나. 그냥 봉이 아니지."

아버지가 봉을 낚아채 그 커다란 손에 쥔 순간, 로나는 미소를 지었다. 봉에서 갑자기 날카로운 끝이 튀어나온 것이다.

"아, 장검이구나!"

하지만 다음 순간, 봉이 더 길어져 금속 창으로 변했다.

"우와! 아빠, 그건……."

아직 끝나지 않았다. 봉이 점점 더 길어지고 굵어지더니 막사의 꼭대기를 뚫고 올라갔다.

로나는 두 눈이 동그래져서는 활짝 웃었다.

"그건……."

어떻게 표현해야 할지 적당한 말을 찾을 수가 없었다.

드래곤에게 맞는 무기는 그다지 많지 않았고, 그것들 대부분은 로나의 아버지와 그 일족이 만든 것으로 크기를 크게도 작게도 조절할 수 있었다. 그래서 드래곤의 본체로 싸우다가 형태를 바꿀 때마다 무기를 바꾸지 않고도 계속해서 싸울 수가 있었던 것이다. 보통은 무기나 방패의 바닥 쪽을 특정한 각도로 치면 커지는 식이었고, 물론 쉽게 원래 크기로 되돌릴 수 있었다.

하지만 이것은…….

"네가 어떤 형태를 취하든 무기를 갖게 되는 거야."

"뭘 눌러야 해요?"

"누를 필요 없단다."

창은 금세 원래 크기로 변했고, 아버지가 그것을 건네주었다.

"하지만……."

여왕의 군대에 들어가기 전에 아버지 곁에서 수년을 훈련했던 로나는 아버지가 만든 무기를 작동하게 하기 위해 필요한 것이 무엇인지 알고 있었다.

"주문도 필요하지 않아요? 기도든, 구호든, 뭐라도?"

"그걸 만들 때 딱 한 번 썼지."

아버지가 그녀 쪽으로 몸을 기울이며 속삭였다.

"네가 쓰는 걸 봐 주랴?"

"무슨 말씀이세요, 당연하죠!"

술리엔이 다시 껄껄 웃었다.

"해 봐라, 한번 써 봐. 그걸로 뭘 할 수 있나 보자."

로나는 무기를 한 손에 쥐었다. 그 느낌은 정말⋯⋯ 평범했다. 금속 봉, 그 이상도 이하도 아니었다. 하지만 그녀가 창날을 생각하자 어느새 창날이 생겨나 있었다. 로나는 자유로운 다른 손으로 그 끝을 건드렸다.

아버지가 경고했다.

"조심해라. 굉장히 날카로워."

정말 그랬다. 그래서 로나는 너무나 기뻤다. 이번에는 창을 앞으로 내밀고 커지기를 바랐다. 창이 길어지고 굵어지더니 그녀의 키에 딱 맞춤한 크기가 되었다. 그 끝이 그녀의 머리를 살짝 넘는 길이였다.

로나는 한쪽 다리를 바깥쪽으로 뻗으며 웅크리듯 자세를 낮추고 두 손으로 창을 쥐었다. 낮은 공격 자세였다. 아버지가 따뜻한 미소를 지은 채 뒤로 물러나 그녀의 모습을 지켜보고 있었다.

로나가 더 어리고 집에 더 자주 머물렀을 때만 해도 부녀는 종종 이렇게 함께 시간을 보내곤 했다. 아버지는 새 무기를 만들고 그녀는 그 무기를 시험해 보였다. 로나가 대부분의 드래곤워리어들보다 더 많은 무기를 능숙하게 다룰 수 있는 것도 바로 그 덕분이었다.

그녀는 창을 내지르고 일어나며 쓸듯이 공중에 휘둘렀다.

"아빠, 이 녀석 무게가 정말 맘에 들어요."

"그래, 가볍지? 하지만 네 힘이 더해지면 마찬가지로 치명적일 거다."

"진짜 좋아요. 진짜, 너무너무 맘에 들어요!"

그녀는 신이 나서 말했다.

"완전한 크기로 만들어 봐라. 너라면 인간 형태를 하고도 다룰 수 있을 거야."

새로운 주문에 흥분한 로나는 아버지를 피해 창을 출입구 쪽으로 겨누었다. 그리고 드래곤용으로 변하기를 바라며 창이 손안에서 커져가는 모양을 행복하게 지켜보았다. 창은 점점 길어지고 굵어지다가 막사 밖으로 뻗어 나갔다.

그리고……

"우워어어어어! 제기랄! 이 여자가!"

로나는 생각만으로 창을 회수했다. 잠시 후, 번개 드래곤이 구르듯 막사 안으로 뛰어들었다. 온몸에서 번개가 번쩍거리고, 어깨에서는 피가 철철 흐르고 있었다.

"내가 몇 번을 말해!"

그가 버럭 고함쳤다.

"당신 창이 부러진 건 사고였다니까!"

부녀가 비골프를 의자에 구겨 넣듯 앉힌 다음, 상처를 보려고 몸을 숙였다. 비골프는 별로 애쓸 것도 없이 아버지와 딸 사이의 닮은 점을 알아볼 수 있었다. 물론 로나가 훨씬 예쁘긴 했다.

"죽진 않겠다."

그의 상처에 별로 관심이 없어 보이는 아버지 쪽이 말했다.

"대체 왜, 내가 당신네 땅에 초대받아 올 때마다 죽을 고비를 넘겨야 하는 거지?"

"운 아니겠어?"

로나가 대꾸했다.

오 년 전에 비골프는 라그나, 마인하르트와 함께 케이타와 에이브히어를 사우스랜드까지 수행해 왔다. 강철 드래곤과의 전쟁이 시작되기 직전이었다. 그리고 그때 악명 높은 '피투성이' 앤닐과 첫 만남을 가졌다. 그녀는 비골프와 마인하르트에게 다짜고짜 덤벼들었고, 사촌 형제는 그 미친 여왕을 막느라 애쓰다가 궁지에 몰리고 말았다. 결국 여왕이 그의 머리를 노리는 바람에 비골프는 머리카락을 잃어야 했다.

사실 그때만 해도 그는 너무나 수치스러웠고 다시는 명예를 회복하지 못할 거라고 확신했다. 하지만 앤닐에 대해 더 잘 알고 나자, 머리카락만 잃었을 뿐 머리를 보존한 것으로도 굉장히 운이 좋았음을 깨닫게 되었다.

로나의 아버지가 그의 상처를 더 가까이서 보려고 몸을 기울였다.

"내가 고칠 수 있다."

그리고 손을 뻗었다. 비골프는 그 손을 피해 의자에서 벗어나려고 몸부림칠 수밖에 없었다.

"비난할 생각이 아니라, 대장장이의 손을 빌리고 싶지는 않습니다만."

"애처럼 굴지 마. 아빠는 바늘과 실도 능숙하게 다루신다고."

로나가 꾸짖듯 말했다.

"감사하지만, 당신 '아빠'의 바늘과 실은 사양하겠어."

그녀가 가슴 앞으로 단단히 팔짱을 끼며 말했다.

"그럼 어쩔 건데? 오후 내내 꼬챙이에 꿰인 소처럼 피를 흘리고 다니다가 나자빠져 죽겠다고? 그럼 우린 냄새나는 당신 시체를 애들에게 보여 주지 않으려고 얼른 불태워 버려야 할 텐데?"

"본관의 안녕에 대한 귀관의 염려가 가슴을 벅차게 하는군, 로나 하사."

"저를 따라오지 마셨어야죠, 사령관님."

"내가 따라왔다고 누가 그래?"

"다들 아는 얘기지."

"난 모르는 얘기야."

중얼거리며 몸을 돌린 비골프는 대장장이의 작업장을 둘러보았다.

"내 아버지의 손을 빌리지 않겠다면 호숫가의 치료사라도 찾아가. 상처를 보여 주면 그들이 도와줄 거야."

"필요 없어."

비골프는 미늘 셔츠를 벗어 던지고 용광로 앞으로 다가간 다음, 불타는 석탄 위에 놓인 꼬챙이 하나를 집어 들었다.

"잠깐만!"

로나가 소리친 순간, 그는 벌겋게 단 꼬챙이로 열린 상처를 눌러 봉합했다. 물론 아팠지만 그 정도는 견딜 수 있었다. 피가 멈춘 걸 확인한 그는 꼬챙이를 떼어 살점이 묻어난 그대로 용광로 안에 던져 버렸다. 그리고 다시 몸을 돌렸을 때, 얼이 빠진 듯 자신을 보고 있는 아버지와 딸을 마주해야 했다.

로나의 입이 벌어졌다. 하지만 그녀의 아버지는 미소를 지었다. 웃음소리가 살짝 들린 것도 같았다.

"정신 나간 개자식이야……."

로나가 속삭였다.

"왜? 다 됐잖아, 안 그래?"

비골프는 셔츠를 도로 입었다.

"자, 이제……."

그 순간, 익숙한 향기가 주의를 끌었다. 그는 재빨리 막사 입구로 향했고, 로나가 무슨 위험한 짐승이라도 피하듯이 허둥지둥 물러서는 걸 보았다.

참 이상한 여자란 말이야.

로나는 그 미친놈이 아버지의 대장간을 나가는 모습을 멍하니 바라보았다. 하지만 곧 대체 뭐가 그자의 끈질긴 주의를 빼앗았

파란미디어 도서목록

상상의 경계를 허문다
이야기의 힘을 믿는다

파란
e-mail paranbook@gmail.com
cafe cafe.naver.com/paranmedia
facebook facebook.com/paranbook
tel 02, 3141, 5589 fax 02, 3141, 5590

두 개의 심장 류다현 지음 | 값 13,000원

다시 시작된 100일의 계약연애
사랑을 정리하고, 이 삶을 정리하기 위한.

사랑하는 마음을 정리하려 연애를 하고, 헤어지기 위해 다시
나는 두 남녀.

프렌치 러브 박스 류다현 지음 | 값 13,000원

기억과 망각, 우연과 운명 사이에서 갈등하는 두 사람

자신의 모든 것을 맡길 만큼 사랑했던 연인을 기억하지 못하는
자가 다시 그 여자를 사랑하게 되면서 일어나는 운명적인 사랑

계약직 아내 류다현 지음 | 각 권 13,000원 (전2권)

계약으로 묶여버린 엇갈린 사랑

결혼과 이혼을 거친 후 연애를 시작하는 두 사람의 이야기.

류다현 작가의 역사판타지 로맨스 〈신부 시리즈〉

첫 번째 이야기, 《그림자 신부》각 권 13,000원(전2권)

모든 것의 주인인 황제일지라도
절대 가질 수 없는 가져선 안 되는 유일한 한 가지
그것은 바로 그림자 신부!

두 번째 이야기, 《맹월 : 눈먼 달》각 권 13,000원(전2권)

손을 잡아도, 품에 안아도, 입을 맞춰도
하늘에 뜬 달처럼 아득한 신부
그녀는 슬프면서도 기이한…… 나의 달, 나의 눈먼 달.

세 번째 이야기, 《칸이 가장 사랑하는 딸》(출간 준비 중)

패배한 나라의 태자 진, 적국의 공주를 여왕으로 받들어야 하는
남편이 된다.
이오르의 속국으로 전락한 풍요의 나라 란. 그러나 여왕 이아
와 진 사이에는 사랑이 싹터 오르고…… 나라를 위해서 이아
를 버릴 것인가, 사랑을 위해서 백성들을 외면할 것인가.

는지 궁금해서라도 따라 나가지 않을 수 없었다. 막사 밖으로 나선 그녀는 그 번개 드래곤이 인간의 모습을 한 나이 든 여자를 끌어안는 것을 보고는 놀라고 말았다.

"어머니."

그의 속삭임이 들려왔다.

"다정한 내 아들. 애야, 너무나 보고 싶었단다."

여자도 속삭였다.

세상에. 로나는 다시 한 번 놀랐다. 저 번개 드래곤에게 어머니가 있다는 사실 때문이 아니라 그가 어머니를 대하는 모습이 너무나…… 부드러웠기 때문이다.

아버지가 그녀의 어깨를 톡톡 두드리더니, 막사 안으로 이끌었다.

"대체 무슨 일인지 얘기해 줄 거냐? 네가 여기 온 진짜 이유 말이다."

아버지의 물음에 로나가 할 수 있는 대답이라고는 어깨를 으쓱이는 것밖에 없었다.

"절 아시잖아요, 아빠. 명령을 따르고 질문은 하지 않는다. 특히나 제 왕족 친척에게서 나온 명령이라면요."

"네 어머니와는 전혀 다르단 말이지."

"어머니가 항상 상기시켜 주시는 대로요."

아버지가 그녀의 어깨에 팔을 둘렀다.

"널 이해하지 못하는 것뿐이야. 그렇다고 네가 그걸 더 부추길 필요는 없잖냐."

"하지만……."

"논쟁할 시간 없다."

아버지는 웃으며 그녀를 용광로 앞으로 밀었다.

"네가 할 일이 있잖아. 가르쳐 줄 건 많은데 시간이 너무 없구나. 그러니까 같이 애써 보자."

"여기까지 무슨 일로 온 거니, 비골프?"

어머니가 물었다. 그리고 손을 뻗어 그의 턱을 톡톡 건드렸다.

"별일 없는 거니?"

"다 괜찮아요, 어머니. 진짜로요."

"그럼 왜……?"

"좀 복잡한 얘기예요."

비골프는 화제를 돌리려고 얼른 질문을 이었다.

"어머니는 어떠세요? 안전하게 지내고 계시는 거예요?"

"그럼, 여기 온 이후로 공주처럼 대우받고 있단다."

'우아한 자' 다본은 몸을 기울이고 속삭였다.

"난 여기서 귀환한 전쟁 포로쯤으로 받아들여지고 있거든. 다들 아주 친절하게 대하고 온갖 것들을 갖다 준단다. 아주 좋아."

"어머니."

"사실, 내 훌륭한 두 아들이 아니었다면 네 아버지와 사는 건 끔찍한 일이었겠지. 하지만 너희 둘이 날 지켜 줬잖니. 그러니까 가만히 앉아서 동정을 즐기는 것쯤은 내게 쉬운 일이란다."

"어머니가 안전하시기만 하다면요. 형과 제가 걱정하는 건 그게 전부예요. 우리가 항상 걱정하는 거죠."

어머니가 긴 금발을 귀 뒤로 넘기며 말했다.

"난 잘 있단다, 정말이야."

비골프는 뒤로 물러나 어머니의 손을 잡았다.

"그럼 누굴 좀 만나 주세요."

"어머?"

"아뇨, 그런 뜻이 아니고요."

그는 웃으며 어머니를 로나 아버지의 막사로 이끌었다. 그리고 어머니가 먼저 들어가도록 입구를 걷어 주었다.

하지만 안으로 들어선 순간, 비골프는 그대로 굳어지고 말았다. 그의 시선은 아버지의 용광로에서 일하고 있는 로나의 모습에 고정되었다. 그녀는 수백 년 동안 대장간에서 일한 자들이나 쓸 법한 기술로 망치를 휘둘러 어떤 무기를 만들고 있었다.

하지만 비골프를 놀라게 한 것은 그저 로나가 쓰는 기술만이 아니었다. 그보다는 아버지와 함께 웃으며 일하는 그녀의 얼굴에 떠오른 기쁨이었다. 명령을 따르고 전장을 날아다니는 로나를 볼 때마다 비골프가 무언가 빠졌다고 느꼈던 바로 그것.

"세상에! 저 애는 참…… 활기차구나."

어머니가 중얼거렸다. 그러고는 그를 흘끗 보았다.

"카드왈라드르인가 보지?"

"우린 여기까지 함께 왔어요."

"넌 저 애를 좋아하고?"

"그런 거 아니에요. 그녀에겐 보호가 필요하거든요. 진정한 노스랜더라면 힘없는 여자를 보호하는 걸 의무로 여겨야죠."

비골프는 뻔한 거짓말을 했다.

"힘없는 여자?"

어머니가 로나를 돌아보았다.

로나는 만들던 무기를 들어 올리고 있었다. 열기가 가시지 않아 여전히 붉게 빛나는 장검이었다. 로나의 얼굴에 미소가 떠오르고 눈이 반짝반짝 빛났다. 그것은 참으로…… 아름다운 광경이었다.

로나는 검을 식히기 위해 물속에 담그고, 아버지가 던져 주는 다른 무기를 잡았다. 큼직한 배틀액스였다. 그녀는 배틀액스를 몇 번 휘둘러 본 다음, 능숙한 솜씨로 내던졌다. 도끼날이 구석에 서 있는 연습용 모형의 머리통을 정확하게 파고들었다.

어머니가 고개를 끄덕이며 말했다.

"아하, 그래! 이제야 나도 알겠다, 아들아. 거참, 치명적으로 힘없는 여자로구나."

10

　로나는 가반아일 성문에서 그다지 멀지 않은 곳에서 걸음을 멈추었다. 쿼비치 마녀들이 줄지어 서서 성문을 지키고 있었다. 저 인간 마녀들이 얼마나 인상적인 존재인지가 새삼스럽게 와 닿았다.

　성벽 꼭대기를 빙 두른 뱀처럼 한 줄로 늘어선 그녀들은 필룸 pilum이라 불리는 짧은 창을 한 자루씩 손에 쥐고 있었다. 겨울인 것을 감안하면 몸에 걸친 건 별로 없었다. 주로 중요한 부위와 동맥을 덮는 동물 가죽과 약간의 보호구 정도였다. 무엇보다 두드러진 것은 얼굴과 목에 새겨진 검은 문신이었다. 문신도 그렇지만 그녀들의 복장이나 외모에 통일성이라고 할 만한 것은 보이지 않았다.

　그럼에도 불구하고 그녀들이 단일한 군대라는 점에는 의문의 여지가 없었다. 오직 자신들이 선택한 신들에게만 충성하는, 잘 훈련된 치명적인 군대. 무정하고 무자비했다.

"보고 있기에 심란해지는 광경이네."

어느새 옆에 다가와 선 번개 드래곤이 말했다. 로나는 아버지의 대장간에서 온갖 종류의 새롭고 멋진 야장 기술을 배우느라 그가 어디로 갔는지도 잊어버리고 있었다.

"적어도 천 년은 아이스랜드를 떠돌아다닌 존재들이야. 게다가 애초부터 세상을 두려움에 떨게 했지."

"저들을 정말 믿어도 될까?"

"자기네 신들이 내린 명령은 무조건적으로 따르니까."

"그럼 대답은 '아니'네. 믿으면 안 되는 거야."

비골프가 웃었다.

"신들을 별로 안 좋아하나 보지?"

"필요할 때는 나도 불러. 하지만 그들을 믿을 만큼 어리석진 않아."

"난 전쟁 신들을 좋아해."

로나는 눈을 굴렸다.

"물론 그러시겠지."

비골프가 그녀를 마주하고 섰다.

"나랑 내 어머니랑 저녁 식사 함께하지 않을래?"

"싫어."

그가 인상을 찌푸렸다.

"왜 싫어?"

"그야, 우선 난 내 아버지랑 저녁을 먹을 거니까. 다음으로는…… 그냥 싫어."

"당신, 내 어머니를 좋아하지 않는군."

그가 비난하듯 말했다.

"난 당신 어머니를 알지도 못해."

"앞으로도 알 수 없겠지. 당신이 우리랑 저녁을 먹지 않는다면 말이야."

그의 미소가 진해졌다. 약간은 바보 같은 웃음이었다. 짜증 날 만큼…… 사랑스러운.

"아버지도 모셔 와."

"당신은 하루가 다르게 이상해져 가는군. 그것만은 확실해."

"그건 내 초대에 대한 거절이 아니지?"

로나가 대꾸도 없이 자리를 뜨려는 순간, 부드러운 소리가 주의를 끌었다. 비골프도 그 소리를 들었다. 그토록 많은 전투를 치른 걸 생각하면 그들이 재빨리 소리가 들려온 쪽으로 돌아선 것도 놀랄 일은 아니었다. 그들이 서 있는 길 왼편에 조그만 창고 건물이 보였다.

로나는 웅크리듯 자세를 낮추고, 새로 생긴 멋진 창을 곧장 전방으로 겨누었다. 비골프는 한 손에 워해머, 다른 손에 배틀액스를 쥔 채 그대로 서 있었다. 로나는 그가 양손을 한꺼번에 써서 얼마나 무시무시한 결과를 낳는지 본 적이 있었다.

비골프가 살짝 고갯짓을 해 보이자, 그녀는 후방을 그에게 맡기고 낮춘 자세 그대로 앞으로 나아가기 시작했다. 다시 창고 건

물 옆 덤불에서 그 소리가 들려왔다. 이빨이 딱딱거리는 소리와 작은 칼날이 부딪치는 소리.

전장에서 잔뼈가 굵은 '노스랜더'로서의 반응이 생각에 앞서 치고 나왔다. 비골프가 워해머를 들고 로나의 앞을 막아섰고, 그 즉시 그녀에게 옆구리를 얻어맞아 주춤거리며 물러섰다.

"제기랄, 대체 왜……?"

로나는 손을 뻗어 공격자를 붙잡았다. 그리고 그가 볼 수 있도록 공중으로 들어 올렸다.

"내 사촌의 아들이 증조할아버지 아일레안을 닮은 것 같아. 그분도 기습을 좋아하셨다고 들었지."

사내아이가 자신은 무사하지만 꼼짝없이 잡혔다는 걸 깨달았는지 극적으로 눈물을 터트렸다.

로나는 한숨을 내쉬었다.

"안타깝게도, 제 삼촌 그웬바엘도 좀 닮았네."

그녀는 비골프를 위해 설명을 더했다.

"피어구스와 앤월의 아들 탈란이야. 우리가 보호하겠다고 여기까지 달려온 이유들 중 하나지."

"기억나. 그럼 계집애는 어딨지? 탈원이었던가? 사내애가 있는 곳엔 계집애도 있다고 들었는데."

어디선가 전해져 오는 불안의 기운을 감지라도 하려는 듯 비골프가 사방을 둘러보았다.

"네 동생은 어딨니, 요 조그만 뱀 새끼야."

로나는 탈란을 공중에 든 채로 탈탈 흔들었다. 아이의 울음소리가 더 커졌고, 그녀는 혹시라도 퀴비치가 이 상황을 심각하게 받아들이지나 않는지 흘끗 살폈다. 마녀들은 이쪽을 주시하고 있었지만 개입할 생각은 없는 듯했다. 좋아. 주제를 잘 아는군.

그들이 아이들의 보호자일지는 몰라도 로나는 가족이었다.

"신들이시여!"

그때, 뒤에서 그녀에게 익숙한 목소리가 들려왔다.

"뚝 그쳐!"

로나는 경고하듯 탈란에게 말한 다음, 미소를 지으며 켄타우루스를 마주했다.

"안녕하세요, 에바. 유모 노릇은 좀 할 만해요?"

"다루기 쉬운 애들이라고 말하지는 않을 거야."

아름다운 켄타우루스는 그렇게 말문을 열었다. 그들은 천천히 성으로 돌아가는 중이었다.

"하지만 뭐, 보수가 그렇게 좋은 이유가 뭐겠니? 난 벌써 바닷가에 땅도 샀단다. 전망이 근사한 곳이지."

그녀가 미소를 지으며 몇 걸음 더 가더니 둥치 곁에 커다란 구멍이 파인 나무 아래 멈춰 섰다. 구멍은 비어 있었다.

"이런."

비골프는 그 소리가 아주 맘에 들지 않았다.

"이런?"

"탈원을 여기 두고 갔는데."

"아이를 땅에 묻어 뒀다고요?"

로나가 되물었다.

"목까지만 묻혀 있었어. 무엇보다, 내가 그런 거 아니거든."

켄타우루스가 탈란을 가리켜 보였다.

"걔가 그랬지. 안 그래, 꼬마 괴물 녀석아?"

로나의 손에 바지 뒤춤을 붙잡힌 채 매달려 있던 탈란이 씨익 미소를 지었다.

에바가 탈란을 살피며 말을 이었다.

"물론…… 이제는 풀려났으니까 그 애가 누굴 쫓을지 알겠지, 꼬마 괴물?"

아이의 미소가 사그라졌다.

"이번엔 오래 머물 거니, 로나?"

다시 성을 향해 가면서 에바가 물었다.

"아뇨, 내일 아침에 떠나요. 유프라시아로 돌아가야죠."

"좋아. 전쟁이 빨리 끝날수록 요 꼬마 괴물 녀석들도 부모 품으로 빨리 돌아갈 수 있을 테니까."

그녀는 아이를 향해 사랑스러운 웃음을 보냈다.

"나도 드디어 휴가 좀 가 보고 말이야."

로나는 에바를 수년 동안 알고 지냈다. 케이타를 맡아 돌보던 동안, 그녀의 어머니 브리기드도 만나 본 적 있었다. 드래곤보다 훨씬 작은 켄타우루스가 어린 드래곤들에게 그렇게나 좋은 보모가 된다는 사실은 기묘한 일이었다. 그들의 힘은 전설적이었고, 그들은 헛짓거리를 용납지 않았다. 직접 경험한 적은 없지만 로나도 들은 적은 있었다. 켄타우루스를 지나치게 몰아붙이면 그들 군대가 왕국 하나 정도는 충분히 초토화시킬 수 있다고 했다. 어떤 종족의 왕국이든 상관없이. 다만 문제는, 그들이 집단으로 뭉치지 못한다는 점이었다. 그래서 어떤 왕국이건 정말로 치러 나서는 일은 많지 않았다. 자신들의 왕국 말고는.

로나는 대전으로 이어지는 계단 근처에서 걸음을 멈추고 주변을 둘러보았다.

"이 모두가…… 방어 준비란 거예요?"

"우리 총사령관은 꽤나 조심성 많거든."

에바가 다그마를 대변하듯 설명을 이었다.

"지방 상인들이 모조리 도시 근처로 올라오고 있어. 여기 살겠다고 말이야. 원래 살던 사람들에, 그들이 불러온 사람들, 모두 여왕의 군대에 입대하겠다고 모여든 거야. 다들 아이들의 안전에 대해 아주 진지하게 생각하고 있거든."

그들은 성의 대전을 향해 계단을 오르기 시작했다.

"나로서는 이해가 안 되지만."

로나가 문 바로 앞에서 걸음을 멈추었다.

"왜 그렇게 말하는 거예요?"

에바는 대답할 여유도 없이 눈썹부터 세웠다. 흙먼지로 범벅이 된 계집애가 로나의 손에 매달린 탈란에게 덤벼드는 모습을 보았기 때문이다. 계집애는 소리도 없이 공격했다. 분노가 담긴 주먹을 휘두르며 제 오빠에게 덤벼들었다가 함께 바닥으로 떨어지면서 딱 한 번 으르렁거렸을 뿐이다. 계집애는 제 할아버지 베르세락을 닮은 시선으로 노려보더니, 오빠를 깔고 누워 박치기를 날렸다. 두 번이나.

"아우우."

로나는 그 모습을 보면서 그리움을 느꼈다.

"글레안나 이모랑 똑같아."

"뭘 좀 먹어야겠어."

그리움 따위 느낄 일 없는 비골프가 불쑥 말했다.

"끊임없이 먹어야 하는군."

로나는 바닥을 구르는 어린 조카들에게 시선을 고정한 채 중얼거렸다.

"내가 굶었으면 좋겠어?"

"그래."

그녀는 쌍둥이를 조금 더 지켜보다가 에바에게 물었다.

"쟤들, 떼 놔야 하는 거 아니에요?"

이제 인간의 모습을 한 에바가 붉은색 드레스를 걸치다가 대꾸했다.

"그러고 싶다면."

로나는 몸을 숙이고 쌍둥이를 붙잡아 떼어 놓았다. 하지만 아이들은 여전히 서로를 찢어발기고 싶은 듯이 버둥거렸다.

"얘들 항상 이래요?"

"하나가 다른 하나를 고문하고 있을 때는 빼고."

"말은 할 줄 알아요?"

로나는 쌍둥이가 으르렁거리고 이를 딱딱거리거나 그르르 하는 소리밖에 듣지 못했다. 그건 다소 당혹스러운 일이었다.

"저희끼리만 얘기하지. 그것도 속삭이는 소리로. 우리 모두 그 때문에 겁먹지 않으려고 애쓰고 있어."

에바가 얼굴로 흘러내린 길고 붉은빛 도는 갈색 머리를 빗어 넘기며 대답했다.

"난 좀 먹어야겠다고."

비골프가 다시 한 번 말했다.

로나는 그에게 돌아서서, 양손에 쥔 으르렁거리는 아이들을 강조하듯 흔들어 보였다.

"우리 지금 얘기 중인 거 안 보여?"

비골프의 얼굴에 놀리는 듯한 기색이 떠올랐다.

"보모끼리의 얘기란 말이지. 참 놀랍기도 하네."

로나의 눈이 가늘어졌다. 감히 내 앞에서 그 젠장맞을 별명을 내뱉어?

그때, 안뜰 쪽에서 비명이 들리고 공황 상태에 빠진 인간들이 달려 나왔다.

"멋지군. 리아논 여왕님이 납시셨어."

에바가 로나의 손에서 아이들을 받아 들었다.

"아……."

로나는 흘끗 비골프를 건너다보았다. 그도 이미 그녀를 바라보고 있었다. 그녀는 고개를 끄덕여 보인 다음, 말했다.

"이만 가 봐야겠어요. 아버지랑 저녁을 먹기로 해서, 먼저 좀 씻어야죠."

"저도요."

비골프가 맞장구를 치듯 말했다.

"아, 제 말은 아버지를 만나기로 해서…… 아니, 잠깐. 아버지는 돌아가셨지."

"어머니, 당신 어머니를 만나기로 했잖아."

"맞아, 맞아! 어머니요."

다음 순간, 그들은 동시에 사라졌다. 위엄도 없고 용감하다고는 절대로 말할 수 없었지만, 필요한 행동이었다. 둘 다 여왕과 마주치고 싶지 않았으니까.

"하루만 더 있으면 렌이 통로를 열 수 있어요."

다그마와 탈라이스 그리고 퀴비치들의 우두머리인 아스타에게 케이타가 설명을 하고 있었다.

"그러고 나면요?"

다그마가 물었다.

"난 절대로……."

다그마는 탈라이스의 장광설이 이어지려는 것을 가로막으며 손가락을 들었다. 그리고 케이타에게 다시 물었다.

"그러고 나면요?"

"렌이 아이들을 이스트랜드로 데려가는 거죠. 거기로 가면 안전할 거예요. 렌의 부모님도 기꺼이 도와주실 테고. 그분들은 날 사랑하시거든요."

케이타가 미소를 지으며 말을 맺었다.

"물론 그러시겠죠. 하지만 아이들까지 사랑해 주실지는 알 수 없어요."

"돕고 싶어 하는 당신의 열의는 감사하지만, 공주."

아스타가 끼어들었다.

"당신이든 저 외부자든, 우리가 보호하고 있는 아이들을 데려가게 할 순 없다."

케이타의 눈이 가늘어지는 걸 보고 다그마는 경고했다.

"감히 이 방에서 화염을 뿜을 생각은 하지도 마요, 케이타."

"그래 봤자 소용없지. 드래곤의 화염 따위, 퀴비치에게는 흠집 하나 내지 못한다."

아스타가 거만하게 내뱉었다.

렌이 앞으로 나섰다. 이 잘생긴 이스트랜드 드래곤은 너무나 지친 듯 보였기에 다그마는 걱정이 되었다. 하지만 조카들을 구하겠다는 장대한 계획을 들고 여기까지 온 것은 케이타였고, 그녀가 자기 친구의 상태를 감안하고 있는지 어떤지는 누구도 알 수 없었다.

"나 자신과 내 가족의 명예를 걸고 말씀드리죠. 아이들은 안전하게 보호받을 거예요. 필요하다면 내 일족 모두의 목숨을 걸고라도 보호할 테니까요."

"난 당신을 믿어요."

다그마는 말했다.

"하지만 아스타 사령관은……."

"저들 우두머리의 마법이 강하다는 건 알아요. 하지만 나만큼 강하진 못하죠. 그녀도 그 사실을 알고 있어요."

렌의 말이 놀랄 만큼 거만한 것이었기에, 다그마는 그가 드래곤의 천성이라고 할 오만함을 감추지도 못할 만큼 지쳐 버린 것이라고 생각할 수밖에 없었다.

아스타가 위협하듯 렌에게 다가섰다.

"내가 아는 건 그 어떤 드래곤도 날 두렵게 하지 못한다는 거다. 아이스랜드의 눈 드래곤마저도 퀴비치가 가는 길은 피해 다니지. 그리고 단언컨대 그들은 너희가 상상조차 할 수 없을 만큼 강하다, 외부자."

"나더러 외부자라고?"

다그마는 다시 손을 들었다.

"우리 모두 좀 진정하……."

순간, 아스타가 두 손을 마주쳤다. 다그마는 아무것도 보지 못했지만, 탈라이스의 눈이 커지고 그녀가 탁자를 밀쳐 버리는 기세로 짐작하건대 마법에 관계된 어떤 일이 일어나고 있는 모양이었다.

"아마 지금이 네 주제를 배울 때인가 보구나, 외부자! 기억해 둬라. 우리 허락 없이는 그 누구도, 그 어디로도 아이들을 데려갈 수 없다."

렌이 손을 쳐들었고, 탈라이스가 서둘러 일어났다. 다그마는 여전히 아무것도 볼 수 없었지만, 마법에 관련된 일이라면 자신도 영향을 받지 않으리라고 장담할 수 없었다.

"그만! 둘 다 멈춰요! 우리 모두 진정 좀 하자고요."

그녀는 침착하게 말을 이었다.

"일이 걷잡을 수 없이 커지기 전에……."

그때, 작전실 문이 거세게 열리고 사우스랜드의 드래곤 퀸이 들이닥쳤다. 그녀는 탈란을 팔에 안고 탈윈은 목에 매달고 있었다. 여왕은 아무 일도 않고서 그 아이들을 진정시킬 수 있는 유일한 존재였다. 하지만 누구도 그녀가 어떻게 그런 일을 해내는지 알 수 없었다.

"다들 여기 있었구나! 내가 너희를 적어도 이 분은 찾아다녔단 말이다! 인사를 나온 게 에바와 내 사랑스러운 손주들뿐이라니 말이 되느냐."

그녀는 팔에 안은 아이에게 미소를 지었다.

"이런 귀여운 것!"

"어머니……."

케이타가 먼저 입을 열었다.

"무슨 일이냐?"

하지만 리아논이 말을 자르듯 물었다. 그녀의 눈에는 다그마로서는 절대로 볼 수 없는 것까지 보였던 것이다.

"오! 정말이지, 이 어린것들이!"

그녀가 왼손을 들어 손가락을 튀기자 아스타가 뒤로 날아가 거세게 벽에 부딪쳤다.

그때, 렌이 숨을 헐떡이며 무릎을 꿇었다.

"렌!"

케이타가 친구 곁으로 달려가 그의 어깨에 팔을 둘렀다.

"사라졌어. 통로가…… 통로가 사라졌어. 네 어머니가…… 달아 버린 거야."

렌이 힘겹게 말을 토해 냈다.

"내 영토 안에서 내 허락 없이 통로를 열어? 네가 그보다는 사리가 밝은 아이인 줄 알았구나, '선택된 자' 렌."

리아논이 추궁했다.

"하지만 그건 다 내 천치 같은 딸의 생각이었겠지."

"전 도우려고 한 거예요! 미치광이 독사 같으니……."

"내게 소리치지 마라, 못된 것!"

리아논은 그렇게 말하고 아스타를 손가락질했다.

"그리고 너, 야만족 마녀야! 내 허락 없이 누구도 위협할 생각 마라!"

"여기까지 어쩐 일이세요, 여왕 전하?"

다그마가 물었다. 그녀는 드래곤 퀸이 그저 자기를 즐겁게 해 주러 여기까지 몸소 납시었을 리 없다는 것을 알고 있었다. 그래도 신들이시여, 감사합니다, 다그마는 지금 꽤나 즐거웠다.

"그저 주 중 행사로 하시는 저희 고문하기의 일환인가요?"

여왕이 코웃음을 치더니 대답했다.

"문제가 생겼다, 야만족 아이야."

"웨스트랜드 부족들이 지금 이 순간에도 저희를 치러 오는 중이란 것보다 더 큰 문제인가요? 케이타 얘기로는 그렇답니다만."

"그래, 더 큰 문제지. 모르퓌드에게 소식이 왔다. 앤닐이 가 버렸다는구나."

케이타가 손으로 가슴을 눌렀다.

"앤널이…… 죽었다고요?"

"내가 죽었다고 했나? 그렇게 말한 것 같진 않은데."

"그럼 대체 무슨 말씀이세요!"

"또 소리치는 거니!"

"여왕 전하……."

다그마가 재촉했다.

"그 애가 가 버렸다고."

리아논은 다시 한 번 말했다.

"어느 날 모르퓌드가 일어나 보니까 앤널이 사라지고 없더란 말이다."

"납치된 거래요?"

탈라이스가 물었다.

"아니, 그냥 어디론가 가 버린 거야. 이지랑 브란웬과 함께."

큰딸의 이름을 들은 순간 탈라이스의 눈이 공포로 커졌다.

"그 미친 암캐가 이지를 데려갔다고요?"

리아논은 입술을 오므렸다.

"이런. 베르세락이 그 부분은 말하지 말라고 했지."

"하지만 하셨죠! 제 앞에서 대놓고 하셨어요!"

"이제 너도 나한테 소리치는 거냐?"

다그마는 자리에서 일어났다.

"다들 그만. 당장 그만하세요."

그러고는 아스타에게 말했다.

"사령관, 자리를 좀 비켜 줘요."

리아논이 그녀에게 펼친 게 무엇인지는 알 수 없지만, 그것을 떨쳐 내려 애쓰며 아스타가 두 발로 일어섰다.

"그리고 아이들을 에바에게 데려다주겠어요?"

다그마는 문을 향해 걸어가는 그녀에게 부탁했다.

아이들이 할머니에게서 뛰어내리더니 방 밖으로 달려 나갔고, 아스타가 그 뒤를 따라가며 문을 닫았다. 그 사이 케이타는 렌을 부축해 의자에 앉혀 주었다.

일단 모두들 진정한 듯하자, 다그마는 인간의 모습을 한 드래곤 퀸을 올려다보았다.

"자, 여왕 전하. 대체 무슨 환장할 일이 벌어지고 있는 건지, 이제 설명해 주시죠."

로나는 아버지에게 작별 인사를 하고 그가 집이라고 부르는 커다란 언덕 아래쪽 분지를 떠났다. 아버지는 데벤알트 산맥에 머물고 싶어 하지 않았고 카드왈라드르 일족과 함께 호숫가에서 지낼 생각도 없었으며 인간처럼 침대에서 자는 것도 싫어했다. 그래서 가반아일 성문에서 그리 멀지 않은 언덕에 당신만의 장소를 찾았고, 거기서 더없이 행복하게 지냈다. 아버지는 쉽게 화를 내기도 하지만 쉽게 기뻐하기도 하는, 복잡하지 않은 남자였다. 그리고 대부분의 화산 일족이 그렇듯, 화염 드래곤보다는 혼자 지내는 걸 좋아했다.

가까운 마을에 이르렀는데도, 로나는 잠이 몹시 고팠기 때문에 술집을 그냥 지나쳤다. 술집 안에서 즐거운 시간을 보내고 있는 듯한 소리가 들려왔지만 그저 걸음을 재촉했다. 그녀는 내일 아침 일찍 일어나고 싶었다. 두 개의 태양이 중천에 오르기 전에 출발하고 싶었던 것이다.

그리고 자신이 술집으로 들어가면 어떤 일이 벌어질지 로나는 잘 알고 있었다. 그야 마시는 것 말고 또 뭐가 있겠는가.

그때, 술집 문이 쾅 열리는 소리가 들렸고 그녀는 걸음을 더 재게 놀렸다. 누군가에게 붙잡히기라도 하면…….

"로나!"

힘센 손이 그녀를 잡아 술집 안으로 끌어들였다. 이모들이나 삼촌들은 어디에도 보이지 않고 대부분 사촌들, 그것도 여자들만 있었다.

로나는 억지로 의자에 앉혀졌고, 술잔이 손에 쥐여졌다.

"마셔!"

사촌 하나가 재촉했다.

"마시고, 피 튀기는 전선 얘기 좀 풀어 봐!"

"여기서는 아무 일도 안 일어나."

또 다른 사촌이 불평했다.

"오 년 동안이나 아무도, 아무 일도 안 했다고. 그런데도 어머니는 유프라시아에 못 가게 하셔. '넌 여기 있어야 해.' 그러시지. 여기서 뭘 하라고? 그 악마의 쌍둥이 새끼들이 하루하루 커 가고 사악해져 가는 거나 지켜보라고?"

그녀는 몸을 기울이고 취해서 혀 꼬인 말투로 속삭였다—그러니까 사실은 꽥꽥 소리쳤다는 뜻이다.

"넨장, 그놈들은 징그럽게 사악해!"

"새로 생긴 흉터는 없어?"

"너랑 같이 온 그 번개 놈 말이야, 덩치 좋던데. 그자랑 잤어? 아직이라면, 잘 거야? 왜 묻냐면…… 알지?"

로나는 술잔을 들고 단숨에 비워 버렸다. 그녀가 여급을 불러 술을 더 주문하자 사촌들이 일제히 환호했다.

비골프는 대전 바깥쪽 계단 앞까지 어머니를 에스코트했다. 모자는 그의 방에서 함께 저녁을 먹고 들판으로 산책을 나와 몇 시간이나 이야기를 나누었다. 오늘 밤 어머니는 성에서 묵기로 했기 때문에 떠나기 전에 아침을 함께할 수 있을 터였다.

다본은 아들을 많이 낳았고 그 하나하나에게 아낌없는 애정을 보여 주었다. 하지만 자식들 모두가 어머니 마음속 가장 특별한 장소는 라그나의 것임을 알고 있었다. 비골프는 이해했다. 라그나가 알을 깨고 나왔을 때, 아버지는 그의 힘을 이용할 생각보다는 그의 영혼을 파괴하는 데 몰두했다. 어쩌면 아버지 올게어는 처음부터 알았는지도 몰랐다. 그 모든 자식들 가운데 라그나야말로 자신을 끌어내릴 존재라는 것을.

"이렇게 함께 시간을 보내서 참 좋구나."

계단을 올라가기 전에, 다본이 말했다.

"저도요. 이 모든 일이 어서 끝나야 할 텐데 말이죠."

비골프는 잠시 발끝을 내려다보다가, 내내 그와 형제들을 괴롭혀 왔던 문제를 꺼냈다.

"그런데…… 이 모든 일이 끝나고 나면, 어머니는 집으로 돌아오실 거예요?"

다본이 푸른 눈을 커다랗게 뜨고 깜빡였다.

"물론이지! 그러지 않을 이유라도 있니?"

비골프는 어깨를 추썩였다.

"어머니 의지로 번개 드래곤들과 함께 사셨던 게 아니잖아요. 저도 알아요. 그러니까 어머니가 돌아오시지 않겠다고 해도 이해할 수 있어요."

"하지만 난 돌아갈 거야. 내 아들들이 거기 있으니까. 내 손주들도. 그리고 너랑 네 형제들, 이제 너희가 변화를 일으키고 있잖니."

"라그나가 그런 거죠."

"네 형제들과 마인하르트가 없었다면 그 애 혼자는 못했을 일이지. 그리고 난 노스랜드를 싫어해 본 적 없단다. 난 그곳이 좋아. 그저 네 아버지가 싫었을 뿐이지. 하지만 이제 그는 죽었으니까."

맙소사. 어머니는 정말…… 생기가 넘쳤다.

"어머니 생각이 그러시다면요."

다본이 그의 손을 잡았다.

"분명히 그렇단다. 이제 걱정은 그만하렴. 난 여기서 완벽하게 안전해. 그러니까 맘 놓고 돌아가서 형을 도와줘라. 저 끔찍한 강철 놈들을 쓸어버려야지."

"그럴게요, 어머니. 약속드려요."

"좋아. 그런데······."

어머니가 어딘가를 보더니 이마를 찌푸렸다.

"왜 그러세요?"

"네 '힘없는' 아가씨에게 도움이 좀 필요한 것 같구나."

비골프는 어머니의 시선을 따라 안뜰 쪽을 건너다보았다. 로나였다. 그녀가 일족 여자들을 호숫가로 이어지는 성문을 향해 이끌어 가고 있었다. 여자들이 자꾸만 무리를 빠져나와 어디론가 도망치려 했기 때문에 쉬운 일은 아니었다.

"잠시만 기다려 주세요, 어머니."

어머니가 웃음을 터트렸다.

"난 자러 갈 거야. 그러니 너 좋을 대로 하렴."

로나는 또 다른 사촌을 붙잡아 끌고 왔다. 젠장, 이러고 있을 때가 아니잖아. 그녀는 잠자리에 들어 있어야 했다. 해 뜨기 전에 몇 시간쯤 자 둬야 내일 제대로 출발할 수 있을 테니까. 술집 한복판에서 난투를 벌이고 있는 자매들—물론 자기들이 시작했다—을 끌어내다가 침대로 데려가는 일 따위를 하고 있을 때가 아니었다. 언제부터 이런 일이 내 몫이 된 거야?

로나가 잡아 온 사촌을 원래 자리에 돌려놓은 순간, 또 다른 사촌이 달아났다. 대체 어디로 가려는 걸까? 십중팔구 술집으로 돌아가려는 것이리라. 술 한잔 더 하러, 싸움 한판 더 하러.

하지만 사촌은 멀리 가지 못했다. 어디선가 번개 드래곤이 나타나 한 팔로 그녀를 낚아챘기 때문이다.

"도움이 필요하신가, 로나 하사?"

그가 놀리듯 물었다. 로나는 아니라고 말해 주고 싶었지만 당장 그럴 여유가 없었다.

"호수까지만 데려다주면 돼. 거기서부터는 이모들이 챙겨 줄 테니까."

"그 정도는 도와줄 수 있지. 하지만 그렇게 해서 내가 얻는 게 뭔데?"

로나는 짜증이 솟구치는 걸 느끼며 쏘아붙였다.

"내 주먹이 당신 똥구……."

"어허! 지저분해지지 말자고, 화염 드래곤."

"도와줄 거야, 말 거야?"

그가 또다시 도망치려는 사촌 하나를 다른 팔로 들어 올리더니 말했다.

"앞장서시죠, '보모'님."

"나 그 별명 싫어해."

비골프가 웃음을 터트렸다.

"나도 알아. 알고말고."

로나는 '보모'라는 별명을 싫어하는 것 같았다. 하지만 그 별명이 자신에게 얼마나 잘 어울리는지 직접 본다면……. 적어도, 사촌 하나를 쫓아가 가볍게 넘어트리는 그녀의 모습을 보면서 비골프가 느낀 바는 그랬다. 로나는 사촌을 꼼짝 못하게 누르고 머리채를 틀어잡더니 그대로 호수까지 질질 끌고 갔다.

"가만있어!"

그녀가 밤색 눈을 사납게 빛내며 명령했다.

비골프는 킥킥 웃었다. 손 하나가 뻗어 와 가랑이를 쥐고 비틀 때까지는.

"우어어어어!"

로나가 달려와 또 다른 사촌의 손을 그에게서 떼어 놓으려 안 간힘을 썼다.

"놔줘!"

"되게 커, 로나! 너도 만져 봐!"

로나가 그 앞에 무릎을 꿇더니, 한 손으로는 사촌의 팔목을 당 기고 다른 손으로는 그녀의 손가락을 비틀었다.

"그럴게, 약속해. 그러니까 그만 놔줘!"

독사 같은 여자가 마침내 그를 놔주었다. 로나는 사촌의 팔을 팽개치고, 놀란 가슴을 달래듯 주저앉아 헐떡이다가 비골프를 올 려다보았다.

'미안해.'

입 모양만으로 그녀가 말했다.

비골프는 고개를 끄덕여 주었다. 자기 물건을 문지르고 싶은 욕망을 참아 내느라 애쓰면서.

한참이 걸렸지만, 결국 둘은 로나의 사촌들을 모두 침대에 집 어넣고 잠든 것까지 확인했다. 그리고 다시 성으로 향했다.

"그것참⋯⋯ 재미있었네."

비골프는 중얼거리듯 말했다.

"미안해."

로나가 다시 한 번 사과했다.

"미안할 거 없어. 그보다, 당신이 약속을 지키지 않는다는 게 더 놀랍지."

"약속? 무슨 약속?"

"당신 사촌한테 약속했잖아."

비골프는 아랫도리를 내려다보며 씨익 웃어 주었다.

"만져 본다고, 얼마나 큰지 확인해 보게 말이야."

"무슨 소릴 하는……."

그녀가 머리를 내젓더니 웃음을 터트렸다.

"맙소사! 한심하긴."

"난 그저 당신이 사촌과 한 약속을 지키도록 도와주고 싶은 것뿐인데."

"물론 그러시겠지. 이봐, 내 사촌 몇은 술이 약해. 특히 남자가 근처에 있을 땐 그렇지. 하지만 장담하는데, 난 아니야."

비골프는 걸음을 멈추고 그녀 앞으로 가서 그녀를 꼼꼼히 뜯어보았다.

"당신도 마셨어?"

"확실히 내 사촌들보다는 더 마셨지."

"하지만 당신은……."

"내가 뭐?"

"말짱한데?"

그녀가 피식, 웃었다.

"난 내 아버지의 딸이거든, 노스랜더. 아버지는 술이 엄청 세시지."

"당신 사촌들이 얼마나 엉망으로 취했는지를 감안하면, 인상적이라고 해야겠네. 당신 별로 달라 보이지도 않는데 말이야."

"어쩌겠어, 타고난걸."

갑자기 로나가 조용히 하라는 것처럼 —그는 아무 말도 하지 않았는데— 손가락 하나를 쳐들더니, 바닥에 털썩 주저앉았다. 여전히 손가락을 든 채로.

비골프는 그녀에게 허리를 숙이고 물었다.

"당신 괜찮아?"

"세상이 돌기 시작했어. 그러니까 멈출 때까지 앉아 있으려는 거야."

"잘 생각했네."

로나가 얼마나 그러고 있어야 할지 알 수 없었으므로, 비골프는 그녀 곁에 주저앉았다. 그리고 아직도 세우고 있는 그녀의 손가락을 조심스럽게 접어 주었다.

"고마워. 발톱을 세우고 있는 줄도 몰랐네."

"손가락이야."

"뭐든."

그녀가 살짝 미소를 지었다.

"그보다, 내 손 그만 놔줘도 되는데."

"그렇지. 하지만 안 놔줄 거 같아. 당신 세상이 돌고 있다니까

174

말이야."

"하! 진짜로 당신네 번개들은 그 어떤 기회도 놓치려 하지 않는군."

"유감스럽지만…… 좀 그렇지."

"하지만 당신은…… 의외로 부드럽네."

"뭐라고?"

"내 손을 쥐고 있는 거 말이야. 난 당신이, 뭐랄까…… 난폭한 쪽일 거라고 생각했거든. 광견병 걸린 늑대가 손가락부터 물어뜯으려 드는 것처럼."

"너그러운 평가 참 고맙기도 하네."

"뭐, 별로."

"빈정거린 거야."

"아, 그렇군."

로나가 불쑥 고개를 들고 사방을 둘러보았다.

"여기 어디야?"

"안 되겠다. 내가 데려다줄게."

비골프는 그녀를 안아 들려 했지만 그녀가 몸부림을 쳤다.

"아니, 아냐! 난 괜찮아. 걸을 수 있어."

"세상이 아직 돌고 있는 거 아냐?"

"아니, 이제는…… 나무들만 돌아."

"됐다 그래."

그는 로나에게 팔을 둘렀다.

"내가 침대까지 데려다줄게. 아침이 되면 기분이 한결 나아질 거야."

"난 그냥 여기 있을 거야. 별들 아래서 잘래."

"당신, 침대에서 자는 거 별로 안 좋아하는구나?"

"그것도 괜찮지. 하지만 땅바닥에서 하늘을 올려다보며 자는 것도 좋으니까."

"그럼 그렇게 하지."

비골프는 그녀를 들어 올려 커다란 나무 아래로 데려갔다. 그리고 머리를 바닥에 부딪치지 않도록 조심스럽게 내려놓은 다음, 그 곁에 앉았다.

"좋다."

그녀가 미소 지었다.

"그런데 별이 안 보이네. 나뭇가지랑 이파리가 너무 무성해."

"당신 하늘 보라고 나무를 망가트리진 않을 거야. 그냥 보인다고 상상해."

"나무를 되게 아끼네."

"노스랜드에는 우거진 초목이 많지 않거든. 그래서 살아남을 만큼 강한 놈이 있으면 잘 보호해 주지."

비골프는 길게 몸을 뻗고 모로 누워 손으로 머리를 괴었다.

"그럼 당신은 전장이 유프라시아로 옮겨 가서 좋겠네."

"그래. 특히 당신들 화염 드래곤은 길을 막는 거라면 보이는 족족 불을 뿜어 대니까."

그는 미소를 지었다.

"우린 당신들이 불을 다루는 것보다 훨씬 섬세하게 번개를 다

룬다고."

그녀가 웃음을 터트렸다.

"그래, 그러시겠지. 섬세하게!"

갑자기 로나가 그를 똑바로 보았다.

"싫다면 당신도 여기서 잘 필요는 없어. 난 안전할 거야. 내 일족이 바로 저기 있잖아."

그녀는 바로 앞을 손가락으로 가리키더니, 다시 옆을 보았다. 그리고 손으로 사방을 쓸듯이 하며 말했다.

"어, 사방에 있다."

"내가 어디 갈 데가 있어야 말이지. 그보다, 난 그냥 여기 있고 싶어. 당신과 함께."

로나가 살짝 이마를 찌푸리자, 그는 덧붙였다.

"나 당신이 좋아. 당신도 당신의 조그만 창도…… 참 귀여워."

그녀가 한참을 말없이 바라보더니 물었다.

"당신 진짜로 나를 좋아하는 거야, 아니면 짝 없는 여자라면 누가 됐건 건드려 볼 만하다고 생각하는 거야? 확실히 당신네 노스랜더는 다들 좀 굶주린 것 같고, 난 마침 당신들이 써먹을 만한 걸 갖고 있긴 하지. 써 본 지 꽤 오래되기도 했고."

비골프는 웃음을 참느라고 무지 애를 써야 했다. 일단은, 내일만 되면 로나가 이 모든 걸 후회하리란 걸 알기 때문이었다. 그리고 유프라시아까지 돌아가려면 둘이서 적어도 며칠은 함께 여행해야 하기 때문이었다. 돌아가는 여정 내내 이 일로 로나를 괴롭혀 줄 생각을 하면…….

못된 생각이야. 괴롭혀 주고 싶어 못 견디겠다니. 그래, 아주 못됐어.

번개 드래곤이 시선을 피했다. 아마도 뭔가 적당한, 분위기를 부드럽게 해 줄 거짓말을 궁리하고 있을 터였다. 수컷들은 다 똑같아. 밤을 따뜻하게 보낼 구멍을 찾을 수만 있다면 무슨 말이든, 무슨 짓이든 하려 들지. 쓸모없어. 다들 그래. 쓸모라곤 한 점도 없어.

고맙게도, 로나는 사촌들이나 자매들 대부분과 같지 않았다. 그녀에게는 소위 말하는 '욕구'라는 게 없었다. 연인 없이도 몇 년—그것도 종종—을 보낼 수 있었다. 몇 달만 남자가 없어도 성질을 부려 대는 헤픈 계집애 델렌과 달리 로나는 비축된(?) 에너지를 더 나은 용도로 쓸 줄 알았다. 그리고 그런 자신에 대해 자부심을 갖고 있었다. 그러니까 이 번개 자식은 그따위 표정 집어치우는 게 나을 것이다.

"무슨 표정?"

"뭐?"

"당신이 그랬잖아, 그따위 표정 집어치우라고."

"아, 그래."

적어도 그거 말고는 소리 내 말하지 않았겠지?

"당신은 헤픈 당신 여동생 델렌과 달리 남자 없이도 오래 버틸 수 있다는 얘기도 했지. 뭐, 나로서는 그녀를 헤프다고 생각해 본 적 없지만 말이야. 약간 드세다고는 할 수······."

로나는 손으로 그의 얼굴을 덮었다.

"있……읍."

"오늘 밤 내가 취해서 한 말을 한마디라도 되풀이할 생각은 하지 마!"

그가 그녀의 손을 뿌리쳤다.

"한마디도 안 해. 약속하지."

"난 그만 자는 게 좋겠다. 더 이상 내 자매들에 대해 지껄였다가는 걔들이 내 혀를 뽑으려 들 테니까."

"알았어."

"우리가 내일 떠나면, 유프라시아로 돌아가서 이 전쟁을 끝내고 온갖 영예를 얻고 나면 다시는 서로 볼일이 없을 테니까. 그게 우리 둘 다 마음에 새겨야 할 계획이야, 알겠지?"

"그럴 수도 있지."

"그리고 이건 분명히 내가 취해서 하는 말인데, 당신의 인간 모습은…… 꽤나 매력적이야."

"고마워."

그녀는 손을 들고 손가락으로 그의 턱을 부드럽게 쓸었다.

"특히 턱의 상처가 아주 근사해."

비골프가 눈을 감고, 긴 숨을 내쉬었다.

"당신…… 날 죽일 작정이야?"

"뭐, 처음도 아니잖아? 당신 기분이 좀 나아지겠다면…… 내 상처도 보여 주지."

그녀는 셔츠를 걷어 올렸다.

"볼래?"

그가 그녀의 손을 잡고, 가볍게 눌렀다.

"다음에."

"아, 그래. 당신들은 여자 몸에 난 상처를 안 좋아하지."

"그건 전혀 문제가 안 돼."

"그럼 그냥 내 벗은 인간 몸이 흉측하다고 생각하는구나."

"당신 흉측한 인간 몸이 문제가 아니라고."

그가 얼굴을 찌푸렸다. 하지만 그녀 때문은 아닌 것 같았다.

"내 말뜻은 그게 아니고……."

"괜찮아. 내 어머니의 자식들조차도 그중 세쌍둥이만 예쁘게
봐 주더라고."

"그렇다면 누구도 당신을 제대로 보지 못한 거지."

"당신이 그렇게 말하는 건, 그저 여자를 훔쳐다가 떠나지 못하
게 날개나 자르는 구제 불능의 노스랜더이기 때문이야. 집어넣을
구멍만 있으면 다 예쁘다고 생각하는 거지."

그가 다시 얼굴을 찌푸렸다. 이번에는…… 그녀 때문이었다.

"첫째로, 우린 그런 짓 더 이상 안 해. 둘째로, 애초에 모든 노
스랜드 남자가 그런 것은 아니었어. 그리고 셋째로, 당신 구멍이
얼마나 예쁜지는 모르겠지만 난 정말 당신 얼굴이 좋아."

로나는 손을 뻗어 그의 뺨을 다독였다.

"다정하네."

그리고 두 눈을 감았다.

"하지만 난 지쳤거든. 그러니까 섹스는 다음에 해."

"우리가 섹스를 하나?"

"난 할 거야. 하지만 지금은 너무 피곤하다고. 그러니까 다른 날, 알겠어?"

"좋아!"

노스랜더가 자리에 눕더니 가까이 몸을 붙였다. 그의 코가 그녀의 귀를 간질였다.

"그러니까 다른 날, 엄청 많이 하기야."

"엄청 많이라고는 안 했는데."

"그래, 안 했지."

그가 웃는 게 느껴졌다.

"하지만 난 했어."

토라니우스 가문의 주니우스 바토 토라니우스는 자신이 퀸틸리안 독립국에서 가장 강력한 드래곤 중 하나라는 것을 알고 있었다. 오직 대군주 트라시우스만이 그보다 서열이 높았다. 그러나 실질적인 권력에 관해서라면……. 뭐, 그 부분만큼은 훌륭하신 대군주께서 날 시험하려 들지 않았으니.

하지만 모든 일이 그렇듯, 권력에는 대가가 따랐다. 마법사로서의 기술이었다. 물론 주니우스가 할 일이라고는 모든 강철 드래곤이 신, 오직 하나의 신만을 섬기도록 만드는 것뿐이었으므로 대가가 너무 크다고 할 수는 없었다.

강철 드래곤의 힘이 온 세상으로 뻗어 나감에 따라 유일신에 대한 숭배도 널리 퍼져 가고 있었다. 물론 쉬운 일은 아니었다.

여러 신들에 대한 애착이 깊은 이들도 있었기 때문이다. 하지만 퀸틸리안은 침공하고 정복한 곳의 충성을 얻어 내고 유지시키는 방법을 많이 알고 있었다. 그들의 영토 동쪽에 도사리고 있는 자들에 대해서도 다를 바 없을 터였다.

주니우스는 마른 강바닥에 홀로 서서 기다렸다. 그 이전에 그의 아버지가 그랬듯이, 그 역시 기다리는 일을 잘했다. 그 어떤 마법사에게든 기다림은 중요한 덕목인 법이다.

마침내 그의 눈앞에서 견고한 땅바닥이 진동하고 갈라지더니, 유일신이 땅을 뚫고 솟아올랐다. 크람네신드. '보이지 않는 신'. 눈이 없기에 그런 이름을 얻었지만 크람네신드는 눈 없이도 충분히 잘 볼 수 있었다. 사실, 그는 모든 것을 볼 수 있었다.

"나의 신이시여, 부르셨나이까?"

주니우스는 부드럽게 물었다.

"그래, 주니우스 토라니우스. 너에게 행운이 내리겠구나."

신이 미소 지었다.

"이제 진정한 나의 치세가 시작되리니……."

11

주먹이 가슴을 쳤다. 두 번이나. 하지만 눈을 뜬 비골프는, 얼굴을 찌푸린 로나가 자신을 노려보고 있어도 놀라지 않았다. 아침이 되면 그녀가 지난밤의 일을 후회할 테고 자신은 분노한 그녀를 마주하게 될 거라는 예감이 이미 있었던 것이다. 하지만 그는 로나를 좋아하기 때문에 기꺼이 그런 위험을 감수할 수 있었다. 그것도 많이 좋아하기 때문에. 그리고 그녀와 좀 더 가까워지는 길이라면 화염 드래곤의 분노 정도는 얼마든지 감당할 수 있었다.

"당신 화났다는 건 아는⋯⋯."

조용히 하라는 듯, 그녀가 손가락을 입술 앞에 세웠다. 그리고 같은 손가락으로 그들 앞쪽 한 지점을 가리켰다.

비골프는 머리를 들고, 눈을 비비듯 깜빡였다. 멀리서 낮은 언덕 위로 태양이 살짝 머리를 내밀었을 뿐, 첫새벽의 엷은 안개가 사위를 뒤덮고 있었다. 그럼에도 비골프는 아이를 볼 수 있었다. 아이가 거기 서 있었다. 혼자서, 그들을 바라보면서. 한 손에는 속을 채운 강아지 인형을 들고, 다른 손의 손가락 하나를 입에 물고 있었다. 동그란 뺨을 감싸고 구불거리는 은빛 머리칼에, 선명한 보랏빛 눈동자가 그들을 가만히 바라보았다.

비골프는 일어나 앉아 주위를 둘러보았다. 퀴비치는 보이지 않았다. 로나의 일족도 보이지 않았다. 유모도 없었다. 절대로 혼자 있어서는 안 되는 아이를 지키는 이가 아무도 없다고……? 아니, 그보다 저 애는 대체 어떻게 혼자서 여기까지 나온 거지?

"안녕, 꼬마 아가씨."

비골프는 무릎을 세우고 팔을 얹으며 부드럽게 말했다.

"너 괜찮니?"

"그들이 와 있어요."

아이가 속삭였다.

"누가 왔다고?"

로나가 물었다. 그와 마찬가지로 부드럽고 순한 어조였다.

"그 여자가 그들을 보냈어요. 서쪽에서요. 그들이 와 있어요."

"애를 안으로 데려가는 게 좋겠어."

비골프는 그렇게 말하고 몸을 일으켰다. 하지만 아이가 한 발짝 뒤로 물러났다.

"우린 너무 늦었어요. 이미 걸려들었으니까. 하지만 그녀는 아니에요. 그들은 아니에요. 그들에겐 아직 기회가 있어요. 그러니

184

까 너무 늦기 전에 누군가 그들을 도와줘야 해요."

"쟤가 대체 무슨 얘길 하는지 알아들어?"

로나가 고개를 저었다.

"전혀. 하지만 지금은 그게 문제가 아니야."

그녀가 아이를 향해 다가갔다.

"애를 안으로 데려가지 않으면……."

로나의 말을 자르듯이 갑작스러운 퀴비치의 경계 신호가 들려왔다.

"젠장."

리안이 아무런 보호도 없이 성 밖으로 나왔다는 것만으로 퀴비치가 쉽사리 과잉 반응을 보일 수 있음을 알기에, 비골프는 재빨리 아이를 안아 들었다. 하지만 그때, 또 다른 퀴비치 신호가 들려왔다. 그는 이마를 찌푸리다가 로나와 시선을 맞추었다. 둘 다 그 신호가 '경고'의 의미임을 알아챘다. 그리고 자신들이나 아이와는 별로 상관없는 신호라는 것도.

"움직이지."

그는 달리면서 명령을 내렸다. 하지만 당연히 따라오리라 생각했던 로나가 소리쳤다.

"비골프!"

그는 걸음을 멈추고 품에 안은 아이를 내려다보았다.

"그들이 와 있어요."

아이가 다시 한 번 말했다. 세상에 나온 지 육 년밖에 안 되었다고는 믿을 수 없을 만큼 오랜 세월이 느껴지는 표정을 하고서.

로나의 뜻을 깨달은 비골프는 가까운 마차 뒤로 뛰어들었고, 그녀도 곧장 그 곁으로 달려왔다. 그리고 다음 순간, 맹렬한 화살 비가 사방을 까맣게 뒤덮었다.

"아이를 안으로 데려가야 해."

화살 비가 멈추자, 로나가 말했다.

"알아. 하지만 그보다 더 큰 문제가 생겼어."

"무슨?"

"쟤들이 울타리를 넘기 전에 붙잡는 거."

순간, 작은 칼을 쥔 쌍둥이가 그들을 지나쳐 쏟아지듯 문을 돌아갔다.

"신들이시여!"

로나는 으르렁거리며 서둘러 그들을 뒤쫓아 달렸다.

"리안을 안으로 데려가!"

비골프에게 소리치는 것도 잊지 않았다.

조그만 체구에도 불구하고 쌍둥이는 빨랐다. 다만 감사하게도 다리는 로나 쪽이 길었다. 그러나 아이들이 가까워지고 그녀가 팔을 뻗어 안으려는 순간, 말들이 돌진해 왔다. 기수들이 화살을 시위에 걸고 그들을 겨냥했다. 로나는 변신하면서 앞발로 자기 무기를 잡는 동시에, 아이들을 뭉개 버리지 않도록 몸을 띄웠다.

하지만 그녀가 기수들을 막기 위해 불을 뿜거나 창을 써 볼 새도 없이, 탈란이 무릎으로 주욱 미끄러져 가면서 칼을 휘둘러 첫 번째 말의 힘줄을 잘랐다. 말은 비명을 지르며 다친 다리의 힘이

풀려 무너졌고, 그 서슬에 기수가 뒤집힌 채 떨어져 충격으로 목이 부러졌다. 탈윈은 달리던 기세로 구겨진 기수의 몸을 딛고 뛰어올라 다른 기수를 노렸다. 높이 휘두른 그녀의 칼날이 기수의 다리에 박혔고, 기수가 비명을 지르자 그녀는 두 손으로 칼을 당겨 그자의 종아리를 잘라 냈다.

로나는 뭘 더 해야 할지 몰라 그저 아이들을 붙잡고 하늘로 날아올랐다. 계집애가 고래고래 소리치며 벗어나려고 그녀의 앞발을 때려 댔다. 하지만 사내애는 로나가 안뜰에 내려앉을 때까지 참을성 있게 기다릴 뿐 아무 짓도 하지 않았다. 물론 바닥에 닿은 즉시, 그녀의 발톱 사이로 칼을 쑤셔 넣었지만.

"으으, 이 사악한 녀……"

"탈윈! 탈란!"

탈라이스가 계단을 허물어뜨리며 달려 내려왔다. 아름다운 그녀의 얼굴은 눈물범벅이었다.

"너희 동생은? 리안은 어딨니?"

그녀가 비명처럼 소리쳤다.

"여기요."

로나 곁에 내려앉은 비골프가 아이를 조심스럽게 어머니에게 안겨 주었다.

"이 애가 우리 목숨을 구했어요, 레이디 탈라이스. 고마워요."

탈라이스는 고개를 끄덕이며 리안을 꽉 끌어안았다.

"다시는 그런 짓 하지 마라. 몰래 나가면 안 돼."

그녀의 갈색 눈동자가 사나운 빛을 띤 채 쌍둥이에게 고정되었다.

"너희 둘…… 궁둥이 들고 성으로 튀어 가! 당장!"

쌍둥이는 계단으로 돌진하다가 격노한 유모와 딱 마주쳤다. 그녀는 아이들을 집어 들고 오던 길을 되돌아갔다.

"가요, 탈라이스. 여긴 우리가 맡을게."

로나는 그렇게 말한 다음, 비골프와 한차례 시선을 교환하고는 공중으로 날아올라 성벽 위에 내려앉았다.

"결국 당신 사촌 얘기가 맞았군."

성문을 둘러싸고 돌진하는 수많은 웨스트랜드 부족들을 재듯이 내려다보며, 번개 드래곤이 말했다.

"그러네."

로나는 앞발로 새 창을 꽉 쥐며 고개를 끄덕였다. 퀴비치들이 뿔 달린 말을 타고 피에 굶주린 개들을 대동한 채 성문을 달려 나갔다. 무기들이 부딪치는 첫 울음소리가 날카롭게 울렸다.

로나는 살짝 미소 지으며 물었다.

"여전히 여자와 나란히 싸우는 게 꺼려지시나, 노스랜더?"

"그 여자가 당신이라면 안 그래, 사우스랜더."

그가 미소를 돌려주었다.

"당신과 함께라면."

다그마는 사령부 호위들을 내보내 각 부대에 경고를 전하게 했다.

"무슨 짓을 하든 퀴비치와 엉키지 않도록 해요."

그리고 성을 향해 발길을 돌렸다. 충직한 개 카누트가 그녀 곁을 지키고, 그녀가 최근에 주워 온 강아지가 카누트를 바짝 뒤따르고 있었다.

달려 다니는 병사들을 피해 가며 재빨리 복도를 지나던 다그마는 대전에 이르렀을 즈음 걸음을 멈추었다. 퀴비치 몇 명이 탈라이스와 에바를 둘러싸고 성 아래 만들어 놓은 안전한 곳으로 호위해 가고 있었던 것이다. 다그마는 그들을 멈추게 하지 않았지만, 모두들 무사한 것을 보니 안심이 되었다. 그녀는 가능한 한 많은 이를 살리자는 목적 하나만을 새긴 채 머릿속으로 냉정하게 모든 것을 다시 점검했다.

그때, 드래곤 퀸이 대전 문으로 향하는 계단을 내려오는 모습을 보았다. 다그마는 여왕이 지난밤 이곳에서 묵었다는 사실도 몰랐다. 앤널의 실종에 어떻게 대처할 것인가를 두고 벌어진 열띤 논쟁이 저녁 늦게까지 계속되긴 했지만 여왕은 보통 데벤알트산의 자기 처소로 아무 때나 돌아가 버리곤 했다. 그런데 어젯밤은 그러지 않았다. 여왕이 여기 머물렀다.

평소라면 다그마도 그런 일로 걱정하지는 않았을 것이다. 하지만 이번에는 그냥 넘길 수 없었다. 그래서 그녀는 여왕을 따라갔다.

로나는 쏟아지는 화살과 도끼와 창 들을 피해 가며 긴 화염을 내뿜어 선발 부대를 휩쓸듯 덮쳤다. 전장을 날 때면 언제나 그렇듯, 두려움보다는 공격당했다는 데 대한 분노가 그녀를 더욱 부추겼다. 분노는 또한 그녀의 일상에서는 드러나지 않는 날 선 감각을 더해 주기도 했다.

그녀는 기수를 태운 채로 말들을 들어 올려 적의 부대 한가운데 내던졌다. 꼬리를 채찍처럼 좌우로 휘둘러 적병을 공중으로 날려 버리고 땅바닥을 휩쓸었다. 뒤쪽에서 꼬리가 활약하고 있는 사이, 앞쪽에서는 그녀의 창이 적들을 몰살시키고 있었다. 말을 탄 웨스트랜드 부족들이 사방에서 그녀를 향해 쇄도했다. 그들은 무릎의 힘만으로 말 위에 버티고 앉아 두 손으로 끊임없이 활을 쏘아 댔다. 많은 화살들이 비늘까지 뚫고 깊숙이 박혀 들었지만, 로나는 배웠던 대로 언제나 그랬듯 고통을 무시하고 살육을 계속했다.

게다가 그녀는 혼자가 아니었다. 일족이 그녀와 함께 공습을 퍼붓고 있었다. 화염의 물결이 파상 공세를 이루며 쏟아질 때마다 지상의 인간들은 살점이 완전히 불타 뼈만 남기고 쓰러져 갔다. 한쪽에서는 번개 드래곤이 워해머와 배틀액스를 휘둘러 적들을 때리고, 뭉개고, 난도질하고 있었다. 악명 높은 퀴비치들은 무언가를 풀어놓았다. 로나는 그 뿔 달린 흉측한 개들이려니 생각했지만, 아니었다. 그들은 인간이었다. 아니, 한때는 인간이었던 자들. 하지만 지금은 자신들이 도발했던 냉혹한 여자들에게 꺾이고 부서져 노예가 된 야수들일 뿐이었다.

동물 가죽과 보호구 조각만을 걸친 —혹은, 걸치나 마나 한— 어린 마녀들이 달려 나가 적들과 맞부딪쳤다. 온갖 종류의 무기와 마법이 교차되고 섞여 피와 죽음의 악몽 같은 소용돌이를 만들어 냈다. 웨스트랜드 부족들은 아무것도 없는 허공에 떠올라 사지가 찢기고, 살아 움직이는 나무들에 잡혀 살과 가죽이 분리되었다. 발아래 땅거죽을 뚫고 솟아난 손들에 잡혀 지하 세계로 끌려 들어가면서 끔찍한 비명을 지르는 자들도 있었다.

그런 광경을 더는 보고 싶지 않았으므로, 로나는 가까운 숲에 포진한 적들에게 초점을 맞추었다.

성벽 꼭대기까지 올라간 드래곤 퀸은 웨스트랜드 부족들과 엉켜 싸우는 자신의 전사들과 인간 마녀들을 지켜보고 있었다. 앤녈의 군대뿐 아니라 리아논의 드래곤 군대와도 싸워 본 적 있는 웨스트랜더들은 야만족 인간들에게 위험한 적이었다.

"여기 계시면 안 되죠."

리아논이 그녀를 흘끗 건너다보았다.

"너도 마찬가지다, 총사령관. 다른 애들과 함께 있어야지."

"앤녈이 돌아올 때까지는 이 자리가 제 자리예요. 전 어린아이처럼 숨지 않아요."

"노스랜더란 말이지."

"어쩌면 케이타의 말을 따라야 할지도 모르겠어요. 아이들을 렌과 함께 이스트랜드로 보내는 거요."

다그마는 렌이 날개 없는 금빛 드래곤의 형태를 하고 전투에 가세하는 모습을 지켜보았다. 전에는 자세히 보지 못해 몰랐는데, 그에게는 발도 있고 가지가 뻗어 난 뿔도 있었다.

"우리에게 문제가 생길 때마다 아이들을 멀리 보낸다면 그 애들은 평생 외부자들의 손에서 크게 될 거다."

여왕이 퀴비치들에게 시선을 고정한 채 말했다. 퀴비치가 인간을 차례로 베어 넘기면, 그녀들이 부리는 개와 말 들이 그 사체를 먹어 치웠다.

"아이들의 집은 여기다."

"앤닐은요? 그녀를 찾으러 누굴 보내실 건가요?"

"그래, 그게 더 큰 문제지. 특히 지금은 말이다. 웨스트랜더들은 퀴비치의 애완동물들에게 친구 몇 명이 잡아먹힌 정도로 간단히 물러서지 않을 테니까."

"그럼 어쩌면 좋을까요?"

리아논은 성벽에 몸을 기대고, 저 아래 들끓는 전장을 내려다보았다.

"보통 때 같으면 내 드래곤워리어 가운데 하나를 뽑아 그 애를 찾으라고 보냈겠지."

"우리에게 지금 그들 중 하나라도 잃을 여유가 있나요?"

"우리에게 지금 앤닐을 잃을 여유가 있느냐?"

"여왕님도 저도, 앤닐이 부대를 이탈했다면 그러기에 충분하고도 넘치는 이유가 있었을 거라는 사실을 알잖아요."

리아논이 고개를 끄덕였다.

"그래, 알지. 그 애는 서쪽 깊숙한 곳으로 향했다, 총사령관. 그쪽으로 가면 나오는 건 하나뿐이야."

"퀸틸리안."

강철 드래곤의 심장부이자 그자들의 집. 그곳으로 침투하는 것도 물론 문제지만, 거기서 빠져나오는 것은…….

"우리가 누굴 보내든 귀환하지 못할 가능성이 너무나 큰 임무가 될 게다."

리아논은 머리를 내저었다.

"하지만 피할 수도 없는 일이지. 우린 앤널을 찾고 그 애와 이지, 브란웬을 부대로 복귀시킬 누군가를 보내야 해. 그래, 너라면 누굴 추천할 테냐, 총사령관?"

다그마는 성벽 가까이로 다가갔다.

"여왕님의 드래곤워리어 가운데 하나 말씀이시겠죠?"

"그들이 가장 강하고 가장 용감하니까."

"하지만 예측할 수 없는 자들이기도 하죠."

리아논은 미소 지었다. 아들이 짝으로 선택한 이 노스랜더는 확실히 총명한 여자였다.

"맞다. 그들은 스스로 옳다고 판단한 대로 움직이지. 그게 거리의 부랑아를 구하는 동안 앤널을 죽게 내버려 두는 일이라고 해도…….'

"그럼 어쩌죠?"

리아논은 전장을 세심하게 살펴보았다. 그 많은 전사들 가운데 그녀의 시선을 붙잡고 놓지 않는 존재가 하나 있었다.

"쟤는 누구지?"

다그마는 안경을 고쳐 쓰며 눈을 찌푸렸다.

"밤색 드래곤 말씀이시죠? 여왕님의 조카, 로나예요."

익숙한 이름이었다.

"로나? 로나……라고?"

아, 그렇지!

"브라다나의 첫째로군. 케이타가 아기였을 때, 저 애가 한동안 돌봐 준 적이 있어."

"별일 없었나요?"

"뭐, 중독에서도 잘 회복됐고 머리카락도 다시 자랐지. 하지만 그 뒤로 저 애 어머니는 두 번 다시 보모를 보내 주지 않더구나."

리아논은 조카딸을 가리켜 보였다.

"지금 저 애 계급이 뭐지? 대위? 아니면 장군인가?"

"하사예요."

"드래곤워리어가 아니야? 그럼 그냥 전사라고?"

"그냥 전사죠."

그들은 '그냥 전사'가 창을 한 번 휘두르는 것만으로 웨스트랜 더와 타고 있는 말을 한꺼번에 꿰뚫는 동시에 방패로 다른 기수 를 뭉개 버리는 광경을 지켜보았다.

드래곤 퀸과 노스랜드의 인간 여자는 서로를 마주 보았다. 그 리고 미소 지었다.

12

마침내 웨스트랜더들이 물러났다. 그들은 다크플레인을 둘러싼 숲 속으로 사라져 갔다. 하지만 로나는 그동안 싸워 본 경험으로 그들이 완전히 퇴각한 것은 아님을 알고 있었다. 그저 숲과 숲을 사랑하는 신들의 보호 아래 군대를 재정비하려는 것뿐이리라.

부상당한 사촌들 가운데로 내려앉은 로나는 그중 하나의 팔을 당겨 자기 어깨에 걸치고, 그녀를 부축해서 성문으로 향했다. 절반쯤 갔을 때, 갑자기 사촌의 무게가 가벼워졌다. 비골프가 사촌의 다른 쪽 팔을 부축해 부상당한 다리의 하중을 덜어 주었던 것이다.

일단 성안으로 들어가자, 로나는 사촌을 치료사들에게 넘겨주고 아버지를 찾으러 갔다. 아버지는 여기저기로 돌아다니며 무기들을 수습하고 있었다. 웨스트랜더들이 다시 공격해 왔을 때 아군이 완벽하게 무장하고 있도록, 도제들과 함께 밤새라도 작업해서 손상된 부분을 수리하고 날을 세워 두려는 것이다.

아버지가 그녀를 보고 다가와 끌어안으며 말했다.

"로나. 잘 싸웠다, 애야."

"로나 하사!"

그때, 아돌가가 그녀를 불렀다.

"여왕님의 호출이다. 복장을 갖추고 작전실로 뵈러 가도록."

술리엔은 로나의 팔을 잡아 멈춰 세웠다.

"여왕이 내 딸에게 뭘 원하는 거지?"

그가 아돌가에게 물었다.

하지만 로나는 아버지를 살짝 밀어내며 말했다.

"아버지, 여왕님이 부르시면 저는 가요."

아돌가가 머리를 휙 젖혀 성을 가리켜 보이더니, 곁으로 다가온 그녀의 어깨를 말없이 다독였다.

"애야, 어리석은 짓은 하지 마라."

아버지가 뒤에서 소리쳤다.

비골프는 등에 칼이나 화살이 박혀 어찌할 바를 모르는 드래곤들을 도와주었다. 그 일이 끝나면 로나를 찾으러 갈 작정이었다. 하지만 막상 일을 끝내고 자리를 뜨려는 순간, 그녀의 아버지가 앞을 가로막고 섰다.

"너."

잠깐이지만, 비골프는 술리엔이 자신과 로나가 나무 아래에서 끌어안고 밤을 지냈다는 소리를 듣고 찾아온 것이라고 확신했다. 로나의 아버지는 말도 안 되게 거대한 드래곤으로, 앞발 하나가 대형 황소 크기만 했다. 즐거운 격투는 되지 못하리라.

"그 애와 함께 가라."

비골프는 눈을 깜빡였다.

"누구와 함께 가요?"

"로나. 그 애가 여왕의 호출을 받았다. 그 애 혼자 가게 두지 마라."

비골프는 재빨리 인간의 모습으로 변신한 다음, 불운하게도 마침 그들 곁을 지나가던 뼈대 굵은 병사의 옷을 빼앗아 걸치며 술리엔에게 물었다.

"로나는 어디 있죠?"

로나는 전장에서 미처 처리하지 못했던 화살들을 뽑아낸 다음, 인간으로 변신해 옷을 걸치고 성으로 들어갔다. 퀴비치들이 대전을 점령하다시피 차지하고서 부상당한 동료들을 치료하고 있었다. 로나가 지나가도 그녀들은 지켜보기만 할 뿐 아무 말도 하지 않았다.

"어디로 가는 거야?"

로나는 걸음을 멈추고 비골프를 돌아보았다. 이자가 대체 언제부터 따라온 거야?

"여왕님을 뵈러."

"알았어."

혼란스럽기도 하고, 싸우기엔 너무나 지쳐 있었기 때문에 로나는 그냥 계속 걸음을 옮겼다. 작전실 앞에 멈춰 서서 문을 두드리자, 다그마 라인홀트가 나왔다.

"로나 하사."

"여왕님이 찾으셨다고요?"

"그래요."

다그마가 그녀 뒤쪽을 눈짓으로 가리켰다.

"친구를 데려왔네요."

로나는 이제 그를 돌아보려고도 하지 않았다. 그저 눈알을 굴렸을 뿐이다.

"아뇨, 내가 데려온 게 아니에요. 저자가 따라온 거죠."

"뭐…… 어떤 개들은 떨쳐 내기 어려운 법이죠."

다그마가 중얼거렸다.

"둘 다 들어와요."

그리고 비골프에게 말했다.

"라그나의 형제로서 명예를 걸고 당신이 여기서 들은 이야기를 발설하지 않을 거라 믿어요, 비골프."

비골프가 문간을 지나느라 살짝 웅크리며 대꾸했다.

"명예를 걸고 그러죠."

다그마가 문을 닫자, 로나는 탁자를 향해 다가갔다. 드래곤 퀸이 탁자의 반대편 끝에 서 있고, 탈라이스와 케이타는 오른쪽에, 렌—마침내 제 색깔과 힘을 되찾은 듯했다—은 여왕의 뒤쪽에 서 있었다.

"네게 임무를 주겠다, 하사."

"예, 여왕 전하."

"지금부터 넌……."

그때, 작전실 문이 부서질 듯 열렸다. 그리고 로나가 이곳에 도착한 후로 아직 보지 못했던 베르세락 삼촌이 쿵쾅거리며 들이닥쳤다. 그는 비골프를 지나치며 잠깐 코웃음을 쳤을 뿐, 곧장 여왕에게 다가갔다.

"얘기 좀 해."

"기다릴 수 없어?"

"없어."

그는 짝의 손을 잡아끌며 방을 나갔다. 다른 이들을 거기 선 채로 내버려 둔 채. 아주 가볍게 말해도, 그것은 어색한 상황이었다.

문득 케이타가 입을 열었다.

"오늘 전투 근사했어요, 둘 다. 죽이는 기술이 아주 멋지더라고요."

그리고 생각났다는 듯 손가락을 튀기더니, 신나서 덧붙였다.

"호수 남쪽에서는 물 마시지 마세요."

"왜……?"

로나는 비골프의 가슴을 손으로 두들겨 질문을 막았다.

"다시 한 번 말하는데, 묻지 마. 그냥 저 애가 하라는 대로 해."

"다른 애를 골라!"

닫힌 문 너머에서 갑자기 베르세락의 고함 소리가 들려와 모두를 깜짝 놀라게 했다.

"그러지 않을 거야, 천출 드래곤! 난 내 군대에서 원하는 누구든 골라 쓸 수 있어. 그게 당신 조카라고 해도!"

"다른 조카를 골라, 리아논. 드래곤워리어로. 이런 일에 준비가 된 애들이잖아. 로나는 아니지!"

"누가 그래?"

"내가! 아돌가가! 쟤 어미가!"

누구도 그녀를 돌아보지 않았다. 로나로서도 그들을 탓할 생각은 없었다. 그리고 문이 다시 열렸다 닫히는 소리를 들었을 때, 비골프가 도망가 버린 걸 알고도 놀라지 않았다.

하지만 다음 순간, 그녀는 들었다.

"이보세요!"

비골프의 목소리였다. 오, 이런! 안 되지, 안 돼! 안 돼!

"첫째로, 두 분! 빌어먹을 문 저쪽에서도 두 분 말씀이 다 들린단 말입니다!"

그는 거의 포효하고 있었다.

"둘째로, 로나는 충분히 준비돼 있습니다."

……뭐?

"네가 그걸 어떻게 알지, 노스랜더?"

그녀가 언제나 환영하는 베르세락 삼촌이 쏘아붙였다.

"오 년 동안 로나 곁에서 싸워 왔으니까요. 당신의 판단도 그런 근거에서 나온 거라고 말씀하실 수 있습니까?"

삼촌은 코웃음을 쳤을 뿐, 아무 말도 하지 않았다. 침묵을 대답으로 받아들인 비골프가 마무리하듯 말했다.

"로나는 준비됐습니다. 그러니까 이 문제는 넘어가죠."

그가 등 뒤로 문을 쾅 닫고 걸어 들어오더니 다시 그녀 뒤에 선 다음, 가슴 위로 단단히 팔짱을 꼈다.

로나는 그를 돌아보지 않았다. 돌아볼 엄두도 내지 않았다. 자신이 어떻게 반응할지 확신할 수가 없었던 것이다. 내 여왕님과 그분의 반려에게 함부로 말한 것에 대해 화를 낼까? 내 능력을 믿어 준 것에 대해 감사할까? 아니면 날 위한답시고 내 싸움에 끼어든 것에 치욕스러워할까? 솔직히, 그녀의 감정과 반응은 어느 쪽으로든 터져 나올 수 있었다. 그래서 로나는 여왕과 그녀의 반려가 돌아올 때까지 그저 조용히 자리를 지켰다.

돌아온 베르세락은 평소보다 더 화난 얼굴—평소 상태 자체가 화난 얼굴인 걸 감안하면, 무지하게 험악한—을 하고 있었다. 그가 로나 곁에 서서 입을 열었다.

"하사!"

로나는 등허리를 꼿꼿이 펴고 턱을 들었다.

"예, 장군님!"

"서쪽으로 가라. 출발은 오늘 밤, 도보로 간다. 누구도 널 봐서는 안 된다. 특히 저 개 같은 바테리아 년이 웨스트랜더들을 꼼짝 못하게 틀어쥐고 있으니."

"알겠습니다, 장군님!"

"네 임무는 실종된 앤윌 여왕을 찾는 거다."

맙소사! 앤윌이 실종됐어?

"앤닐을 찾아 자기 부대로 복귀시켜라. 앤닐의 군대는 지금 이 순간에도 드래곤 부대와 합류하기 위해 유프라시아 계곡으로 향하고 있다. 임무를 이해했나?"

로나는 언제나 그랬듯 즉시 그렇다고 대답하고 싶었지만, 질문할 것이 하나 있었다. 꼭 답을 들어야 하는 문제였다.

"장군님…… 서쪽으로 가라고 하셨습니다만, 퀸틸리안 독립국 말씀이십니까?"

베르세락이 잠시 숨을 돌린 다음, 대답했다.

"그렇다, 하사. 앤닐이 그쪽으로 가는 중이라 한다. 자세한 얘기는 모르뷔드한테 들어라. 앤닐의 군대는 출발했지만 그 애는 뒤에 남았다고 하니까 그쪽에 먼저 들르도록. 질문 더 있나?"

뭘 더 물을 것이며, 무슨 말을 더 하겠는가?

"없습니다, 장군님!"

"너 자신을 위해서라도 가능한 한 은밀히 움직여야 할 것이다, 하사. 될수록 인간의 모습으로 다니고…… 무모한 짓은 하지 말도록. 네 임무는 단 하나다. 앤닐을 데려올 것. 살았든, 죽었든. 알겠나?"

"예, 장군님!"

"그럼 가라. 전쟁 신들의 가호가 함께하길 빈다."

여왕을 향해 재빨리 절을 올린 후, 로나는 작전실을 나왔다. 그리고 아버지를 찾으러 갔다.

"저들이 네게 뭘 시켰다고?"

술리엔은 큰딸에게 따져 물었다.

"또 얘기하게 하지 마세요, 아빠. 그냥 옷 찾는 일이나 도와주세요. 여행자들 속에 자연스럽게 섞여 들어갈 만한 걸로."

평상복과 제복과 갑옷 들이 잔뜩 들어 있는 궤를 뒤지며 웅얼거리듯 대답한 로나는 자기가 입은 옷을 가리켜 보였다.

"이걸로 자연스럽게 섞여 들어가긴 무리겠죠, 안 그래요?"

드래곤 퀸 군대의 색깔, 드래곤 퀸 군대의 문장이 찍힌 표준 보호 장비를 갖춘 차림이었다.

"지랄 맞은 퀸틸리안에서는 안 되지!"

"좀 더 크게 소리쳐 주실래요? 그 정도로 데저트랜드까지 들리겠어요?"

술리엔은 딸의 어깨를 잡고 자신과 마주 보도록 그녀를 돌려세웠다.

"왜 이러는 거냐, 로나?"

"명령을 받았으니까요."

"퀸틸리안으로 가서 십자가형을 당하라는 명령 말이냐?"

"들키지 않고 들어갔다 나오면 돼요."

"그 미친 여왕을 구하려 들다가는 들키고도 남지!"

"그게 제가 받은 명령……."

"지랄! 그 소리 좀 그만해라!"

로나가 한숨을 쉬었다.

"제가 뭐라고 했으면 좋으시겠어요? 거짓말을 할까요? 아빠가 듣고 싶어 하시는 얘기를 하라고요?"

"그래, 그런 식으로."

딸이 미소를 지었다. 술리엔은 그 미소에서 자신을 보았다. 모든 자식들 가운데 그를 가장 많이 닮은 것이 로나였다. 그의 얼굴과, 그의 힘과, 그의 기술까지. 처음부터 술리엔은 이 딸의 자리가 그녀 자신의 용광로 앞이라는 것을 알고 있었다. 제 어머니에게 뭔가를 증명해 보이려고 나가 싸우는 전장이 아니었다.

술리엔은 브라다나를 이루 말할 수 없이 사랑했지만, 한 가지 문제에 관해서만큼은 언제나 그녀와 싸워야 했다. 바로 큰딸 로나에 관한 문제였다. 술리엔이 자기 딸에게 전사가 되기 위해 필요한 자질이 없다고 생각한 것은 아니었다. 아니, 로나는 저 지랄 맞은 드래곤워리어까지도 충분히 될 수 있었다. 하지만 '필요한 자질을 갖춘' 것과 '진심으로 원하는' 것은 굉장히, 전혀 다른 문제였다.

술리엔은 브라다나를 처음 만난 순간부터 그녀가 무엇인지 알고 있었다. 전사. 의문의 여지가 없었다. 그녀의 눈이, 그녀가 걷는 방식이, 그녀의 삶 전체가 그렇게 얘기하고 있었다. 브라다나는 전사였고, 세상도 그녀를 전사로 인정했다. 그리고 딱 그런 모습과 태도가 자식들 모두에게 있었다.

로나를 제외하면 말이다.

무기를 다루는 로나의 능력은 남달랐다. 훌륭한 야장이라면 마땅히 그렇듯, 그녀는 온갖 종류의 무기들을 알고 있었다. 그 각각에 알맞은 무게와 그것들이 전투 중에 작동하는 방식, 어떤 것이 치명적이고 어떤 것이 불구를 만드는지 등등을. 그러나 브라다나는 딸의 능력에서 드래곤워리어의 소명을 보았고, 지금까지도 자신의 큰딸이 '그냥 전사' 이상의 성취를 이루지 못했다는 사실은 상상할 수 없을 만큼 그녀를 괴롭히는 문제였다. 브라다나의 마음속에서 카드왈라드르는 드래곤워리어가 되어 전투를 이끌어야 할 존재였다. 명령을 내리는 자들이지 받는 이들이 아니었다.

그래서 어머니와 딸은 같은 자리를 맴돌고 있었다. 로나는 훌륭한 전사 이상은 되려 하지 않았다. 그녀의 진정한 소명이 야장의 명가였기 때문이다. 하지만 브라다나는 여전히, 자신의 큰딸에게는 옳은 방향으로 밀어 줄 약간의 자극이 필요할 뿐이라는 것을 입증하려 애쓰고 있었다.

죽을 자리로 밀어 줄지도 모른다는 게 문제지.

로나가 미늘 셔츠를 집어 들었다.

"이거 어때요?"

"안 돼."

슐리엔은 딸의 손에서 셔츠를 낚아채 궤 속에 던져 버렸다.

"넌 네 어머니의……."

그는 어색한 몸짓으로 딸의 가슴 근처를 가리켜 보이며 말을 이었다.

"재산을 물려받았으니까."

"재산요?"

"여기, 이걸 입어라."

그는 수년 동안 완벽에 완벽을 기해 만든 미늘 셔츠를 딸에게 건네주었다.

"아빠, 이건 받을 수 없……."

"받아. 받아서 겉옷 아래 받쳐 입어. 여기, 그것과 같이 입을 바지도 받고."

"하지만 이건……."

"내 최고의 작품이지. 넌 내가 이걸 누굴 위해 간직하고 있었다고 생각하는지 모르겠다만, 내 딸보다 적합한 임자가 누가 있겠냐?"

딸이 그를 향해 다시 미소 지었다.

"감사해요, 아빠."

"내 눈물 짜낼 생각은 마라. 난 그런 거 감당 못해."

그는 딸아이의 아름다운 얼굴을 더 보고 있을 수가 없어 몸을 돌렸다.

"우리 일이 다 끝나고 나면, 넌 세상 최고의 무장을 갖춘 여행자가 될 게다."

할 수 있는 한 최선을 다해 딸의 장비를 챙겨 준 술리엔은 그녀와 함께 막사를 나섰다. 그리고 거기서 작별 인사를 나누었다. 그는 딸을 꼭 안고 이마에 입을 맞춘 다음, 적어도 조심하려고 '애쓰겠다'는 다짐을 받았다. 거짓말인 줄 뻔히 알면서도.

딸아이는 웨스트랜더들의 다음 공격에 대비해 바쁘게 움직이고 있는 전사들과 호위들, 마녀들 사이로 걸어 들어갔다. 적당한 때가 되면, 그녀의 일족이 누구에게도 들키지 않고 그녀가 빠져나갈 수 있도록 주의를 끌어 시간을 벌어 줄 터였다.

술리엔은 무거운 한숨을 내쉬며 자기 막사로 들어선 순간, 그대로 멈추었다. 대체 언제 숨어들었는지 번개 드래곤이 거의 그의 것만큼이나 큰 가슴 위로 단단히 팔짱을 낀 채 서 있었다.

"뭐냐?"

"설마 잠깐이라도, 제가 로나 혼자 퀸틸리안에 가게 둘 거라고 생각하진 않으셨겠죠?"

번개 녀석이 그 거대한 워해머——인간의 몸을 하고 있는데도 그에게는 맞춤해 보였다——를 들어 보이며 말했다.

"직접 만드신 멋진 놈으로 이런 거 하나 주십쇼. 저 역시 섞여 들어야 하니까, 아시죠?"

술리엔은 빙그레 웃은 다음, 노스랜더에게 필요한 것들을 찾아 주었다.

13

로나는 숨겨진 문 곁에 몸을 웅크리고 있었다. 양쪽이 나무들로 가려진 성벽 안에 만들어 놓은 문이었다. 그곳에서 그녀는 움직여도 좋다는 신호를 기다리고 있었다.

여행자 차림으로 보였지만, 그녀는 아버지와 함께 생각해 낼 수 있는 온갖 곳에 무기들을 숨겨 두었다. 로나는 더 바랄 수도 없을 만큼 준비가 잘되어 있었다. 뭔가 다른 일을 하고 있었다면 좋았을까? 다른 어떤 일? 됐다 그래. 바라는 게 따로 있다고 해도 달라질 건 없지.

그때, 무기들이 부딪치는 소리가 들려왔다. 로나는 일족이 숲의 반대쪽에서 전열을 재정비하고 있던 웨스트랜더를 습격한 것임을 알았다. 적은 수가 너무나 많아서 성을 고리 모양으로 에워싸고 있었지만, 이 문 근처의 병력만 자리를 비워 주면 그녀가 빠져나갈 틈이 열릴 터였다.

로나는 문을 살짝 열고 밖을 살폈다. 언제라도 몸을 뺄 태세를 갖추고…….

일순, 그녀의 전신이 긴장했다. 로나는 천천히 어깨 너머로 고개를 돌려, 뒤에 웅크리고 있는 무언가를 보았다.

"여기서 뭐하……."

하지만 기다리던 신호가 들려왔고 비골프가 그녀를 앞으로 밀었다.

"가."

그가 속삭였다.

당장은 이 미련한 황소 자식과 대거리할 여유가 없었으므로 로나는 서둘러 문밖으로 나섰고, 자세를 낮춘 채 재빨리 움직였다. 누구의 눈에도 걸리지 않도록 몇 걸음마다 멈춰 가면서 나무들을 엄폐물 삼아 나아갔다. 번개 드래곤이 언제나처럼 그녀와 보조를 맞춰 바로 뒤에서 따라왔다.

로나는 둥치가 거대한 오래된 나무 곁에 멈춰 서서 사방을 살펴보았다. 말을 탄 두 명의 웨스트랜더가 전방에 있었다. 가까운 곳에서 피 튀기는 전장이 펼쳐지고 있는데도 그들은 굳건히 자리를 지켰다.

로나는 손을 들어 비골프에게 신호를 보냈다. 그가 걸음을 멈추자 전방의 적들을 가리킨 다음, 엄지로 목을 긋는 시늉을 해 보였다. 비골프가 고개를 끄덕였고, 그들은 동시에 뛰쳐나갔다.

로나가 덮친 쪽은 그녀의 기척을 듣지 못했고 그녀가 접근하는 것을 보지도 못했다. 그자의 말조차 아무런 경고를 주지 못했다. 그녀는 기수를 잡아채고 손바닥으로 입을 쳐 누르면서 목구멍에 칼을 쑤셔 박았다. 소리를 내거나 신호를 보내지 못하게 하기 위해서였다. 적의 목에서 칼을 뽑아 낸 그녀는 다시 한 번 쑤셔 박았다가 가로로 길게 뽑아 당겼다.

비골프는 그 옆의 기수를 덮쳤다. 번개 드래곤의 존재를 감지한 말이 공포에 질려 뒷발질을 하는 바람에 그자는 습격을 알아채고 말았다. 비골프는 일단 말에게 주먹을 날리고, 말이 쓰러지자 배틀액스를 휘둘러 웨스트랜더가 미처 입을 열기도 전에 배틀액스를 휘둘러 그자의 목을 쳤다. 로나는 매번 저 불쌍한 짐승들에게 겁을 주거나 주먹을 날려 대는 비골프와 함께 여행하려면 대체 어떻게 해야 할지 막막했다.

하지만 걱정은 나중이었다. 그녀는 그와 함께 웨스트랜더들의 시체를 거대한 나무 뒤로 끌어다 숨겼다. 그녀가 덮친 기수의 말은 엉덩이를 때려 놓아주고, 기절한 다른 말은 비골프가 어깨에 멘 채 강가로 가서 던져 버렸다. 그리고 둘이 함께 강을 따라가다가, 건널 만한 곳이 나오자 반대편으로 넘어갔다. 거기서부터는 서부 산맥을 향해 달리기 시작했다.

에다나는 쌍둥이 자매 네스타, 브리나와 함께 일과 중 하나인 무기 점검을 하는 중이었다. 우선, 그들이 소유한 모든 무기의 개수를 세고, 각각의 날과 자루에 흠이라도 생기지는 않았는지 확인했다. 한창 전투 중에 칼이 부러지는 것보다 더 나쁜 일은 없을 터였다. 그 점은 그들 모두가 로나에게 잘 배운 교훈이었다.

에다나가 껍질을 깨고 밖으로 기어 나와 처음으로 본 것이 바로 로나의 얼굴이었다. 그때 에다나는 네스타가 주먹으로 자꾸 쳐 대는 바람에 한쪽 눈은 부어올라 닫혀 있고, 브리나가 거의 물 어뜯어 놓은 바람에 뒷다리가 약해져 있었다. 어머니는 그들이 세상에 나오기 직전에 어딘가의 전장으로 달려가 버리고 없었다. 그래서 그들을 길러 준 것은 로나였다. 당시에는 그녀 자신도 아직 다 자란 어른이 아니었는데 말이다.

대부분의 드래곤은 그렇게 짧은 터울로 그렇게 많은 자식들을 낳지 않았다. 하지만 브라다나는 짝을 지은 다른 자매들보다 훨씬 오래 출산을 미루었고, 경쟁심 강한 그녀답게 이를 벌충이라도 하듯 열과 성을 다했다. 유일한 문제는, 어디선가 살육을 필요로 하는 일이 벌어지면 집에 붙어 있지를 못한다는 점이었다. 그래서 그녀는 세쌍둥이가 알을 깨고 나오기도 전에, 산더미 같은 일을 로나에게 떠넘기고 사라져 버렸다. 세쌍둥이도 다른 모든 자식들처럼 큰딸이 도맡아 길러 주리라 믿고서.

각자의 무기 점검이 끝나자, 세 자매는 자리를 바꾸어 서로의 무기들을 확인하기 시작했다. 불필요한 단계, 어머니는 그렇게 불렀다.

'자기 무기를 자기가 몰라서?'

세쌍둥이가 서로의 무기를 점검하는 모습을 보고 어머니가 따지듯 던진 한마디였다.

하지만 그들은 내가 놓친 무언가를 다른 자매가 발견하기도 하고, 다른 자매가 놓친 무언가를 내가 발견하기도 했다. 그렇다면 만의 하나라도 위험을 감수할 이유가 어디 있겠는가? 시간이 있다면 몇 단계라도 거치는 편이 좋을 것이다. 나쁠 것 없었다.

"어이, 너희 둘!"

갑자기 들려온 목소리에 에다나는 더 이상 한숨도 나오지 않았다.

"여기 딸이 셋 있는데요, 어머니. 무슨 이윤지는 몰라도, 어머니가 저희 중 하나를 무시하시는 게 아니라면요."

"어린것이 말대꾸는! 너희 언니는 어딨지?"

네스타가 코웃음을 쳤다.

"구체적으로 말씀하셔야죠."

어머니는 대답 대신 으르렁거렸다. 자매들 중 어머니가 확인하러 찾아다니는 건 오직 로나뿐이었고, 모두들 그 사실을 잘 알고 있었다. 그래도 그걸로 어머니를 약 올리는 건 여전히 재미있었다.

"로나 말이다. 어디 있지?"

"어딘가 있겠죠. 좀 전에 제가 봤어요. 십 분도 안 됐을걸요."

브리나가 동굴 저편을 대충 가리키며 말했다.

"저쪽으로 가던데."

"지랄! 그 계집애!"

브라다나는 주먹을 꽉 쥐고 쿵쾅거리며 그쪽으로 향했다.

그들의 목소리가 들리지 않을 만큼 어머니가 멀어지자, 에다나는 자매들에게 물었다.

"언니 소식 들은 거 있어?"

자매들이 고개를 저었다.

"하지만 언니가 없다는 걸 어머니가 아시게 하면 안 되는 건 마찬가지야. 어떻게 나오실지 다들 알잖아."

네스타가 다시 한 번 상기시켜 주었다.

"언니가 어머니에게 알리고 싶다면 그렇다고 얘기해 줄 거야."

브리나도 거들었다.

네스타가 고개를 끄덕였다.

"혹시라도 언니에게 문제가 생긴다면 우리도 알게 될 테고 말이야."

브리나가 한숨을 내쉬고는 말했다.

"게다가 당장은 우리가 걱정해야 할 더 큰 문제, 더 한심한 문제가 있지."

세 자매는 동굴 저편에서 서로를 못 잡아먹어 뒤엉킨 채 바닥을 구르고 있는 사촌들을 건너다보았다. 다른 일도 아니고 여자 하나 때문에! 그것도 인간 여자 따위 때문에!

평소대로라면 에다나는 그렇게 어리석은 짓에 끼어들 생각 같은 건 하지 않았으리라. 하지만 로나라면 분명 끼어들었을 테고, 지금은 로나가 없었다. 문제는 로나가 여기 어딘가에 있다는 눈속임을 계속 유지하려면 그녀가 했을 만한 일들을 세쌍둥이가 어떻게든 해내야 한다는 것이었다. 만약 일이 걷잡을 수 없는 지경에 이르면 그 즉시 뭔가 달라졌음을 어머니가 알아채고 말 것이기 때문이었다.

"내가 켈뤈을 맡을게. 너희 둘이 에이브히어를 맡아."

에다나는 그렇게 말하고 자리에서 일어났다.

"왜 항상 우리 둘이 에이브히어를 맡는 거야?"

네스타가 징징거렸다.

"저 애는 덩치가 산만 하니까. 게다가 그 거대한 살덩이를 조심성 없이 마구 휘두르지."

브리나의 말에 에다나는 고개를 끄덕였다.

"그래, 그래서 너희 둘에게 맡기는 거야. 자, 어머니가 알아채시기 전에 궁둥이들 움직여!"

로나는 조그만 개울 곁에 웅크리고 앉아 장갑을 벗고 손으로 물을 떠 마셨다. 오래 달린 후에 차갑고 시원한 물을 마시자 온몸이 되살아나는 느낌이었다. 여전히 다크플레인이긴 하지만 전투가 벌어지고 있는 가반아일에서 한참 떨어진 곳에 이르고 보니 생각을 정리할 여유가 있었다.

그때, 두껍게 쌓인 눈과 얼음장이 깨지는 소리가 뒤에서 들려왔다. 로나는 그대로 웅크린 채 몸을 돌리며 창을 내질렀다. 아버지가 만든 워해머가 그녀의 창을 때려 한쪽으로 비켜나게 만들었다. 하지만 창을 놓치게 할 만한 힘은 아니었다.

"나야."

비골프가 재빨리 말했다.

"알아."

로나는 정직하게 대꾸했다.

"알다니, 그게 무슨 소리야? 그럼 왜 공격했는데?"

로나는 허리를 펴고 일어섰다. 그녀도 인간으로 치면 큰 키였는데, 그의 얼굴을 보려니 고개를 쳐들어야 했다.

"왜라고 생각해? 그리고 당신, 여기서 뭐하는 거야?"

"당신이야말로 뭐라고 생각해? 정말로 내가 당신 혼자 가게 둘 줄 알았어?"

"그러니까 내 삼촌에겐 거짓말을 한 거라 이거군. 당신 생각에는 내가 준비가 안……."

"그 바보 같은 소리 끝맺기 전에, 확실히 해 두지. 내가 이런 임무를 받았다면 혼자 가고 싶지 않을 거야. 누군가 뒤를 봐 주기를 바라겠지. 내가 어떤 지경에 빠지든 계속 지켜봐 줄 거라고 믿을 수 있는 누군가와 함께 가고 싶을 거야. 그러니까 난 당신 삼촌에게든 누구에게든 거짓말하지 않았어. 당신이 이 일을 해낼 수 있다는 건 나도 알아. 다만 내게 당신 뒤를 봐 줄 여유가 있으니까, 그렇게 할 거야."

"당신 형은 어쩌고?"

"형이 뭐?"

"앤널의 군대가 이동 중이잖아. 그럼 최종 공격을 준비하고 있을 텐데. 이 젠장맞을 전쟁을 끝내고 우리 모두에게 일상의 삶을 돌려줄 마지막 공격일 텐데."

"노스랜더에게는 전쟁이 일상이야, 로나 하사. 당신들 화염 드래곤을 도와 강철 놈들을 정리하고 나면 우린 아이스랜드의 뿔 드래곤 놈들에게 집중하겠지. 그놈들, 우리가 아주 떠나 버린 걸로 착각하고 우리 영토로 슬금슬금 넘어오고 있거든. 그러니까 내가 돌아갔을 때 날 위한 전장이 충분치 않게 되는 일 같은 건 일어나지 않아."

"하지만……."

"그만!"

그가 말을 잘랐다.

"이제 더 이상은 안 들어 줄 거야. 난 당신과 함께 가. 그냥 받아들여."

"좋아. 그럼 앞으로를 위해서라도 몇 가지 분명히 해 두지."

그녀는 땅바닥에 창을 박고 단단히 그러쥐었다.

"당신의 그 둔한 노스랜드 사고방식으로 이해하기 어려울 줄은 알아. 하지만 난 드래곤 퀸 군대의 전사이고 전장에서 이백 년 이상을 살아남았어. 내 앞에 닥치는 전투마다 날 보호하겠답시고 뛰어드는 당신 없이도 말이야. 그런 짓만은 절대 못 참아. 내 뒤를 봐 주겠다고? 좋아. 하지만 그뿐이야. 알겠어?"

"당신은 내 뒤를 봐 주고 난 당신 뒤를 봐 주는 거지, 화염 드래곤. 그리고 필요 없이 당신 싸움에 끼어드는 일은 절대로 하지 않을게."

그가 그녀의 창을 가리켜 보이며 말했다.

"당신 그만하면 충분히 날 쑤셔 줬잖아?"

"그야…… 하지만 첫 번째는 진짜 사고였어. 그런 일이 다시 없을 거라고는 약속 못 해."

"좋아."

그가 주위를 둘러보더니 어깨를 으쓱하며 물었다.

"그럼 이제 뭘 하지?"

"계속 움직여야지. 모르퓌드를 빨리 만날수록 좋아. 말을 타고 가면 더 좋겠지만, 당신이 말하고 문제가 있으니……."

"그게 무슨 소리야?"

"금방 또 한 마리 패서 기절시켰잖아."

"조용히 시킨 것뿐이지."

로나는 머리를 내저으며 다시 쪼그려 앉았다. 깨끗한 물로 수통을 채운 그녀는 일어나 달리기 시작했다.

"가자고, 번개 드래곤."

그리고 뒤를 향해 소리쳤다.

"궁둥이 움직여. 밤새겠다."

그가 한숨을 내쉬며 웅얼거리는 소리가 들려왔다.

"달리는 거 싫은데……."

하지만 비골프는 또 어느새 그녀와 나란히 달리 보조를 맞춰 달리고 있었다. 그들은 사우스랜드와 서부 평원 사이의 경계 지역 깊숙한 곳을 향해 달려갔다.

"그녀는 어디 있지?"

전쟁의 여신 에이리안웬은 죽어 넘어진 시체들을 밟으며 자신의 짝, 모든 드래곤들의 아버지 신 뤼데르크 하일을 맞으러 갔다. 그를 향해 나아가면서, 그녀는 시간이 시작된 이래로 늘 그랬듯 그의 아름다움에 경탄했다.

사그라져 가는 두 개의 태양 빛을 받아 블랙 드래곤의 비늘이 아름답게 반짝였다. 열두 개의 새하얀 뿔이 솟은 머리, 세상에 존재하는 모든 색깔을 담은 완벽한 색조의 검은 갈기가 피에 흠뻑 젖은 바닥을 따라 길고 넓게 펼쳐져 있었다. 그의 꼬리는 이 순간 너무 멀리 뻗어 있어 끝을 볼 수 없었지만, 그것은 언제나 그녀가 가장 좋아하는 브로드소드를 떠올리게 했다. 건드리는 것만으로 세상 무엇이든 파괴할 수 있는 날을 지닌, 크고 넓은 검.

하지만 에이리안웬이 사랑하는 드래곤은 자신이 벌인 헛짓을 그녀가 수습하게 둘 생각이 없는 모양이었다.

"당신도 잘 있었어, 내 사랑?"

"장난하지 마, 에이르."

그가 받아쳤다.

"그녀는 어딨어?"

"누구? 누굴 찾는 거야?"

"'피투성이' 앤널."

"아, 당신 애완동물."

그녀는 들고 있던 칼을 칼집에 갈무리했다.

"그 여자가 어디 있는지 내가 어떻게 알아?"

"에이르……."

"정말 몰라! 난 그 여자에게 관심 없다고. 관심이 있는 건 당신이지."

"또 시작이야? 그녀가 죽었을 때 다시 살려 낸 건 당신이었으면서!"

"다그마 라인홀트를 위해 한 일이지."

"아, 당신 애완동물."

그가 전장을 돌아다보고는 말했다.

"바빴나 보군."

"이 세계의 미덕이지, 전장이 너무나 많아서 내가 고를 여지도 많다는 거."

"그래, 유프라시아 계곡 쪽은 어떻게 되어 가고 있어?"

"그건 내 전쟁이 아니야, 내 사랑. 뭐, 즐겁긴 했지. 양쪽 전략가들이 벌이는 짓들이라니!"

그녀는 가슴 위로 팔짱을 끼었다.

"이 일이 결국 누구에게 이르게 될지는 당신도 알지, 라이. 그자는 언제나 당신의 힘을 원했어. 당신의 영역에 필적하는 지배력을 갖고 싶어 했지."

"그자가 어디까지 할 거라고 생각해?"

"그자가 당신의 귀여운 애완동물을 탈취했다고 생각하는지를 묻는 거야?"

"그렇게 부르는 건 그만둬 주면 좋겠는데."

"아니, 그자에게 그런 배짱이 있다고는 생각하지 않아."

"하지만?"

"대체 왜 앤벌이 당신이나 당신을 잡으려는 자에게만 매혹적일 거라고 생각하는 거야? 다른 신들의 관점에서 보면, 당신은 이미 앤벌을 내쳤어. 그건 어떤 신이든 그녀를 유혹해서 자기 세력으로 만들어도 된다는 뜻이지. 그녀는 인간들 가운데 상당히 강력한 동맹이 될 테니까."

에이리안웬은 짝의 목을 손으로 누르며 싱긋 웃었다.

"내가 찾아봐 줄까? 전쟁은 내 영역이잖아."

"여기 이 아수라장은 어쩌고?"

그녀는 어깨를 으쓱했다.

"뭐…… 시체만 가득한 전장을 봤으면 볼 장 다 본 셈이지."

뤼데르크 하일은 잠시 먼 데를 보다가 결국 머리를 저었다.

"아니. 당신이 맞아. 그녀는 더 이상 내 관심사가 아니야."

"원하시는 대로."

에이리안웬은 그의 콧등에 입을 맞추고 몸을 돌렸다.

"난눌프는 어딨어?"

시체들을 밟고 다니며 취할 만한 영혼을 찾고 있는 그녀에게 그가 물었다.

"모르지. 늑대 신 난눌프는 그저 여행 동료일 뿐이야, 내 사랑. 떼 놓을 수 없는 사이 같은 게 아니라고. 하지만 분명 어딘가를 돌아다니고 있을 거야. 어딘가……."

14

모르퓌드가 가장 중요한 마법 도구들을 담는 가방에 마지막으로 몇 가지를 더 챙겨 넣은 것은 늦은 오후 무렵이었다. 부디 그게 마지막이기를 바라면서. 하지만 그러고도 그녀는 빠트리고 남겨 둔 건 없는지, 지난 오 년간 집이라고 불렀던 막사를 다시 한 번 둘러보았다. 혹시라도 잊어버렸을 수가 있었다. 특히 지금처럼 압박감이 막심한 때에는. 앤닐이 혼자 힘으로 뭔가를 하겠다고 사라져 버린 후로, 모르퓌드에게 남은 건 압박감밖에 없었다.

그때, 막사 입구가 들썩이는 기척이 들려왔다. 그녀는 시선을 돌리지도 않고 자신의 도제에게 물었다.

"롤리, 내가 다 챙긴 거 확실하니?"

"언니."

모르퓌드는 고개를 들고, 놀라움에 눈을 깜빡였다.

"로나?"

그녀는 사촌 동생에게 다가갔다. 로나는 인간의 모습을 하고 여행자처럼 차려입고 있었다.

"맙소사. 여기는 어쩐 일이니?"

모르퓌드는 그녀를 껴안으며 물었다.

"언니 어머니가 보내셨지."

로나가 인상을 찌푸리더니 되물었다.

"말씀 안 하셨어?"

"아니. 내가 아는 거라곤 도움을 보내겠다고 하신 것뿐이야."

물론 모르퓌드는 그 도움이, 이를테면 렌이라든가 어머니의 도제 가운데 하나 정도일 거라고 생각했다. 설마 로나일 줄은……. 오, 망할. 그게 중요해? 이 시점에서 그 빌어먹을 여자를 자기가 속한 곳으로 데려오는 것 말고 중요할 게 뭐 있어? '피투성이' 여왕의 군대로!

모르퓌드는 막사 한가운데로 가서 두 손을 들어 올리고 주문을 외었다. 잠시 동안 그들만의 시간을 갖기 위한 일종의 보안 조치로, 막사를 경계로 해서 그 안쪽을 봉쇄하는 마법이었다.

하지만 마법이 펼쳐진 순간, 막사 바깥에서 작은 으르렁거림 같은 소리가 들려왔다.

"제길!"

사촌 동생이 괜히 목을 가다듬더니 히죽 웃었다. 거의 미소처럼 보이는 웃음이었다.

"무슨 일이지?"

"나 혼자 온 게 아니거든. 하지만 언니가 방금 날 굉장히 즐겁게 해 줬어."

모르퓌드는 마법을 거두었다. 그리고 잠시 후, 인간의 모습을 한 자줏빛 머리칼의 드래곤이 막사 안으로 휘청거리며 들어섰다.

"내가 밖에 있다고 말해 줄 수도 있었잖아."

덩치 큰 번개 드래곤이 머리를 문지르며 로나에게 말했다.

"그래, 그럴 수도 있었지. 하지만 안 했네."

"이 독사 같은⋯⋯."

그가 이를 갈더니, 모르퓌드를 향해 고개를 숙여 보였다.

"레이디 모르퓌드."

모르퓌드는 잠시 생각하다가, 로나에게 물었다.

"비골프?"

머리카락이 다시 자라는 바람에 ─앤닐의 칼에 잃었던 만큼이나 자랐다. 늘 그렇듯 앤닐은 자기 영토 안에 들어온 번개 드래곤들을 보자마자 칼부터 날렸고, 한바탕 싸움이 끝났을 때 비골프는 머리채를 잃어야 했다. 운 좋게도 머리통은 보존했지만─그의 사촌 마인하르트─이쪽은 다리가 부러졌다─와 구별하기 어려웠던 것이다. 사실, 앤닐은 여전히 이 번개 드래곤의 머리채를 투구 끝에 장식으로 달고 다녔다.

모르퓌드는 사촌 동생을 쳐다보며 물었다.

"왜 같이 온 거니?"

"분명 나 혼자서는 아무 일도 못 하니까, 아니겠어?"

"난 그렇게 말 안 했어. 내가 언제 그랬다고?"

"나한테 꽥꽥거리지 마."

"난 안 꽥꽥거려!"

모르퓌드는 손을 들어 올렸다.

"둘 다 그만!"

그러고는 앞서처럼 주문을 외어 경계를 쳤다.

"자, 얘기를 다시 해 볼까?"

그녀는 로나를 가리키며 말했다.

"넌 내 문제를 도우러 왔어, 그렇지?"

"응."

"그리고 당신은……."

그녀는 비골프를 가리키며 말을 흐렸다.

"당신은 여기……?"

"당신 문제를 돕는 로나를 도우러 왔죠."

모르퓌드는 더 참지 못하고 손을 내저었다.

"아아, 어쨌거나. 둘이서 뭘 어떻게 하건 난 괜찮아. 중요한 건 앤널을 찾아와야 한다는 거지. 지금도 여왕의 군대는 그녀가 대체 어디 있는지 묻고 있다고."

"그녀가 없으면 제대로 싸우지 못하나?"

로나가 앤널의 군대에 대해 조금 넌더리를 내며 물었다.

"물론 잘만 싸우지. 하지만 지난 오 년 동안 퀸틸리안과 전쟁을 치르면서 분명해진 게 있어. 우리가 이기려면 앤널이 전장에서 군대를 이끌어야 한다는 거야."

모르퓌드는 천천히 걷기 시작했다. 최근 들어 몸에 붙은 습관이었다.

"그것만이 아니지. 여왕의 군대가 앤널 없이 유프라시아 계곡에 도착한다면, 내 큰오빠는 어머니 군대를 버려두고 짝을 찾으러 가 버릴 거야. 작은오빠랑 글레안나 이모도 그 뒤를 따르겠지. 딸들이 앤널과 함께 사라졌다는 걸 알게 될 테니까."

그녀의 걸음이 빨라졌다.

"이 이상 어떻게 더 잘 설명할 수 있을지 모르겠다. 난 그저 앤널이 돌아왔으면 좋겠어. 앤널이 돌아와야⋯⋯."

로나가 그녀 앞으로 다가와 두 손을 붙잡았다. 모르퓌드는 자기가 두 손을 쥐어짜고 있었던 줄도 몰랐다.

"내 말 잘 들어, 언니. 난 명령을 받았어. 앤널을 찾아서 자기 부대로 복귀시킬 것. 그게 지금 내가 하려는 일이야. 그러기 위해 퀸틸리안 전체를 초토화시키고 퀸틸리안 놈들이든 강철 놈들이든 깡그리 몰살시켜야 한다고 해도 말이지. 그게 바로 내가 할 일이야."

신들이시여! 모르퓌드는 그녀의 말이 진심임을 알고 있었다. 로나에게 명령을 내려라, 그녀는 목숨을 걸고 수행할 것이다. 그리고 감히 그녀의 앞길을 가로막는 자라면 신의 가호나 빌어라!

아름다운 드래곤위치가 갑자기 로나에게 팔을 두르더니 거의 절박한 기세로 끌어안았다. 누구도 입 밖으로 꺼내 말하려 하지 않았지만, 비골프는 진실을 알고 있었다. 저들은 앤널이 돌아와 자기 군대를 이끌어 주기를 바라는 게 아니었다. 그보다는, 십자가에 매달린 앤벌의 시체가 그녀의 군대를 무너트리게 되는 사태를 바라지 않는다고 하는 게 맞았다. 우두머리의 시체를 던져 주는 것만큼 군대의 사기를 망쳐 놓는 것은 없으니까.

"다 괜찮을 거야. 약속해. 내가 앤벌을 찾아올게."

로나가 사촌 언니의 등을 문지르며 달래듯 말했다.

"언제 떠나니?"

모르퓌드가 몸을 떼며 물었다.

"지금."

"뭐 필요한 건 없니?"

"뭐 남은 거나 있어?"

모르퓌드는 고개를 저었다.

"별로. 군대가 행군을 위해 남은 보급품을 거의 다 챙겨 갔지."

"우린 가면서 필요한 대로 알아서 해결할게. 하지만 언니가 말해 줄 게 있어. 앤벌이 어디로 간 것 같아?"

모르퓌드가 로나에게서 물러서더니 시선을 내리깔았다.

"어……."

"어? 어…… 뭐?"

"그게 좀 까다로운 문제라……."

"그래, 퀸틸리안으로 가고 있다고. 우리도 그건 알아."

"아냐. 아, 내 말은…… 맞아."

로나가 그를 흘끗 보더니 재촉하듯 다시 물었다.

"앤벌이 어디 있는데 그래, 언니?"

"그녀가 서쪽으로 간 거라면 맞아. 퀸틸리안 쪽으로. 하지만 내 생각에…… 확실한 건 아닌데, 퀸틸리안으로 들어가려는 것 같지는 않아."

"그럼 어디로 간 건데?"

"퀸틸리안 근처. 앤널은 누군가를 찾으려는 것 같아. 그녀가 생각하기에 도와줄 수 있을 만한 누군가를 말이야."

"누군데, 언니? 그냥 말해."

모르퓌드가 로나를 똑바로 보았다.

"가이우스 루시우스 도미투스."

로나가 그를 돌아보았다. 하지만 비골프가 보일 수 있는 반응이라곤 어깨를 추썩이는 것뿐이었다. 그녀는 다시 모르퓌드에게 물었다.

"그게 누군데?"

"그게……."

모르퓌드가 잠시 목을 가다듬더니 대답했다.

"셉티마 산맥의 반역자 드래곤 킹."

로나가 가슴 위로 단단히 팔짱을 끼고는 평온한 어조로 내뱉었다.

"그럼 우리 완전히 새 됐네."

'반역왕'? 젠장맞을 '반역왕'이라고? 앤널이 찾아가는 게 그자란 말이야?

셉티마 산맥의 반역자 드래곤 킹은 두 가지 이유로 유명했다. 대군주 트라시우스의 조카라는 것과 세상에서 가장 잔혹한 개자식으로 인정받고 있다는 것. 가이우스 루시우스 도미투스에게 접근한 자들은 이전에도 있었다. 하지만 대부분이 끝내 돌아오지 못했다. 돌아온 자들도 온전하지는 못했다. 팔을 잃거나 다리를, 날개를 잃었다. 가이우스와 그의 군대는 퀸틸리안 변경 셉티마 산맥의 동굴에 숨어 살고 있었다. 전해지기로, 트라시우스에게 빼앗긴 지배권을 되찾을 날을 기다리고 있다고 했다.

로나는 묻지 않을 수 없었다.

"왜? 앤닐이 왜 그러는 거야? 대체 왜 그를 찾아가는 거냐고?"

"나도 몰라. 정말로 몰라. 앤닐은 그런 말을 한 적이 없으니까. 그냥 가 버린 거지."

"그럼 언니는 이걸 어떻게 안⋯⋯?"

모르퀴드가 마녀의 로브 자락에 손을 집어넣더니, 양피지 조각을 꺼냈다. 그리고 소리 내 읽었다.

"'반역왕' 만나러 가. 행운을 빌어 줘."

뼛속까지 지치는 느낌에, 로나는 가까운 의자에 주저앉아 팔걸이에 다리를 걸치며 중얼거렸다.

"미쳐도 지랄 맞게 미친 여왕이야."

비골프가 양피지를 받아 들고 들여다보다가 말했다.

"어쩌면⋯⋯ 아닐지도 모르지."

로나는 멍하니 그를 바라보았다.

"어떻게 그런 결론이 나오는데?"

"미친 여왕이 '반역왕'을 우리 편으로 만든다고 상상해 봐. 우리 편에서 싸우게 만들 수만 있다면⋯⋯."

"아니면······."

모르퓌드가 이성적인 추리를 이어 주었다.

"앤닐이 그자를 적으로 만들 수도 있죠. 이를테면······ 어, 글쎄요······ 머리통을 날리려다 머리채를 날린다든지?"

비골프는 움찔하더니, 양피지를 모르퓌드에게 돌려주었다.

"무슨 뜻인지 알겠어요."

그리고 로나를 돌아보았다.

"이제 당신은 어떻게 하고 싶어?"

그녀는 한숨을 내쉬었다.

"어쩌겠어? 난 앤닐을 찾아야 해. 어쩌면 운 좋게도 그녀가 아직 그자를 찾지 못했을 수도 있지. 아, 물론 그렇게 운 좋아 본 적이 없지만."

"희망적으로 생각해. 운은 바뀌는 거야."

비골프가 일어나라는 몸짓을 하며 말을 이었다.

"가지, 화염 드래곤. 갈 길이 멀어."

"걸어서 말이지?"

"또 말 얘기를 꺼내려는 거야? 난 드래곤이야, 이 여자야. 말들이 날 보고 겁에 질리는 건 당연하다고."

"하! 그 당연한 사실이 지금 젠장 맞게 도움이 안 되고 있잖아. 그렇지 않아?"

"그건 내가 도와줄 수 있겠다."

모르퓌드가 말했다. 그녀는 침대 위에 놓아둔 가방을 뒤지더니 목걸이 하나를 꺼냈다. 아마 부적일 텐데, 생긴 모양은 밋밋

했다. 평범한 은줄에 그냥 검은 돌 하나가 매달려 있었다.

"이걸 걸어 봐요."

그녀가 내미는 목걸이에서 멀어지려는 듯 비골프가 뒷걸음질 쳤다.

"아, 난 괜찮아요."

로나는 그를 놀리고 싶은 충동을 참을 수가 없었다.

"겁먹은 거야, 노스랜더? 조그만 목걸이 하나에 겁을 먹었어?"

비골프가 로나를 노려보는 걸 모른 척하며, 모르퓌드가 안심 시키려는 듯 말했다.

"위험한 거 아니에요. 그냥 말을 다루는 데 도움을 주는 거죠. 말들이 당신을 좀 덜 두려워하게 될 거예요. 자, 받아요."

그래도 그가 받지 않자, 로나는 자리에서 일어났다.

"아, 진짜! 그게 무슨 악령이라도 돼?"

사촌 언니의 손에서 목걸이를 낚아챈 그녀는 뒤꿈치를 들고 목걸이를 억지로 그의 목에 걸어 주었다.

"줄이 너무 짧아. 드래곤으로 변신하면 목이 졸려 죽어 버릴 거야."

비골프가 투덜거렸다.

"그래 주기만 하면 좋지."

로나는 중얼거렸고, 다시 그의 눈총을 받았다.

"당신 몸집에 맞게 변할 거예요, 비골프."

모르퓌드가 장담했지만, 그 말은 비골프를 더 불안하게 만든 모양이었다.

"그런 걸 정상이라고 할 수 있어요?"

"그만해. 어린애처럼 굴고 있잖아."

로나는 그렇게 말하면서 그의 옷 속으로 목걸이를 쑤셔 넣었다. 그리고 사촌 언니를 마주 보고 섰다.

"우리 출발하기 전에, 무시무시한 얘기 더 해 줄 거 있어?"

"가이우스 루시우스 도미투스 얘기만으로 충분히 무시무시했을 거 같은데, 안 그래?"

"그러네. 정말 그래."

로나는 다시 한 번 모르퓌드를 끌어안고 귓가에 속삭였다.

"걱정하지 마, 언니. 내가 앤널도 찾고 애들도 찾을게. 찾아서 집으로 데리고 올게."

모르퓌드가 그녀를 더 꽉 끌어안았다.

"고마워, 로나. 정말 너무너무 고마워."

로나는 비골프와 함께 모르퓌드의 막사를 나왔다. 그리고 숙영지를 지나가는데, 곁에 선 비골프가 부적이 걸린 가슴 근처에 손을 올려놓고 있는 게 보였다.

"그냥 둬."

"내 살이 타고 있어."

"아니, 당신 살은 멀쩡해. 머릿속이 문제지."

하지만 그가 자꾸만 옷을 만지작거리자, 그녀는 그의 손을 잡아채 옷에서 떼어 놓고 계속해서 걸어갔다.

숙영지를 거의 벗어났을 즈음, 로나는 자신이 여전히 그의 손을 잡고 있다는 걸 깨달았다. 그래서 놓으려 했지만, 비골프가 더 꽉 붙잡더니 미소를 지었다.

"당신 진짜 한심한 거 알아?"

"한심한 게 아니라……."

그가 잠깐 생각하더니 말을 이었다.

"교활한 거지."

"교활한 건 내가 많이 겪어 봤거든. 내가 케이타의 '보모'였던 거, 잊었어? 그 애야말로 교활하지."

그 역시 그 문제에 대해서는 논쟁을 벌일 생각이 없는 듯했다. 그들은 그렇게 숙영지를 떠났고, 비골프는 여전히 그녀의 손을 잡고 있었다.

'파괴자' 피어구스는 터널 작업을 멈추고 잠시 쉬기로 했다. 동굴을 따라 내려가 깨끗한 물을 보관해 둔 곳에 이른 그는 양동이 하나를 들어 올렸다. 그리고 만족스러울 만큼 한참을 들이켠 후, 남은 물을 머리 위로 끼얹었다. 그는 눈을 가린 젖은 갈기를 털다가, 동생이 자신을 노려보고 있다는 걸 알아챘다.

"뭐하고 있는 거야?"

'눈엣가시' 그웬바엘이 따지듯 물었다. 말투가…… 요즘 들어 그들 모두가 달가워하지 않게 된 그 어조였다. 특히 피어구스가.

"뭐하고 있는 것처럼 보이냐?"

"그렇게 아무 일도 안 하고 엉덩이 붙이고 앉아 느긋하게 쉬고 있을 때가 아니지."

피어구스는 앞발에 든 양동이를 내려다보았다.

"물은 마셔야지."

"하지만 물만 마시고 도로 일하러 간 게 아니잖아. 물 마시고 퍼질러 쉬었지."

"그래, 이 초씩이나 쉬었다!"

"쉰 거 맞잖아!"

그웬바엘이 으르렁거리기 시작했다.

"이 빌어먹을 터널을 완성하려면 앞으로 일주일은 더 걸릴 거야. 이걸 빨리 끝낼수록 강철 놈들을 처죽이고 집으로 돌아갈 날도 빨리 오는 거잖아. 그러니까 난 형이든 다른 누구든 게으름 피우는 꼴 못 봐. 내가 집으로 돌아가는 걸 방해하게 두지 않을 거라고!"

동생의 징징거림에 넌덜머리가 난 ─짝을 그리워하는 건 그웬바엘만이 아니었다. 모두가 그랬다─ 피어구스는 그의 가슴을 쳐 벽에다 밀어붙였다.

"너 좀 그만 지랄 맞게 굴 필요가 있다, 동생아."

"형은 좀 그만 게으름 피우고 일할 필요가 있지!"

어느새 나타난 에이브히어가 그들 사이로 끼어들었다.

"그만, 그만해! 형제끼리 이렇게 싸우면 안 되지!"

피어구스와 그웬바엘은 이 심각한 어린 동생을 바라보다가, 서로 마주 보고는 동시에 웃음을 터트렸다. 그리고 마치 웃음을 멈추는 게 불가능한 듯이 계속해서 웃어 댔다.

"빌어먹을! 뭐가 그렇게 재밌어?"

"너! 네가 우리한테 형제끼리 싸우면 안 된다는 말을 해? 지난 몇 년간 너랑 켈륀이랑 그 지랄을 쳐 놓고?"

피어구스는 말했다.

"그건 달라!"

에이브히어가 으르렁거렸다.

별로 다르지 않아. 하지만 블루 드래곤 에이브히어에게는 그렇게 말해 봤자 소용없으리라. 피어구스의 막냇동생은 사촌 형제 켈륀에게 막되게 굴고 있었다. 켈륀이 그로서는 감히 탐하지 못했던 조카딸 이지와 갈 데까지 갔다는 걸 알게 된 후로 내내 그래 왔다.

물론 이지는 그들 중 누구와도 피로 이어지지 않았지만, 그것은 문제가 되지 않았다. 피어구스와 브리크와 그웬바엘에게 있어서, 이지는 일족이었다. 하지만 가엾은 에이브히어는 이지를 두고 어찌할 바를 몰랐다. 그런 종류의 감정을 수습하기에는 너무 어렸던 것이다. 그래서 대신에 켈륀을 두들겨 팼다. 끊임없이. 그리고 켈륀도 그럴 기분만 들면 적당한 멍청이가 돼서 맞서 싸웠다. 사실, 누구도 두 멍청이에게 해 줄 수 있는 일이 없었다. 그들은 그저 드래곤의 삶에서 곤란한 단계를 거치고 있는 것뿐이었다. 더 이상 귀여운 새끼 드래곤이 아니지만 완전히 다 자란 어른도 아직은 되지 못한 단계.

하지만 맙소사, 오 년을 끌었다. 오 년이나! 그만 끝낼 때도 되지 않았나!

그때 브리크가 동굴 안으로 들어섰다. 형제들에게 다가온 그가 물었다.

"케이타 못 봤어?"

"그 앨 찾아야 해?"

"아니."

"그럼 왜 물어?"

피어구스는 이유를 알고 싶었다.

"못 본 지 좀 됐으니까. 그 앤 우리 동생이잖아."

"또 누군가를 중독시키러나 갔겠지. 난 걱정 안 한다."

브리크는 잠시 투덜거리다가, 자신을 노려보고 있는 그웬바엘에게 물었다.

"왜 그렇게 보는데?"

"형들이 왜 일을 안 하고 있는지 궁금해서!"

브리크가 칼을 뽑아 들었다.

"더는 못 참아! 내 저 개자식 꼬리를 마저 잘라 버리고 만다!"

에이브히어는 얼른 작은형을 붙잡았다.

15

늦은 오후가 되었지만, 그들은 로나가 계획했던 여정에는 턱없이 못 미치는 지점에 이르렀을 뿐이다. 도보로 여행하는 건 지루한 일이었고, 그녀는 어서 빨리 앤널을 찾고 싶어 안달이 나 있었다. 여왕이 아직 퀸틸리안에 들어가지 못했을 가능성이 눈곱만치라도 있다면, 로나가 저 망나니 여왕을 찾아 자기 군대로 끌고 가게 될 가능성도 있었다. 하지만 계속 이런 식으로 가서야 희망이 없었다.

"저기 말이 좀 있다."

비골프가 앞쪽을 가리키며 말했다. 그는 또 육포를 씹고 있었다. 그런 속도면 금세 식량이 바닥날 것이고, 비축품을 채우기 위해 행상을 찾아봐야 할 터였다. 로나가 준비한 식량은 그녀 혼자였다면 적어도 일주일은 충분히 지낼 수 있는 양이었다. 어쩌면 이 주일까지도. 하지만 이 먹보 드래곤과 함께라면 그럴 가능성이 전혀 없었다.

"저건 야생마잖아. 길든 말을 사는 편이 좋을 거야."

그녀가 말했다.

"말을 산다고? 왜?"

"그쪽이 더 순하니까. 당신 냄새를 맡자마자 도망칠 가능성이 훨씬 적지."

"모르퓌드 공주가 준 게 있잖아."

"그래. 하지만 모르지, 그건 그저……."

"그보다, 당신이 생각하는 순한 말이 날 태울 수나 있을까 의심스러운데. 난 그렇게 가볍지가 않거든."

"그거야 나도 알지만……."

"뭐, 시도는 해 보지."

비골프는 그렇게 말하고 앞으로 나섰다.

신들이시여! 번개 드래곤을 상대하는 건 마치 쥐 떼를 모는 것과 같았다. 짜증만 나게 하고 아무런 쓸모도 없는 일.

"기다려 봐."

로나는 그를 따라잡으려 달리며 외쳤다.

"쉿! 당신 때문에 쟤들이 놀라겠어."

"나 때문에?"

"당신은 여기 가만있어."

"말에 대해 아는 거라곤 꼬챙이에 꿰어 구워 먹는 것밖에 없는 주제에, 무슨!"

"하지만 이 부적때기가 있으니까."

갑자기 그 망할 목걸이와 사랑에 빠지기라도 했는지, 비골프가 자랑하듯 말했다.

"이게 말들을 꾀어다가 나한테 곧장……."

로나는 걸음을 멈추고, 저도 모르게 눈을 크게 떴다. 거대한 밤색 종마가 곧장 달려와 비골프를 들이받은 것이다. 그는 바닥에 세게 넘어졌고 놀란 데다 분명 다치기도 했다.

"이런, 제기랄! 악마 같은 짐승을 봤나!"

웃음이 터져 나오려는 걸 막기 위해 로나는 손으로 입을 덮어야 했다. 그러길 잘한 것이, 그 종마가 몸을 돌려 돌진해 와서, 무릎걸음으로 간신히 일어나려는 번개 드래곤을 다시 한 번 바닥에 넘어뜨렸을 때는…….

"아아아아아으!"

말은 또다시 돌아왔다. 그리고 이번에는 발굽으로 사정없이 비골프를 밟아 대며 밀어붙이고 쑤셔 박았다. 마치 번개 드래곤을 다른 말들에게서 떼어 놓으려는 것 같았다.

"그 말은 당신을 좋아하는 것 같지 않은데."

로나는 새로운 정보라도 알려 주듯 말했고, 곧장 번개 드래곤의 사랑스러운 눈총 비슷한 걸 받았다.

결국 자기 상황을 파악한 비골프가 무릎을 세워 일어났다. 마침 종마는 몸을 돌리고 뒷다리를 높이 쳐들어, 앞다리로 못다 한 강렬한 타격을 시도하려는 참이었다. 하지만 비골프가 더 **빨랐**다. 그는 말의 가슴을 노리고 주먹을 날렸다.

"당신이 그 말을 죽이면 다른 말들도 당신 곁에 다가오지 않을 거야."

로나는 경고해 주었다.

"죽이려는 게 아니야."

비골프가 으르렁거렸다.

"그저 이 짐승에게 교훈을 주려는 거지."

그는 말을 거칠게 밀치고 드디어 두 발로 일어섰다. 얼굴 여기저기에 상처가 나고 목에는 멍이 든 데다, 가슴을 문지르는 모양새를 보아하니 인간 몸의 갈비뼈가 한두 대는 부러진 듯했다. 로나는 살짝 걱정이 되었다. 하지만 비골프가 두 주먹을 쳐들고 몸을 도사리자, 그녀는 저 드래곤에게 제정신이란 게 있기는 한지 의심스러워졌다.

"당신 설마…… 말이랑 주먹싸움을 하겠다는 거야?"

"저 자식이 먼저 시작했어!"

로나가 그 점을 이해했는지 확인시켜 주기라도 하듯, 말이 발굽으로 비골프의 머리를 쳤다. 번개 드래곤은 으르렁거리며 말의 콧잔등과 목줄기에 주먹 두 방을 연달아 날렸다. 웨스트랜더의 작은 말들과 다르게 이 녀석은 기절해서 넘어가지 않았다. 하지만 더 흥분한 건 분명했다.

로나는 웃음을 터트렸다.

"오, 용광로 불의 신이시여! 정말 그러고 있을 거야?"

"말을 타고 가고 싶다면."

"그 녀석 이제는 절대로 당신을 태워 주지 않을 거야, 멍청이!"

비골프가 멍투성이 팔을 내렸다.

"왜 안 태워 줘?"

"당신을 싫어하니까. 보면 모르겠어?"

로나는 그가 대답을 꺼내기 전에 두 손을 쳐들었다.

"아, 돌대가리 노스랜드 남자였지. 당연히 봐도 모르겠네."

"그거 무슨 뜻이야?"

늘씬하게 키 큰 흰색 암말이 로나 곁에 서 있었다. 두 여성 동지는 서로를 마주 보고 고개를 내저었다.

"알아."

로나가 암말에게 말했다.

"한심하지."

망할 종마 놈이 그를 향해 코웃음을 치자, 비골프의 눈이 가늘어졌다. 이 자식이 나한테 코웃음을 쳐! 감히 이 비골프 님한테! 진정한 노스랜더이자 올게어 일족의 사령관에게, 먹잇감으로나 맞춤한 짐승 놈이 코웃음을 날려! 내 이 망할 것을 번개로 구워 버리고 말까 보다. 그럼 내 여행 동료가 조각조각 잘라서…….

그런데 저 여자는 무슨 짓을 하고 있는 거야? 이 지랄 맞은 짐승의 짝이랑 수다나 떨고 있어!

"대체 뭘 기대했는지 모르겠지만 말이야, 당신이 저 가엾은 것을 겁먹게 만든 거 같아."

로나가 말했다.

"날 깔아뭉갠 건 저 자식이라고! 겁먹은 놈이 그런 짓을 해?"

"뭐, 어쨌거나. 여기서 계속 주먹싸움이나 하고 싶다면 맘대로 해. 난 탈게 생겼으니까."

그녀가 가볍게 암말에 오르더니, 갈기를 고삐 삼아 방향을 잡았다.

"저 여자들 하는 짓 봤어?"

비골프는 종마에게 물었다.

"이거야, 우리 둘은 존재하지도 않는 것처럼 굴잖아."

말이 머리를 흔들자 긴 갈기가 펄럭였다.

"저 배은망덕한 계집이 혼자 맘대로 가게 내버려 둬야겠지. 하지만 여자잖아. 타고나기를 약한 존재라고. 내가 따라가서 보호해 주지 않으면 무슨 일을 당할지 누가 알겠나? 저 암말이 지켜 줄 거라고 생각할 수는 없지. 여자 둘이서 서로를 지킨다고? 그보다 더 소용없을 수가 있겠나?"

비골프는 어깨를 추썩이고 한숨을 내쉬었다.

"우리가 따라가야겠지?"

종마가 고개를 끄덕이더니 달리기 시작했다.

"야, 잠깐만! 네가 날 태워 주면 일이 훨씬 쉬워질 건데! 야, 이 까다로운 자식아!"

일단 말을 얻자 시간을 훨씬 줄일 수 있었다. 그들은 서부 평원을 빠른 속도로 가로지르고 서부 산맥으로 이어지는 숲에 이르렀다. 마침내 쉬어 가기로 결정하고 깨끗한 물이 흐르는 시내 곁에 멈추었을 때는 시간이 많이 늦어져 있었다.

비골프가 조그만 불구덩이를 만들어 놓고 저녁으로 먹을 만
한 것을 사냥하러 간 동안, 로나는 사과나무 한 그루를 찾아 말을
먹일 수 있었다. 그녀가 야영지로 돌아왔을 때, 비골프는 자기가
잡아 온 멧돼지를 이미 반쯤 먹은 후였다. 그래도 반은 그녀 몫으
로 남겨 두었다. 불구덩이 곁으로 다가간 로나는 한숨을 내쉬며
무겁게 주저앉아 배낭에 등을 기댔다.

"걔들도 밤을 지낼 자리를 잡았어."

그녀는 말들에 대해 얘기해 주었다.

"우릴 퀸틸리안까지 태워 줄 거 같아?"

"아마도. 하지만 어쨌든 야생마니까, 언제든 가고 싶으면 가
버리겠지. 걔들은 길들이려 애써도 소용없어. 그저 가능한 한 잡
고 있어 봐야지."

"말에 대해 잘 아는 것 같던데, 어디서 배운 거야?"

로나는 기억을 떠올리며 미소 지었다.

"내 할아버지랑 할머니한테서. 카드왈라드르로 살다 보면 말
을 타고 돌보는 법도 배우게 되지. 인간과 함께 싸우려면 그럴 필
요가 있거든. 특히 내 할머니 샬린은 말 다루는 재주가 남다르셨
어. 그분은 최고의 전투마들을 길러 내곤 하셨지."

잠깐 이마를 찌푸린 그녀가 말을 이었다.

"어쩐 일인지, 수말들은 죄다 할아버지를 싫어했던 것 같지만
말이야."

로나는 멧돼지 사체를 몸짓으로 가리키며 물었다.

"내 건가 보네?"

비골프가 고개를 끄덕이자, 그녀는 멧돼지 사체에 대고 불을 뿜었다. 그리고 입맛에 맞게 구운 고기를 먹기 시작했다.

"날고기는 안 먹나 봐?"

"가끔 먹어. 하지만 요리한 걸 더 좋아하지. 게다가…… 얼굴을 피범벅으로 만들지 않아도 되니까."

비골프가 턱을 만져 보더니 끈적끈적하게 남아 있는 식사 흔적을 느꼈는지 움찔했다.

"미안."

로나는 머리를 내저었다.

"미안할 거 없어. 난 음식을 즐길 줄 아는 드래곤이 좋으니까."

얼굴이며 옷을 깨끗이 씻어 낸 비골프가 자기 무기를 집어 들고 점검하기 시작했다.

"당신 꼭 내 세쌍둥이 동생들 같네."

그녀는 짧게 웃었다.

"아담하고, 사랑스럽고, 전장에서는 가차 없다고?"

"아니. 지금 무기들 점검하고 있는 것 같아서 말이야. 마지막 전투에서 어디 상한 데 없나 확인하는 거잖아."

"매일 밤 하는 일인데."

그녀는 다시 잠깐 웃었다.

"내가 동생들한테 가르친 것도 그거야. 그리고 매일 밤 확인했지. 역시 대부분 하더라고."

"당신이 그 애들을 전부 키운 거지?"

"왜 그렇게 생각하는데?"

"그 애들이 당신을 어떻게 대하는지 봤으니까. 당신 어머니를 어떻게 대하는지도."

"어떤데?"

"그분은 장군님이지. 당신이 그 애들 어머니야, 걔들이 진심으로 사랑하는 어머니."

로나는 그런 이야기를 들어서 기쁘다는 티를 내지 않으려 애쓰며 어깨만 으쓱였다. 어쩐지 조금 어머니를 배신하는 것 같았기 때문이다.

"그거 내 아버지가 주신 거지?"

그녀는 비골프의 말에 반응을 보이고 싶지 않아서 화제를 돌렸다.

"맞아."

그가 대형 강철 워해머를 들어 올리더니, 머리를 내저었다.

"당신 아버지……."

"내 아버지가 뭐?"

"굉장한 물건들을 만드시더라, 로나. 그런 건 본 적도 없어."

로나는 딸의 자부심을 느끼며 미소 지었다.

"나도 알아."

무기를 두 손으로 쥔 비골프가 말했다.

"나 어제 당신 봤어. 당신 아버지 용광로 앞에 있는 거."

그녀는 눈을 깜빡였다.

"아. 그래, 뭐……."

그녀는 다시 어깨를 으쓱였다.

"근처에 대장장이도 없는데 무기를 수리해야 할 경우를 대비해서 기술 몇 가지를 알아 두면 유용하니까."

비골프가 그녀를 바라보더니, 히죽 웃었다.

"내가 당신을 봤다고, 로나."

"보긴 뭘 봐?"

"당신. 당신이 즐거워하는 거."

"무슨 소릴 하는 거야?"

"당신 눈 속에서 반짝이는 걸 봤어. 그 흥분을 봤다고. 당신, 아버지 같은 일을 하고 싶은 거지? 안 그래?"

그 질문은 마치 물리적 충격처럼 로나를 쳤다.

"잠깐."

그가 잠시 멈추었다가 말했다.

"당신을 화나게 할 생각은……."

"화 안 났어. 당신이 맞아. 내 삶의 초반 구십 년 동안, 동생들을 돌봐야 할 때가 아니면 난 늘 아버지 곁에 있었어. 아버지가 당신 용광로 근처에 내 몫으로 조그만 용광로를 하나 만들어 주셨거든. 의문의 여지 없이 내 생애 최고의 나날이었지."

"왜 그만뒀는데?"

그녀는 한숨을 내쉰 다음 대답했다.

"카드왈라드르 일족은 전사니까. 카드왈라드르는 여왕의 군대에 들어가. 그리고 드래곤워리어가 되지. 드래곤워리어를 위해 무기나 만드는 걸로 일생을 보내지는 않아."

"그게 뭐가 어때서? 게다가 당신 아버지도 하시는 일이잖아."

"내 아버지는 카드왈라드르 일족이 아니야. 심지어 사우스랜
더도 아니지."

비골프가 똑바로 앉아 불구덩이 건너의 그녀를 바라보았다.

"맞다, 케이타 공주가 그런 얘기를 했었어."

"아버지는 보더랜드 남쪽 근처에 있는 검은 산맥 깊은 곳에서
나고 자라셨어."

비골프는 잠시 뭔가를 생각하다가 물었다.

"검은 산맥? 소금 광산 근처에 있는 거?"

"들어 본 적 있어?"

"화산들이잖아."

로나가 미소 지었다.

"맞아. 아버지는 불이 아니라 용암을 뿜어내시지."

그녀는 몸을 약간 숙이고 말을 이었다.

"전력을 다하면 나도 용암을 만들 수 있어. 하지만 내가 그러
는 걸 어머니는 싫어하시지. 조심하지 않으면⋯⋯ 사방으로 튀거
든. 뭐, 그래."

"솔직히 말해서, 난 당신 아버지랑 다른 화염 드래곤이 다른지
도 몰랐는데."

"다른 유의 드래곤들은 그 차이를 구별하지 못해. 화염 드래곤
이나 화산 드래곤이나 마찬가지로 열과 불의 냄새를 풍기니까.
사실 그게 용암 성분의 대부분이기도 하고. 뭐, 그거랑 바위를
좀 녹이는 정도랄까."

그녀는 아버지 일족을 생각하면서 다시 미소 지었다.

"그들은 별로 우호적이지 않아. 내 아버지의 일족 말이야. 하지만 그 산맥 아래에 자기들만의 세상을 만들었지. 당신은 상상도 못 할 만큼 뛰어난 최고의 야장들과 유리 세공가들이 거기 살고 있어. 연금술이라고, 알아? 그들은 연금술의 대가들이야."

"연금술?"

"그래. 화산 드래곤의 핏속에 있는 거야. 적절한 훈련을 거치면 그들은 어떤 금속을 다른 금속으로 변화시킬 수 있어."

"당신도?"

"나도 뭐?"

"당신도 어떤 금속을 다른 금속으로 바꿀 수 있냐고."

"필요하다면."

그가 씨익 웃었다.

"보여 줘."

"내가 장터에서 춤추는 원숭이인 줄 알아?"

"그러지 말고, 보여 주라."

그녀는 손을 내밀었다.

"동전 하나 줘 봐."

비골프가 동전을 던졌다. 로나는 그것을 받아 바닥에 내려놓고 목을 가다듬은 다음, 동전에 대고 용암을 조금 내뿜었다.

"으엇!"

비골프의 반응을 보고 그녀는 다시 한 번 목을 가다듬었는데, 이번에는 웃음을 참기 위해서였다.

"미안. 하지만 경고했잖아, 사방에 튄다고."

그가 눈을 문지르는 사이, 로나는 동전을 집어 들고 오직 검은 산맥 최고의 드래곤스미스들만 알고 있는 주문을 외었다. 그녀가 날기도 전에 아버지에게 배운 주문이었다.

그녀는 미소를 지으며 동전을 비골프에게 돌려주었다.

"이게 다야?"

그가 동전을 들여다보며 물었다.

"이게 다냐니, 무슨 소리야?"

그녀는 동전을 빼앗아 그가 잘 보도록 쳐들었다.

"내가 동에서 유리로 바꿔 놨잖아."

"그렇긴 하지만…… 난 또 금화로 바꿔 놓을 줄 알았지."

그녀는 동전을 그의 머리에 던져 버렸다.

"유리도 충분히 훌륭해."

"유리가 금속이긴 한 거야? 아닌 거 같은데……."

그녀는 짜증이 나서 그의 말을 잘랐다.

"이봐, 난 아직 뭔가를 금으로 만드는 법은 배우지 못했다고. 하지만 강철로는 꽤나 멋진 것들을 만들어 낼 수 있지. 금으로 도……."

"어쨌든 금을 만들어 내지는 못한다는 거지?"

"목구멍에 동전이나 걸려 버려라."

비골프가 키득키득 웃었다.

"하여튼 놀려 먹기 쉽다니까. 이걸로 밤새도록 괴롭혀 줄 수도 있겠다."

로나는 저녁으로 먹고 난 멧돼지 뼈를 뒤쪽의 어두운 숲 속으로 집어 던졌다. 그들 쪽으로 다가오려는 짐승이 있다면 그걸로 만족하고 물러나도록.

"아버지는 날 당신 사촌에게 도제로 보내고 싶어 하셨어. 거기서 온갖 종류의 기술들을 배우게 말이야. 이를테면 금을 만들어 내는 방법이라든가."

"하지만 어머니가 반대하셨구나?"

"어머니는 당신의 큰딸이 당신처럼 드래곤워리어가 될 게 분명한데 그런 식으로 시간을 보내는 건 낭비라고 생각하셨거든."

"당신, 어머니한테 얘기해야 해."

"얘기? 무슨 얘기?"

"대장장이가 되고 싶다는 얘기, 당신 아버지의 길을 따르고 싶다는 얘기."

비골프가 그녀의 아버지에게서 받은 무기를 들어 올리더니 구석구석을 감탄하는 시선으로 뜯어보았다.

"그리고 전쟁이 끝나면 노스랜드로 가서 살고 싶다고, 가서 나와 내 일족을 위해 이런 강철 무기들을 만들어 주고 싶다고. 그게 당신이 어머니에게 해야 할 얘기야. 반드시 얘기해야지. 이 악몽 같은 상황이 마무리되자마자 곧장."

로나는 미소 짓지 않으려고 애를 써야 했다. 심지어 말을 꺼내기 전에 입술을 살짝 깨물기도 했다.

"그러니까 전부 당신에 관한 문제네, 어?"

"전부는 아니지. 내 형제들을 위한 얘기기도 해. 난 항상 일족을 생각하거든. 나 자신만이 아니라. 안 그런다면 이기적인 거지. 우리 노스랜더는 절대로 이기적이지 않아. 우리한텐 규약이 있다고."

"그러니까 당신네 규약이 명하길, 이기적으로 굴지 말라고 한다고?"

"어…… 아마도. 난 책 읽는 걸 별로 안 좋아해서 말이야. 그 망할 규약 책은 엄청 두껍거든."

로나가 웃음을 터트렸다. 비골프는 그녀의 웃음소리를 듣는 게 좋았다.

"당신은 노스랜더 같지가 않아, 알아?"

"그러니까 심각하고, 지루하고, 전장에서의 영광스러운 죽음을 참을성 있게 기다리는 노스랜더 같지 않단 말이지? 그래, 알아. 하지만 삶을 왜 그렇게 비참하게 보내야 하는데? 그게 다 무슨 소용이야?"

"아무 소용 없지."

그녀가 하품을 했다.

"이제 그만 자는 게 좋겠다. 내일 또 오래 달려야 하는데, 힘들 거야."

"육포가 떨어져 가고 있어."

그는 일깨워 주듯 말했다.

"당신이 자기 조절을 못하니까 그렇지."

"그게 뭔 소린지 당최 모르겠는데."

"그런 거 같더라."

그녀가 한쪽으로 몸을 돌리고 배낭을 베개 삼아 누웠다.

"우리 좀 더 가까이서 자야 하지 않을까?"

비골프는 조금이라도 순진무구하게 들리도록 목소리를 애써 가다듬으며 물었다.

"왜? 전에 내가 살짝 취했을 때도 그랬으니까?"

뭐…… 그렇지.

"물론 아니야! 안전을 위해서지! 이 지역의 숲은 밤에 위험해질 수가 있다고."

"당신이 어떻게 알아? 이렇게 깊숙이 서쪽으로는 와 본 적도 없으면서."

"그건 사실이지만…… 산맥 근처에 있는 어두운 숲은 다 똑같지 않아?"

"그럼 알아서 하든……."

그녀의 말이 끝나기도 전에 비골프는 배낭을 들고 불구덩이를 넘어가 그녀 바로 곁에 누웠다.

"꼭 그렇게 바짝 붙어야겠어?"

그녀가 물었다.

"응."

"왜 그래야 하는데?"

"안전을 위해서지."

"계속 그렇게 우겨 댈 거야? 그럼 당신이 그저 다시 한 번 내 곁에 가까이 붙어 있고 싶어서 아무 핑계나 지어낸다는 걸 내가 모른 척해 줄 것 같아서?"

"응."

그녀가 등을 돌린 채로 편히 자리를 잡으며 말했다.

"뭐, 적어도 솔직하긴 하네. 내 남자 사촌들 같으면 대놓고 거짓말을 했을 텐데."

그리고 어깨 너머로 그를 돌아보았다.

"유감이지만, 그게 카드왈라드르 일족의 규약이거든."

"그래서 내가 당신 곁에 눕는 걸 주저하지 않는 거야. 당신은 거짓말쟁이를 일 리그 밖에서도 알아볼 수 있으니까."

비골프는 한바탕 기지개를 켠 다음, 두 팔을 머리 아래로 접고 하늘의 별들을 바라보았다.

"거참, 되게 덥네."

로나가 벌떡 일어나 앉아 그를 노려보았다.

"바닥이 눈 천지야. 난 털 망토를 두르고 있지. 말할 때마다…… 아니, 숨만 쉬어도 입김이 눈에 보일 정도라고. 여긴 한창 겨울이란 말이야."

"노스랜더라면 봄이라고 할걸. 아이스랜더나 뿔 드래곤이라면…… 아마 비참한 여름이라고 하겠지."

"대체 뭐라고 대꾸해야 할지 모르겠다."

그녀가 다시 자기 자리에 누웠다. 그리고 몇 분 후, 비골프는 모로 누워 그녀에게 팔을 두르고 가까이 몸을 붙였다.

"뭐하는 거야?"

로나가 물었다.

"당신 따뜻하게 해 주려고 그래. 밤새 얼어 죽고 싶진 않을 거잖아."

"난 불을 뿜는 드래곤이야. 절대로 얼어 죽진 않는다고."

그리고 긴 침묵이 이어졌다. 비골프는 로나가 그의 팔을 팽개쳐 버리거나, 어쩌면 창으로 그의 물건을 떼 버리려 들지나 않을까 예상했다. 하지만 마침내 그녀도 인정했다.

"진짜 당신 몸 뜨겁긴 하네. 뭐, 내 인간 몸이 꽤나 식기도 했지만."

비골프는 미소를 지으며 그녀를 더욱 꽉 끌어안았다.

"너무 좋아라 하지 마, 번개 드래곤. 그냥 따뜻하게만 해 주는 거야. 거기서 끝이야."

"우리 둘 다 알몸이 되면 훨씬 더……."

"꿈도 꾸지 마."

그녀가 재빨리 말을 잘랐다.

"그럼 키스는 어때?"

그는 슬쩍 제안해 보았다.

"하! 당신 그 노스랜더식 배짱은 참 기가 막힌다."

"그냥 해치워 버리는 게 좋을지도 몰라."

"해치우긴 뭘 해치워."

"우리 둘 다 알잖아, 로나. 당신은 결국 내게 키스하게 될 거야. 난 거부할 수 없는 남자니까."

"난 오 년 동안이나 거부해 왔는데?"

"그거야 당신이 터무니없는 고집불통 여자니까. 그 점에 대해서는 이미 서로 확인하지 않았나?"

로나가 몸을 굴리더니 그의 눈을 똑바로 보며 경고했다.

"당신, 손 간수 잘하는 게 좋을 거야. 입술도, 그 물건도……."

"내 물건 얘기는 꺼내지도 않았는데?"

"뭐, 어쨌든! 간수 잘하라고. 안 그랬다가는 내 아버지가 당신에게 주신 무기로 차근차근 잘라 줄 테니까."

"알았어, 알았어. 내 중요한 것들을 가지고 협박할 것까진 없잖아."

"우린 긴 여행을 함께해야 해. 이쯤에서 경계를 분명히 해 두는 편이 좋겠지?"

"알아들었어. 함께 긴 여행, 경계, 물건 간수."

"그렇게까지 긴 여행은 아닐 거야, 노스랜더. 우리에겐 돌아가야 할 전장이 있잖아."

비골프는 다시 몸을 누이고, 그녀에게 팔을 둘러 꽉 끌어안았다. 그녀는 더 이상 막지 않았다.

"우린 반드시 돌아갈 거야. 우리 없이 일이 진행될 것 같지는 않으니까. 아, 당신이 뭐라고 말하기 전에 내가 단언하는데, 우린 그렇게 중요해."

"내 왕족 사촌들이 하는 소리만큼 오만하게 들리진 않네."

어느새 반쯤 잠이 든 그녀가 중얼거렸다.

"……하지만 굉장히 비슷했어."

16

— 대체 어디 있는 거냐?

갑자기 들려온 형의 목소리가 비골프를 깨웠다. 그는 몸을 세우고 앉아, 하품을 하고, 머리를 긁적였다.

— 서부 산맥에서 하루 반나절쯤 떨어진 곳이야. 케이타 공주하고 얘기했어?

— 아니. 케이타는 물론이고 다크플레인의 누구와도 연결이 되지 않아. 사실, 너하고도 내내 연결하려고 애써 봤지만 이번이 처음으로 닿은 거야. 난 네가 다크플레인에 있지도 않고 이쪽으로 오지도 않은 거라고 생각했지. 양쪽은 지금 연결이 안 되는데, 뭔가가 막고 있는 거 같다. 대체 누가, 왜 그러고 있는지는 모르겠지만.

— 문제가 생겼어, 형.

— 무슨 문제?

— 우리가 도착한 후에 웨스트랜더들이 가반아일을 습격했어.

비골프는 형이 놀라기 전에 재빨리 말을 이었다.

— 하지만 퀴비치들이 성문을 지켰고, 카드왈라드르 일족이 놈들을 혼쭐내 줬지. 다들 무사해.

— 아이들은?

— 리아논 여왕이 케이타 공주의 계획을 받아들이지 않았어. 그래서 그냥 거기 머물러 있지. 하지만 모든 게 괜찮아. 물론 케이타 공주도.

— 잘됐구나. 그런데…… 넌 왜 서부 산맥에 있는 거냐? 성이 공격받고 있는데 네가 그냥 떠났을 리는 없잖아.

— 이제부터 내가 하는 이야기는 형 맘에 들지 않을 거야.

— 어쨌든 해 봐.

— 앤뉠 문제야. 그녀가 가 버렸어.

— 앤뉠이 맛이 갔다고?

비골프는 키득키득 웃었다.

— 그렇게 말할 수도 있지. '반역왕'을 찾으러 나섰으니까.

— 가이우스 루시우스 도미투스?

라그나가 한숨을 내쉬었다.

— 그 미친 여왕이 죽고, 케이타가 애초에 가반아일로 돌아간 이유를 우리가 숨겼다는 걸 피어구스나 브리크가 알게 되면, 그 바람에 자기 짝을 직접 찾아 나설 수 있는 기회를 잃었다고 피어구스가 생각하게 되면…… 난 죽은 드래곤이다. 동생아. 너도 알지?

— 우리가 앤뉠을 찾을 거야. 형. 전쟁의 신들을 걸고 맹세하는데, 우리가 그 미친 여왕을 찾을 거야.

— 우리? 너 혼자 있는 거 아니었냐?

— 아니. 이건 로나의 임무야. 난 그냥 따라가는 거지.

— 왜?

— 가반아일에서 전력에 발톱 하나 더하는 것보다는 여기서 훨씬 더 쓸모가 있을 거라고 생각했으니까.

— 이유가 그것뿐이냐?

라그나가 호기심을 담은 어조로 물었다.

— 아니…… 로나를 혼자 가게 둘 수 없었어.

비골프는 잠들어 있는 로나의 모습을 내려다보았다. 그녀는 손을 뺨 아래 괸 채 모로 누워 있었다. 로나는 밤새 그가 안고 있도록 두었고, 비골프는 그렇게 꿀잠을 자 본 적이 없었다.

— 나 로나를…… 진짜 좋아하게 된 거 같아.

그는 마침내 인정하고 말았다.

— 로나도 같은 감정이냐?

— 그렇게 될 거야.

물론 형의 얼굴을 볼 수는 없었지만, 비골프는 형이 눈알을 굴리고 있으리라고 짐작했다.

— 언제쯤 돌아올 거냐?

라그나가 물었다.

— 모르지. 어쨌든 앤닐을 찾기 전에는 안 돌아가.

— 하지만 가이우스가 앤닐을 붙잡으면…….

라그나가 경고를 담아 말했다.

— 앤닐이 '반역왕'을 만나기 전에 우리가 그녀를 먼저 찾길 바라. 그

래서 못 가게 막고, 유프라시아로 데려가게.

— 나도 그렇게 되길 바란다. 가이우스 루시우스 도미투스는 외부자를 반기지 않으니까.

— 앤닐도 그렇지.

라그나가 킬킬 웃었다.

— 일리 있는 얘기야. 하지만 퀸틸리안에…… 뭔가 다른 게 있다. 트라시우스가 드래곤메이지를 하나 데리고 있는데, 엄청난 놈이야. 어떻게 해서든 그놈은 피해라, 비골프.

— 왜?

— 그 영역에서 놈의 힘은 필적할 만한 게 없을 정도니까. 바테리아를 지키기 위해서라면 그놈은 무슨 짓이든 할 거야.

— 바테리아? 그 여자가 무슨 상관……?

— 앤닐을 알잖아. 나도 앤닐을 알아. 그녀가 퀸틸리안에서 표적을 정한다면 그건 바테리아일 거다. 앤닐 마음속에서 그 여자는 죽여야 할 적이 될 거야.

— 하지만 앤닐은 '반역왕'을 찾으러 온 거잖아. 바테리아가 아니라.

— 내가 완벽하게 앤닐을 안다고 할 수는 없지만, 그녀가 단순히 계획 하나만 가지고 움직이는 건 본 적이 없다. 내 말 믿어라, 비골프. 앤닐은 바테리아를 죽이려 할 거야. 하지만 그 여자 곁에 있는 마법사의 힘을 감안하면, 바테리아는 틀림없이…….

— 앤닐이 온다는 걸 이미 알고 있겠군.

비골프는 형의 말을 대신 맺었다.

— 틀림없이.

이제 비골프가 한숨을 쉴 차례였다.

— 굉장하네.

주니우스는 자신이 모시는 여인의 침실 문을 열고 근위병에게 밖에서 기다리라는 몸짓을 한 후 안으로 들어갔다. 그리고 침대에서 멀찍이 떨어진 자리에 서서 조용히 기다렸다.

하인이 공주의 곁으로 다가가 부드러운 어조로 말했다.

"공주님, 주니우스 님이 공주님을 뵈러 와 있습니다."

공주가 미소 지으며 기지개를 폈다. 바닥부터 천장에 이르는 유리창을 통해 태양 빛이 쏟아져 들어와 침대에서 일어나 앉은 공주의 나신을 비추었다. 긴 은빛 머리칼에 빈틈없이 아름다운 얼굴, 바테리아 공주가 환하게 웃으며 주니우스를 맞았다.

"주니우스, 이렇게 일찍 무슨 일이지?"

"곧 방문객이 올 겁니다, 공주님."

"방문객이라고?"

"보시면 상당히 기뻐하실 거라 생각됩니다만."

바테리아는 빙그레 웃더니, 기다리지 못하겠다는 듯 침대를 미끄러져 나와 그에게 다가섰다.

"정말?"

"우리 신께서 말씀하셨으니, 저도 믿습니다. 해서 서부 산맥으로 정찰병을 보내라 일러두었지요."

"전령들이 제때 도착할까?"

"저는 우리 신께서 선택하신 마법사입니다, 공주님. 그런 일로 전령을 보낼 필요는 없답니다."

모든 드래곤이 혈족끼리는 마음으로 소통할 수 있지만, 대군주의 명령과 그들 신의 동의에 따라 주니우스는 퀸틸리안 내부에서 그런 유의 소통에 금제를 걸어 두었다. 오직 그가 허용한 전령만이 그들의 영토를 떠나거나 영토 안으로 들어올 수 있었다. 주니우스가 강철 드래곤의 계급 체계 내에서 자라던 반역자를 색출해 내고 그들을 거의 일소해 버린 것도 그런 방법을 통해서였다. 그 문제는 아직 완전히 마무리되지 않았지만, 상황은 확실히 그의 통제하에 있었다. 그리고 그 상태로 유지될 터였다.

"물론 그렇겠지."

공주가 더 가까이 다가섰다. 흥분으로 눈이 반짝거리고 젖꼭지가 딱딱해져 있었다.

"그 여자가 여기까지 찾아올 정도로, 정말 그렇게 어리석은 짓을 할 수 있을까?"

"원하시는 답이리라 믿습니다만, 절박하니까요. 대군주께서 라우다리쿠스와 군대를 합치면 그 무엇도 그들을 막을 수 없습니다. 그녀를 보호하는 신이 누구든 간에 이 같은 기회를 하나의 시험으로 여기겠지요. '피투성이' 앤널은 여기로 와서 약간의 과업을 완수하지 않고는 원하는 바를 얻을 수 없을 것입니다."

"나를 암살하는 일 같은 과업 말이지?"

"그럴 가능성이 아주 높지요. 하지만 제가 그 전에 그녀를 사로잡을 것입니다."

바테리아가 그의 목에 두 팔을 감았다. 관례에 따르면, 이제 그도 그녀를 만질 수 있다는 의미였다. 물론 그는 기꺼이 그녀를 끌어당겨 엉덩이를 쥐었다.

"내 수집품에 장난감 하나가 추가되는 건가?"

그녀가 기쁜 듯이 말했다.

"유감스러우시겠지만, 이번 것을 다루실 때는 좀 더 주의를 기울이셔야 할 것입니다. 인간은 우리 종족보다 훨씬 쉽게 망가지니까요."

"알아, 알아. 하지만 지금 가진 장난감이 슬슬 지겨워지고 있어서 말이야. 얼른 새로운 게 생겼으면 좋겠어."

"지겹다고 하십니다만, 그래도 여전히 지하 감옥에 내려가 즐기고 계시더군요. 거의 매일을 말이지요."

그녀의 머리가 젖혀지고 그녀의 입술에 미소가 떠올랐다.

"매일은 아니지."

공주가 잠깐 아랫입술을 깨물더니 물었다.

"언제야? 그 여자가 언제 여기 올까?"

"단언컨대, 곧 옵니다. 그러면 바로 공주님 것이 될 것입니다."

공주가 뒤꿈치를 들고 그에게 키스했다.

"당신은 정말 끝없이 날 기쁘게 해 주는군, 마법사."

"대군주께서 제 연줄과 순수한 강철 드래곤 혈통을 아시면서도 공주님께는 전혀 걸맞지 않은 자라고 생각하시니 안타까울 따름이지요."

"아빠 걱정은 하지 마. 그분은 날 사랑하시고 내가 원하는 건 다 해 주시니까."

공주가 그녀를 침대로 이끌었다.

"자, 이제 당신이 내가 원하는 걸 해 줘."

"좋은 아침!"

로나는 두 팔로 머리를 가리며 으르렁거렸다.

"저리 가!"

"갈 길이 멀어, 이 여자야. 얼른 일어나서 당신의 존재로 이 세상에 축복을 내려 줘야지."

성가심에도 불구하고 그녀는 웃음을 터트렸다. 그리고 번개 드래곤이 자신을 억지로 일으켜 세우도록 내버려 두었다. 하지만 비골프는 드래곤임을 감안해도 엄청나게 힘센 덩치였기 때문에 그녀를 일으켜 세우느라 당기는 힘에 서로 세게 몸을 부딪쳤고 그 서슬에 둘 다 놀라고 말았다.

그들은 서로의 눈을 들여다보았다. 비골프의 시선이 천천히 그녀의 얼굴을 따라 내려왔다. 그리고 입술에서 멈추었다.

로나는 지난밤 그가 요구했던 것을 떠올렸고, 그도 지금 그 생각을 하고 있음을 알았다. 하지만 그가 정말로 자신에게 끌리는 것인지, 아니면 그저 건드려도 되는 여자라고 생각한 것뿐인지는 아직도 알 수 없었다. 더 나쁜 것은…… 대체 왜 갑자기 그런 게 신경 쓰이는가 하는 점이었다. 신경이 쓰여서는 안 되었다! 그가 뭔가 어리석은 일을 저지르기 전에 얼굴에 주먹을 날려 저따위 표정 지워 버려야 했다. 이를테면 실제로 키스를 한다거나…….

젠장! 그녀는 스스로의 나약함이 짜증스러웠다.

"심지어 당신이라고 해도, 엄청나게 멍청한 짓을 하기엔 너무 이른 시간이잖아."

로나는 그의 손에서 팔을 빼며 아무렇지도 않은 척 가볍게 말했다.

"그러기에 너무 이른 시간이란 없는 법이야."

그도 농담으로 받고는, 그녀에게서 물러나며 물었다.

"그래, 잠은 잘 잤어?"

그 잠깐 동안 그들의 몸이 얼마나 잘 맞아떨어졌는지를 잊어버리려고 필사적으로 애쓰며, 로나는 기지개를 켰다.

"잘 잤지."

"나도 그래. 오늘 밤에도 꼭 그렇게 자야 할 거 같아. 숙면을 유지하기 위해서라도 말이야. 우리 둘 다에게 유익한 일이지."

로나는 머리를 내저으며 그를 돌아 배낭 쪽으로 갔다.

"뭘 좀 먹어야겠어."

비골프가 잠시 언덕 쪽을 살피더니, 번개를 한 방 내쏘았다. 숫양 한 마리가 언덕을 굴러 내려와 로나의 발치에서 멈추었다. 옆구리에 그슬린 구멍이 몇 개 나 있었다.

그가 씨익 웃으며 말했다.

"먹을 거."

로나는 또 웃음이 터지려는 걸 꾹 참으며 고개를 끄덕였다.

"고마워."

"별거 아니야."

하지만 그의 얼굴에 떠오른 자랑스러워하는 표정이란 참……

사랑스러웠다.

그들은 먹고, 걸었다. 말들이 그들을 뒤따랐다.

"아침에 형하고 얘기를 나눴어."

비골프가 말했다.

"라그나 화났어?"

로나의 물음은 그가 그녀에게서 들으리라고 예상했던 것이 아니었다.

"뭐에 대해?"

"당신이 돌아가지 않은 거. 당신이 유프라시아로 돌아가서 강철 놈들을 깨부수도록 당신 부대를 준비시키지 않은 거. 당신이 멍청이같이 나를 따라와 미친 여왕을 뒤쫓는 죽음의 행군에 끼어든 거."

"어어…… 아니, 그런 거 다 개의치 않는 거 같던데. 사실, 형은 이해해 줬어."

"뭘 이해해? 당신이 마주치는 여자란 여자는 몽땅 보호해 주고 싶어 하는 정신 나간 욕망을 품고 있다는 거?"

"사실은…… 그래, 맞아. 형은 그걸 이해해 줬어."

로나가 웃음을 터트리더니 고기 한 조각을 베어 물었다.

"당신은 이 모든 일에 대해 좀 더 긍정적일 필요가 있어. 난 모든 일이 잘 풀릴 거라고 확신해."

비골프는 가벼운 어조로 말했다.

그녀가 걸음을 멈추고 그를 빤히 바라보았다.

"왜 그렇게 생각하는데?"

"우리 중 하나는 긍정적이어야지."

비골프는 계속 걸으며 이유를 설명했다.

"그러지 않으면 둘 다 죽을 테니까."

케이타는 친구가 내미는 와인 잔을 감사히 받아 들었다. 그리고 조금 움직여 그가 곁에 앉도록 자리를 내주었다. 그들은 성의 침실로 이어지는 계단참 벽에 등을 기대고 나란히 앉았다.

와인을 한 모금 마신 그녀가 먼저 입을 열었다.

"심란스럽게 조용하네."

렌이 고개를 끄덕였다.

"그러게. 웨스트랜더들은 본격적인 진군을 시작하기 전에 이 지역을 충분히 정찰했던 거 같아. 그러니 어딘가에 잘 숨어서 다음 공격을 준비하고 있겠지."

"우린 애들을 데리고 여길 떠나야 해. 여기 천치 같은 마녀들은 지옥에나 가라지."

그녀의 말을 들었는지, 근처에 있던 퀴비치 하나가 매섭게 노려보았다. 케이타는 세 살 먹은 계집아이처럼 혀를 쑥 내밀어 보였다.

"아마 퀴비치는 통과할 수 있겠지. 하지만 당신 어머니는 감당할 수 없어."

렌이 합리적으로 따져 주었다.

"그리고 이런 얘기 듣고 싶지 않겠지만, 내 생각에도 당신 어머니 말씀은 일리가 있어. 지금 도망치면 아이들은 영원히 도망치게 될 거야. 애초에 맞서는 법을 가르치는 게 나을 수도 있어."

"하지만 오빠들에게 경고도 해 주지 않았는데 그 애들에게 무슨 일이 생기면……."

"애들은 괜찮을 거야. 이보다 더 잘 보호받을 순 없을걸."

"그렇긴 하지."

"뭔가…… 신경 쓰이는 다른 게 있구나, 케이타?"

"오빠들하고 연결하려고 계속 애쓰고 있는데, 그게……."

"라그나를 확인해 봐. 네가 깊이 사랑하면서도 여전히 그걸 인정하기는 거부하고 있는 남자 말이야."

"어쨌든. 아무도 응답하지 않아."

"내 생각엔, 이 일이 다 끝날 때까지 그쪽 소식은 못 들을 것 같아."

케이타는 친구를 쳐다보았다.

"무슨 소리야?"

"처음부터, 그러니까 아이들이 태어나기도 전부터 신들은 당신 가족의 일에 개입해 왔어, 케이타. 당신들이 왜 그렇게 신들을 매혹시키는지는 나도 모르겠지만 사실이 그렇지. 그리고 내 생각엔, 당신들 사이의 연결이 끊긴 것도 그런 맥락에서 벌어진 일 같아."

"신들 중 하나가 앤벌을 서쪽으로 보냈다고 생각하는구나, 그렇지?"

"그렇다고 해도, 그게 그렇게 놀랄 일이야? 앤벌이 정상과는 거리가 멀어 보이는 때가 있는 건 사실이지만, 무작정 서쪽을 헤매다 스스로를 순교자로 만든다? 그래서 뭘 얻겠다고? 내가 그 여자를 오래 알고 지낸 건 아니지만 그건 앤널답지 않아."

렌이 그녀에게서 잔을 받아 한 모금 마시고 말을 이었다.

"그래, 친구. 유감스럽지만, 난 신들이 승부를 하고 있는 거라고 생각해. 그리고…… 우리 모두 그 와중에 붙들린 거지."

"이 말은 해야겠다, 렌. 신이란 작자들에게 상당히 짜증이 나고 있어. 아, 그러니까 날 이렇게 매혹적이고 아름답게 만들어 준 걸 빼면 말이야. 대체 그들의 목적이 뭘까? 당신은 알겠어?"

렌이 웃음을 터트리더니, 그녀의 정수리에 입을 맞추고 술잔을 돌려주었다.

"나도 몰라, 케이타. 전혀 모르겠어."

필요하다면 몸을 피할 동굴도 있고 깨끗한 물도 얻을 수 있는 시내 근처에서 그들은 몇 시간 자고 갈 만한 곳을 찾았다. 누군가 기르는 가축들이 근처를 돌아다니고 있었다. 양을 실컷 잡아먹고 배가 부른 비골프는 배낭에 등을 기대고 앉았다.

로나가 손을 내밀었다.

"줘 봐."

비골프는 워해머를 들어 올리며 물었다.

"이거?"

"그래."

그가 자기 무기를 던지자 로나는 두 손으로 붙잡았다.

"왜 이렇게 무겁고 번거로운 걸 골랐어?"

그녀가 물었다.

"무거워? 전에 쓰던 게 무거웠지. 당신 아버지가 만드신 건 깃털처럼 가볍다고."

"이건 가벼운 게 아니야, 노스랜더."

그녀는 워해머를 들고 일어서다가 조금 비틀거렸다.

"정말 안 도와줘도 되겠어, 약한 여자?"

"굉장히 고맙지만, 난 괜찮아. 그저 마을에 들렀을 때 와인을 마시면 안 됐었는데, 하는 생각이 들 뿐이지. 하지만 우리가 억지로 하게 된 일 때문에 머릿속이 시끄러워서 그걸 좀 조용히 시킬 필요가 있었다고."

맙소사. 워해머를 흔들어 대는 로나는 너무 사랑스러웠다. 그 무게가 마음에 들지 않는 것 같긴 했지만, 그럼에도 불구하고 그녀는 무기를 썩 잘 다루었다.

"봐, 워해머 정도는 돼야지. 그런 게 무기라고. 어쨌거나 어른을 위한 무기지."

비골프는 말했다.

"내 창 얘기는 꺼내지 마. 당신이 망가트리기 전까지만 해도 제 역할을 훌륭하게 해내고 있었으니까."

"그건 사고였다고!"

"물론 그랬겠지!"

"빈정거리는 거 내가 모를 줄 알고?"

그가 투덜거리자, 로나는 그 앞으로 다가와 워해머를 그의 배에 떨어트렸다.

"우왓! 못된 계집애!"

그녀가 웃음을 터트리며 곁에 앉았다.

"더 심하게 해 줄 수도 있었어."

"고맙군그래. 자, 그럼 이제 앤닐에 대해 설명해 줘."

비골프는 그렇게 말하고, 눈이 점점 커지는 그녀의 모습이 얼마나 사랑스러운지 감상했다.

"물에 대해 설명해 달라 그러지, 왜? 공기는 어때?"

로나가 따지듯 되물었다.

"무슨 말인지 모르겠는데."

"당신이 나한테 설명할 수 없는 걸 설명해 달라고 하잖아. 앤닐은 누구도 이해하지 못 해. 그녀는…… 괴물 같은 폭군의 사생아로 태어났지만, 그 아버지가 억지로 끌어내지만 않았어도 여전히 평범한 농가의 딸로 살고 있었을 거야. 내 말은, 그 폭군이 무슨 생각으로 사생아 딸을 가까이 두려 했던 건지 모르겠다고. 그자에겐 이미 적법한 후계자인 아들이 있었거든. 앤닐의 오라비인 그 작자는 심지어 아버지보다 더한 폭군이었지. 여동생을 또 다른 폭군에게 팔아먹었어. 두 왕국을 연합할 속셈으로 말이야. 앤닐은 그 폭군하고 결혼해서 왕가의 후손을 몇 낳고 모두를 행복하게 만들어 줘야 했지. 하지만 그녀는 결혼식장까지 가지도 못 했어. 그리고 결국 자기를 그토록 괴롭혔던 오라비를 끝장내 버렸지."

"그래, 그 모든 게 어떤 의미인데?"

"그녀가 놀라운 인간이라는 거. 무시무시하기도 하지. 앤닐은 두말없이 죽여. 철권으로 통치하고 누구도 봐주는 법 없어. 그녀는 잔인할 수도 있고, 사랑스러울 수도 있어. 가차 없이 비정할 수도 있고, 한없이 다정할 수도 있지. 그녀는 맹목적일 만큼 충직하지만 그와 똑같은 충직함을 모두에게 원하고, 그걸 돌려받지 못하면 파괴적으로 변하기도 해. 무슨 뜻인지 알겠어, 비골프? 앤닐은 설명할 수 없어. 그래서 아예 안 하는 거야."

"그럼 그 정도로만 알고 있어야겠네."

로나가 안도한 기색으로 시선을 돌려 하늘을 쳐다보았다.

"저거 구름인가?"

비골프는 어깨를 으쓱했다. 그녀의 구석구석을 살피느라 하늘이건 구름이건 눈에 들어오지도 않았던 것이다.

"모르지."

로나가 그를 돌아보았다.

"그건 아마…… 당신이 날 쳐다보느라 바빠서 저 위, 그러니까 실제로 구름이 있는 곳을 보지도 않기 때문이겠지?"

"난 지금 보고 있는 걸 보는 게 좋거든."

"그래, 그러시겠지."

"무슨 뜻이야?"

"아무 뜻도. 이제 좀 자 둬야지? 내일도 긴 하루가 될 테니까."

"좋아."

로나는 자리에서 일어나 침낭을 둔 곳으로 걸어갔다. 하지만 그녀가 편히 누웠을 때, 비골프는 어느새 그녀 바로 옆에서 기지개를 켜고 있었다.

"뭐하는 거야?"

"당신 따뜻하게 해 주려고."

"그래 달라고 안 했는데."

"그럼에도 불구하고 해 주려는 거지. 난 그렇게 근사한 남자니까 말이야."

"하, 그러시겠지. 하지만……."

"쉬이이. 말들을 깨우고 싶어?"

로나는 머리를 내젓고 다시 자리 잡았다.

"진짜 포기를 모르는구나, 그렇지?"

그랬다. 그는 포기를 몰랐다. 하지만 비골프가 팔을 그녀의 허리에 감았을 때, 그녀도 불평은 하지 않았다.

17

다음 날 아침, 로나를 깨운 것은 번개였다. 번개 드래곤이 아니라 진짜 번개. 그녀가 불에서 나왔듯이, 비골프 같은 종의 드래곤을 만들어 낸 번개. 그리고 그 번개 때문에, 그녀는 자기가 더 이상 노스랜더와 엉켜 있지 않다는 걸 알고도 별로 놀라지 않았다. 그와 함께 두 밤을 보낸 후, 로나는 그가 여자를 덩굴줄기처럼 감는 걸 좋아하는 유의 드래곤이라는 것을 알게 되었다. 과거에 몇 번 그 비슷한 상황에 처했을 때는 주먹질과 발길질을 총동원해 끝내 벗어났던 그녀지만, 비골프와 함께 보낸 밤은 어쩐지 그렇게 거슬리지가 않았다. 아마도 그가 숨 막히게 깔아뭉개는 부류가 아니기 때문인지도 몰랐다.

로나는 몸을 끌며 일어나 손가락으로 머리를 빗어 내렸다. 천둥소리가 구르듯 하늘을 울리고 굵은 번갯불이 하늘과 땅을 가로

질렀다. 번개는 점점 위험스러울 만큼 가까워지고 있었다.

"당신 옆에 앉아 있어도 괜찮기는 한 거야?"

그녀가 물었다.

"번개는 금방 지나가. 몇 분만 기다려 봐."

로나는 그를 살피듯 뜯어보았다.

"당신…… 뭔가 걱정스러워 보이는데?"

"걱정스러운 게 아니야. 긴장한 거지."

그도 그녀를 마주 보았다.

"번개 맞아 본 적 있어?"

"전투 중에만."

"그게…… 우린 번개를 끌어당기는 경향이 있거든. 우리가 그걸로 만들어졌다는 사실을 감안하면 자연스러운 일이겠지만, 어디에 맞느냐에 따라 죽게 아플 수도 있어서 말이야."

"흥미롭군. 난 불 속을 걸어도 아무 문제 없는데."

"자랑은! 짜증 나."

그녀는 나무에 등을 기대고 비골프와 어깨를 붙인 채 편안히 앉았다.

"이렇게 가까이 있어도 괜찮겠어?"

그가 물었다.

"가까이 있는 게 싫었다면 어젯밤에 얘기했겠지. 번개쯤은 감당할 수 있어."

그의 웃음소리는 낮고 부드러웠다. 로나는 무릎을 세워 턱을 괸 다음, 두 팔로 다리를 끌어안았다. 그리고 들판 저 너머를 바라보며 말을 이었다.

"게다가, 번개 구경하는 걸 좋아하거든. 그 경쾌한 움직임이
랑, 번쩍이는 섬광이랑. 다음번엔 어디를 칠지, 얼마나 클지, 얼
마나 오래갈지, 절대로 알 수 없잖아. 굉장히…… 근사한 것 같
아. 예쁘기도 하고."

"나를 보고도 근사하고 예쁘다고 생각했어?"

"아니."

비골프의 웃음소리가 더 커졌다.

"아!"

로나는 이마를 찌푸렸다.

"왜?"

"말들을 잊고 있었어. 지금쯤 멀리 달아나 버렸겠지?"

"아니, 저 너머 언덕 아래쪽에 있어. 거기 동굴이 하나 있더라
고. 아마 번개가 다 지나갈 때까지 그 안에 있을 거야."

로나는 그를 돌아보았다.

"틀림없이 거기가 여기 바깥보단 따뜻하겠지?"

"아마도."

그녀는 좀 더 지그시 바라봐 주었다. 그가 눈을 몇 번 깜빡이
더니 말했다.

"어? 아! 우리도 거기로 가자고?"

"천지 사방에 번개가 내리치는 동안 나무 아래 앉아 있는 것보
단 낫겠지? 말이 되잖아, 안 그래?"

비골프가 어깨를 추썩이더니 약간 겸연쩍은 듯이 웃었다.

"난 그저 당신을 깨우고 싶지 않았던 거야. 꼭 필요한 경우가 아니라면 말이지."

"내가 그 아래 누워 있는 나무가 번개를 맞아 쪼개져 나가면 확실히 깨긴 하겠지."

"그런 말투는 동생들한테나 써. 아니면 에이브히어한테나."

"'천치같이 굴지 마' 말투라는 거야."

로나는 자리에서 일어나 무기와 배낭을 집어 들었다.

"일어나, 노스랜더. 당신이 당신을 만들어 낸 걸 이길 수 있는지 한번 보자고."

비골프는 자신을 만들어 낸 걸 이기지 못했다. 이기기는커녕 적어도 세 방은 얻어맞았다. 그저 어깨와 팔에 맞은 걸 감사할 따름이었다. 가장 나쁜 경우는 머리와 목 그리고 엉덩이였다. 노스랜드 드래곤이라 하더라도 엉덩이에 번개를 맞으면 조금은 꽥꽥거리지 않을 수 없었다. 그래도 비골프는 번개를 몇 방 맞고 나면 언제나 활력이 넘치는 걸 느꼈다. 그 효과는 종종 며칠씩 가기도 했다.

그들이 나무 아래를 벗어나는 순간 하필 하늘이 수문을 열기로 작정하는 바람에, 동굴 속으로 뛰어들었을 때는 이미 둘 다 흠뻑 젖어 있었다.

"그것참, 짜릿했겠다. 그렇지?"

로나가 물었다.

"아니, 전혀. 되게 아팠다고!"

"약한 소리는."

그는 눈을 가늘게 좁히고 그녀를 노려보다가, 씨익 미소를 지었다.

"쓸데없는 생각 하지도 마."

로나가 비틀거리며 뒤로 물러났다.

"어떻게 하면 약한 소리 않을 수 있는지, 당신이 직접 보여 주고 싶을 것 같아서 말이야."

"당신이 번개를 풀면 난 화염을 풀 거야."

그는 팔을 뻗어 내밀며 그녀를 향해 다가섰다.

"그 정도 위험은 기꺼이 감수하지."

그녀가 멈추라는 듯 손을 들어 올렸다.

"잠깐만, 잠깐만! 말들은 어디 있지?"

비골프는 재빨리 주위를 둘러보았다.

"몇 분 전까지만 해도 여기 있었는데."

"헛소리! 진작 도망간 거야!"

"저 바깥으로 나갔을 것 같지는 않고……."

그는 공기의 냄새를 맡아 보았다.

"저쪽이다."

그러고는 통로 하나를 가리키며 그쪽으로 걸어갔다.

"기다려 봐, 비골프. 그렇게 막 들어가면……."

하지만 비골프는 이미 그 통로를 따라 동굴 깊은 곳으로 들어가고 있었다. 로나도 곧 뒤따라왔지만, 조금 불안한 듯 보였다. 그는 아무래도 이유를 알 수가 없었다. 게다가 생각해 보니, '두려움 없는 자' 로나가 불안해하는 모습은 처음 보는 것 같았다.

그들은 오백 미터쯤 안으로 들어간 곳에서 말들을 찾았다. 녀석들은 천둥이 동굴 사방의 벽을 타고 울리는 소리 탓인지 불편해 보였다. 아마도 그래서 밖으로 달아나기보다는 안쪽으로 더 깊이 들어오게 된 모양이었다.

로나가 말들에게 다가가더니, 양손으로 녀석들의 목덜미를 부드럽게 쓸어 주었다.

"괜찮아. 폭풍우는 지나갈 거야. 쉬이이이."

제길, 저 여자는 정말 말 다루는 법을 안다니까. 비골프로서는 완전히 매혹되지 않을 수 없는 점이었다. 특히, 그녀가 말고기를 먹는 걸 몇 번인가 본 적도 있으니 그런 기분이 드는 것은 당연했다. 그럼에도 말들은 여전히 그녀를 좋아하는 것 같으니 말이다. 하지만 또, 그 역시 로나를 좋아하지 않는가.

그녀가 말들을 향해 미소 지으며 그에게 말했다.

"애들은 괜찮을 거야. 그저 저 못된 폭풍우가 애들을 조금 놀라게 하……."

그때, 갑자기 말들이 앞다리를 번쩍 들어 올렸고, 비골프는 반사적으로 로나의 허리를 감싸 그들 곁에서 떼어 냈다. 잘한 일이었던 것이, 말들은 그대로 들어온 길을 되밟아 뛰쳐나갔다.

"대체 왜 저러는 거야?"

그는 그녀에게 물어보았다.

"나도 모르겠어. 뭔가 쟤들을 겁먹게 한 거 같은데…… 폭풍우는 아니야."

로나가 그에게서 몸을 빼고 동굴 내부를 천천히 둘러보았다.

"여기까지 들어오면 안 되는 거였는데. 여기⋯⋯."

말소리가 잦아들었을 때, 그녀는 그의 뒤쪽에 있었다. 몸을 돌린 비골프는 그녀가 또 다른 어두운 통로를 멍하니 응시하고 있는 것을 보았다.

"로나?"

"젠장! 뛰어!"

로나가 비명 같은 소리를 지르며 그를 출구 쪽으로 떠밀었다. 그리고 그녀도 함께 달렸다. 말들이 사라져 간 쪽을 향해서.

하지만 뭔가 스르르 미끄러지는 소리가 들리고, 비골프로서는 그 비슷한 것도 본 적 없을 만큼 빠른 속도로 로나를 가로막았다. 로나가 뒤로 넘어져 엉덩방아를 찧었다. 그것이 꼬리를 깔고 몸을 세우더니 비늘로 덮인 몸에서 가죽 날개들을 펼쳐 출구를 막았다. 그것이 쉿쉿거리는 소리가 동굴 벽을 타고 울렸다.

그것의 머리가 뒤로 물러나는 순간, 비골프는 앞으로 몸을 날려 로나의 미늘 셔츠 뒷덜미를 잡고 확 끌어당겼다. 그들은 초록색 독 줄기가 바닥을 치기 직전에 간신히 몸을 피했다. 방금까지 로나가 주저앉아 있던 자리에서 지글지글 끓는 소리와 함께 바위가 타들어 갔다. 이 여자를 보호할 때라고 판단한 비골프는 다시 돌아서서 번갯불을 튀기며 드래곤으로 변신하기 시작했다.

"안 돼! 하지 마!"

하지만 로나가 그의 팔을 붙잡아 뒤로 끌어당겼다.

"제기랄, 왜?"

"당신한텐 안 맞을 거야!"

처음에는 그녀가 무슨 얘기를 하는지 이해하지 못했다. 하지만 정신없이 달리다 보니 좁은 통로가 끝도 없이 이어졌고, 괴물은 너무나 쉽게 미끄러져 와 그들 뒤로 따라붙었다. 그래서 비골프도 그녀가 옳았다는 것을 알게 되었다. 이 동굴 방들과 통로들은 드래곤이 돌아다니거나 그 안에서 싸울 수 있도록 만들어진 것이 아니었다. 그들에게는, 또한 이곳까지 길을 찾아 들어올 만큼 운 나쁜 누구에게나 죽을 자리와 마찬가지였다.

그럴 여유만 있었다면, 로나는 멈춰 서서 스스로를 패 줬을 것이다. 좀 더 주의를 기울였어야 했다. 그러기만 했다면 그 독특한 냄새를 감지했거나 동굴의 먼지 바닥 여기저기에 나 있는 미끄러진 자국을 보았거나 혹은 동굴에 그들만 있는 게 아니라는 사실을 감지했으리라.

서쪽에는 이렇게 좁은 동굴들이 많았는데, 그 대부분에 주인이 있었다. 그것은 와이번wyvern이었다. 젠장맞을 와이번! 그것도 이렇게 멀리 서쪽까지 와서 사는 놈이라면 그중 최악일 터였다. 아버지가 들려준 이야기에 따르면, 와이번은 드래곤에 대해 적개심을 품고 있다고 했다. 드래곤은 말도 할 수 있고 인간으로 모습을 바꿀 수도 있으며 팔다리를 갖고 있기 때문이라는 것이다. 하지만 생각해 보면, 드래곤은 보다 고등한 존재가 아닌가 말이다. 너무 오래 살다 보니 몸이 성 한 채를 몇 번이나 칭칭 감을 만큼 길어지고 날개들이 돋아난 뱀 따위가 아닌 것이다.

그래도 그 독만큼은…… 독이야말로 최악의 부분이었다. 어떤 종류의 드래곤이건 간에 와이번의 독에 맞으면 비늘이 녹아 몸에서 떨어져 나가는 지경을 피할 수 없었다. 그것은 가장 불쾌한 경험이라고 했다. 와이번들은 우선 독으로 드래곤의 비늘을 파괴하고, 무방비해진 드래곤을 칭칭 감은 다음, 몸속의 뼈가 죄다 뭉개질 때까지 쥐어짠다는 것이다. 로나는 그런 경험 따위 절대로 해 보고 싶지 않았다. 어쩔 수 없는 경우가 아니라면.

"우린 저놈과 싸워야 해."

오른쪽으로 꺾인 터널로 접어들었을 때, 그녀가 불쑥 말했다.

"인간 모습을 하고서?"

"선택의 여지가 없잖아."

그들은 다음번 굽이에서 또 다른 동굴로 들어섰고, 거기서 서로 갈라졌다. 비골프는 공동의 반대쪽으로 돌진해 동굴 벽을 등지고 섰고, 로나는 왼쪽으로 가서 바위 뒤에 웅크리고 앉았다. 그녀는 아버지가 주신 창을 한 손으로 잡아 올렸다. 다음 순간, 창날이 튀어나오고 창대가 일 미터쯤 길어졌다. 그녀는 창을 단단히 그러쥔 채 기다렸다.

이윽고 그들이 있는 동굴로 와이번이 미끄러져 오는 소리가 들렸다. 하지만 놈은 더 깊이 들어오지 않고 갑자기 멈춰 섰다. 로나는 조심스럽게 바위를 돌아 공동을 엿보았다. 와이번은 거의 천장에 닿을 만큼 몸을 세우고 있었는데, 몸의 나머지 부분은 여전히 동굴 밖으로 길게 뻗어 보이지 않았다. 놈의 눈이 사방을 훑고, 놈의 비늘이 어둠 속에서 희미하게 일렁였다. 다행히 로나의 눈으로도 쉽게 볼 수 있었다. 그녀가 진짜 사람이었다면 아마 지금쯤 어둠 속을 헤매다 잡아먹혔으리라.

와이번의 시선이 마침내 로나가 숨어 있는 바위에 고정되더니, 놈의 입꼬리가 휘어져 올라갔다. 젠장! 생각할 시간은 잠깐뿐이었다. 로나는 바위 뒤로 깊숙이 물러나 가능한 한 조그맣게 몸을 웅크렸다. 바로 다음 순간, 독이 바위를 때리고 지글지글 타는 소리와 함께 구역질 나는 죽음의 악취가 풍겨 왔다. 로나는 바위의 반대쪽으로 돌아 들어가, 허리띠에 걸고 다니던 작은 손도끼 중 하나를 잡았다. 그리고 한 걸음 나서면서 도끼를 뽑아 던졌다.

동굴을 가로질러 빙글빙글 회전하며 날아간 도끼가 와이번의 가슴을 맞힐 때까지, 궤적만으로는 적중이었다. 하지만 도끼는 그대로 튕겨 나고 말았다. 이 거리에서는 전혀 효과 없는 공격이었던 것이다. 분노한 와이번이 쉿쉿거리며 그녀를 향해 미끄러져 왔다. 로나는 뿌리박은 듯 자리를 지키고 서서, 자신을 향해 곧장 다가오는 놈을 노려보며 기다렸다. 와이번의 뒤쪽, 동굴 입구 근처에서 비골프가 등지고 있던 벽을 박차고 달리기 시작했던 것이다. 그의 배틀액스가 공기를 가르며 호선을 그렸다.

로나는 온몸을 긴장시킨 채, 공격을 준비했다. 비골프의 배틀액스가 와이번의 꼬리를 치고 그 끝을 잘라 냈다. 와이번이 내지른 새된 비명이 동굴 벽을 흔들고, 놈이 몸을 세워 비골프를 노려보았다. 그 순간, 로나가 움직이기 시작했다. 그녀는 놈의 한 걸음 앞까지 단숨에 달려가 창을 들어 올렸다. 창이 일 미터에서 이

미터, 삼 미터로 쑥쑥 커져 와이번의 목에 이르렀다. 로나는 창을 전방으로 쑤셔 올려 와이번의 비늘 사이를 뚫고 부드러운 살속으로 박아 넣었다. 동맥을 찢어 놓을 뿐 아니라 놈이 더 이상 독을 뿜지 못하게 막기 위해서였다. 오래전 어머니가 가르쳐 준그대로, 공격의 정석이었다.

와이번이 방향을 틀기 위해 거칠게 몸을 뒤채자, 놈의 꼬리와목구멍에서 피가 터져 나왔다. 로나는 자신의 인간 육체가 생각했던 것보다 훨씬 빠르게 지쳐 가는 것을 느끼면서도, 풀려나려고 절박하게 몸부림치는 와이번의 힘을 굳건히 버텨 냈다.

"쓰러트려!"

비골프가 앞으로 돌진하며 소리쳤다. 쉽지 않은 일이었지만, 로나는 명령받은 대로 했다. 뒤로 물러나며 창을 박은 채로 와이번을 끌어당겼다. 놈의 머리가 아직 바닥에서 삼 미터쯤 위에 있었지만, 비골프는 와이번의 등을 타고 올라가 머리와 목이 만나는 지점에서 멈춘 다음, 워해머—그녀의 아버지가 만든 무기답게, 어느새 세 배는 커져 있었다—를 양손으로 잡고 휘둘렀다. 육중한 강철 덩어리가 와이번의 머리를 치자, 뭔가 그 안쪽에서부서지는 소리가 울렸다.

하지만 놈은 여전히 싸우고 있었다. 상대를 죽이든가, 도망치든가, 혹은 둘 다를 해내려고 애쓰고 있었다. 그래서 로나는 다시 한 번 창대를 그러쥐었다. 그리고 그대로 비틀어 창끝을 더 깊숙이 쑤셔 넣었다. 비골프가 워해머를 들어 올렸다가 이번에는 놈의 머리를 곧장 내리쳤다. 내리치고 또 내리쳐, 마침내 놈이 길게 뻗어 버릴 때까지. 그녀의 창은 마지막 순간까지 굳건히 버텨 주었다.

비골프는 워해머로 와이번의 목덜미를 누른 채 몸을 기대고 잠시 그대로 서 있었다.

"이건 절대로 편한 자세가 아니거든, 번개 드래곤."

"어, 미안."

그는 짐승의 몸을 타고 내려가, 어디든 중요한 곳을 다치지 않을 만한 높이에 이르자 아래로 뛰어내렸다. 그리고 로나를 향해 다가가는데, 뒤쪽에서 무슨 소리가 들려왔다. 쉿쉿거리는 듯한……

"로나?"

여전히 두 손으로 창을 움켜쥔 채 그녀가 몸을 기울여 그를 보았다.

"이런 게 더 있나 봐."

그의 말에, 로나가 눈을 깜빡이더니 여전히 자기 무기에 꿰여 있는 짐승을 재빨리 훑어보았다.

"젠장, 젠장! 내 짐작이 맞았어."

"무슨 짐작?"

"이놈은 새끼야."

그녀는 자기 무기를 회수하고 달리기 시작했다.

"빨리 움직여!"

뒤쪽에서 다가오는 성난 쉿쉿거림을 무시하려 애쓰며, 비골프도 그녀를 쫓아 달렸다. 그들은 크고 작은 동굴들과 통로들을 지나 오직 신선한 공기 냄새가 이끄는 대로 따라갔다. 마침내 바깥으로 나가는 길이 보였고, 그들은 거의 동시에 몸을 내던져 출구를 통과했다. 폭우와 고통스러운 번개가 쏟아질망정 훨씬 안전한 동굴 밖 세상으로.

"비골프, 무너뜨려!"

로나가 명령했다.

비골프는 곧장 몸을 돌렸고, 그들을 향해 미끄러져 오는 짐승의 머리와 독을 내뿜을 태세로 쩍 벌린 입의 크기를 보고는 눈이 확 커졌다. 물론 어느 쪽도 맛보고 싶지 않았기 때문에 그는 동굴 위쪽의 바위투성이 부분을 향해 번개를 쏟아 냈다. 바위들이 무너져 내려 동굴 입구를 막은 후에도 격노한 짐승의 비명은 길게 이어졌다.

그들은 숨을 헐떡이며 서로를 마주 보다가 가까운 나무 아래로 몸을 피했다. 비골프가 말들을 보고 소리쳤다.

"너희 둘! 우리만 죽으라고 남겨 두고 가? 경고 정도는 해 줄 수 있었잖아!"

암말은 적어도 시선을 피하는 정도의 예의를 보였지만, 수말은 그를 보고 코웃음을 날렸다. 또다시! 씩씩거리며 녀석들에게 다가간 비골프는 이 건방진 개자식에게 버릇을 가르쳐 줄 요량으로 주먹을 들어 올렸다. 하지만 로나가 그의 팔을 잡고 뒤로 끌어당겼다.

"싸움은 나중에 하면 안 되겠어? 저 바위들이 오래 버텨 줄 것 같지 않단 말이야. 어미 뱀이 길을 뚫고 나올 때까지 여기 얼쩡거리고 있을 수는 없잖아."

"그렇지. 알았어."

하지만 종마를 향해 경고의 손짓을 날리는 건 잊지 않았다.

"너, 이걸로 끝난 게 아니야!"

로나가 암말에 올라타기 전에 눈알을 굴리며 말했다.

"저 둘 진짜 한심하다니까."

종마도 비골프를 태워 주긴 했지만, 비골프는 녀석이 기꺼워하지 않는 걸 알 수 있었다.

여전히 폭우가 내리고 있음에도 불구하고, 그들은 동굴과 망할 와이번을 뒤로하고 말을 달리기 시작했다. 십오 분쯤 지나자 비의 기세가 약해지더니 이윽고 완전히 그쳤다. 흠뻑 젖긴 했지만, 아직 살아 있고 불길한 초록색 독을 뒤집어쓰지도 않았다는 사실 덕분에 별로 불쾌한 기분도 들지 않았다.

로나와 나란히 한참 말을 달리던 비골프는 인정하지 않을 수 없었다.

"당신, 거기서 굉장하더라."

"거기? 무슨?"

"동굴에서 와이번을 상대할 때 말이야. 전에 그놈들하고 싸워 본 적 있어?"

"아니. 하지만 내 어머니는 싸워 보셨지. 아버지도. 검은 산맥의 동굴들 중에는 놈들이 사는 곳이 많거든."

"어쨌든…… 당신도 굉장히 잘 대처하더라고."

"놀란 것 같네."

"우린 전에 한 번도 싸워 본 적 없는 짐승들과 함께 동굴에 갇혀 있었어. 당신도 그저 부모님한테 얘기가 있었을 뿐이잖아. 그런데도 당신은 정확하게 어떻게 해야 할지 알았어. 그것도 재빨리 알아냈지. 당신은 굉장했어, 로나. 단언하는데, 당신이 함께 있지 않았다면 나도 그 정도로 잘 대처하진 못했을 거야."

"난 당신이 예기치 못한 상황을 다루는 걸 본 적 있어, 비골프. 당신 혼자였더라도 충분히 잘 처리했을 거야."

로나가 암말을 세우자, 비골프도 종마를 멈추게 했다.

"하지만 당신이 해 준 얘기는 내게 큰 의미가 있어. 고마워."

그녀의 말에, 비골프는 약간 바보가 된 듯한 기분이 들었다. 그래서 짐짓 어깨를 추썩이며 말했다.

"그냥 내가 본 걸 얘기한 것뿐인데, 뭘. 대단할 거 없어."

"나한텐 대단한 거야."

그녀가 말했다.

그 순간, 바보스러운 기분이 말끔히 씻기는 걸 느끼며 비골프는 종마를 그녀 가까이로 움직였다. 두 마리 말이 나란히 설 때까지. 그리고 손을 뻗어 로나의 뺨을 가볍게 건드렸다. 그녀의 몸이 굳어지고, 그녀의 눈이 놀라움으로 커졌다. 꼭 와이번을 처음 보았을 때 같은 표정이었다. 스스로를 필사적으로 통제하려 애쓰는 공황 상태의 표정.

그는 거기서 멈춰야 했다. 그는 물러서고, 그들은 다시 여정에 올라야 했다. 그들의 세상에는 너무 많은 일들이 벌어지고 있었고, 그들에게는 이런 식으로 시간을 보낼 여유가 없었다. 하지만 날것 그대로의 진실을 말하자면, 비골프는 참을 수가 없었다. 저 아름다운 밤색 눈동자가 자신을 똑바로 바라보고 있는 지금은.

비골프는 손을 로나의 목 뒤로 미끄러트리고 더 가까이 몸을 기울였다. 그 아래서 종마는 놀랄 만큼 조용히, 꼼짝도 하지 않고 서 있었다. 그녀의 목을 느슨하게 받치며 비골프는 얼굴을 조금 더 가까이 가져갔다. 그의 이마가 그녀의 턱과 뺨을 부드럽게 쓸고, 그의 손가락이 그녀의 목을 어루만졌다. 로나가 몸을 빼지 않는 ─혹은 그 망할 창을 쑤셔 박지 않는─ 걸 확인한 비골프는 그녀의 입술에 입술을 얹었다. 로나의 전신이 더욱 긴장하고, 그녀의 손가락이 구부러져 암말의 갈기를 꽉 붙잡았다.

비골프는 머리를 살짝 기울이고, 그녀의 입술 위로 혀를 부드럽게 미끄르트렸다. 키스를 돌려 달라고 구슬리듯이, 하지만 절박하게 느껴지지는 않기를 바라면서. 맙소사, 그는 정말이지 절박했다. 비골프는 지난 오 년 내내 이런 순간을 기대했다. 기나긴 오 년 동안, 자신을 향해 그 망할 꼬리를 흔들어 대면서도 만나는 이마다 자신을 '골칫덩이'라고 말하는 여자와 같은 동굴에 머물러야 했으니까.

하지만 그녀도, 그녀의 입술도 반응하지 않았다. 아무런 반응도 없었다. 그저 꽉 틀어쥔 주먹 말고는.

너무 서둘렀어. 그는 너무 서두르고 있었다. 가반아일에서 함께 보낸 밤에 그녀가 경고했듯이, 로나는 자기 동생들이나 사촌들과 달랐다. 특히 이런 종류의 일에 있어서는. 그래서 그는 기다려 왔다. 로나는 기다릴 가치가 있는 여자라는 걸 알았기 때문이다. 하지만……

비골프는 입술을 떼고 천천히 몸을 바로 세웠다. 하지만 그대로 손가락만은 물리지 못하고 그녀의 목덜미에서 잠시 더 머뭇거렸다. 그녀는 그를 똑바로 보고 있었지만 아무런 말도 하지 않았다. 비골프는 그녀에게서 어떤 것도 읽어 낼 수 없었다. 하지만 자기가 한 일을 사과할 생각은 없었다. 지금도 없고, 앞으로도 없으리라.

로나가 말을 꺼내려다 말고 이마를 찌푸렸다. 그녀는 한차례 머리를 흔들더니, 그들 앞쪽 길로 주의를 돌리고 말에 박차를 가해 달려가 버렸다.

비골프는 영혼이 다 빠져나갈 듯한 깊은 한숨을 내쉬고, 그녀를 뒤따랐다.

대군주 트라시우스는 호위들을 거느리고 걸으며, 모든 것을 완벽하게 준비하기 위해 열심히 일하고 있는 병사들의 모습을 구경했다.

"내 딸로부터 온 소식은 없나?"

그가 자신의 부관 마에키우스 장군에게 물었다.

"없습니다, 전하. 하지만 밀사를 찾을 수 있는지 살펴보라고 따로 정찰병을 보냈지요."

"그래서?"

"호수 근처에서 시체로 발견되었습니다."

트라시우스는 걸음을 멈추고 장군을 돌아보았다.

"사고인가?"

"독의 흔적과 몸 여기저기에 고문 자국이 있었습니다. 살해당한 겁니다."

"그렇다면 밀서가 사우스랜드 놈들 손에 들어갔다는 말이군."

"그렇겠지요. 하지만 놈들은 퇴각하지 않았습니다. 군대를 빼지도 않았고 말입니다."

"그건 괜찮아. 설사 왕자들이 저희 자식들을 구하러 떠나 버렸다 해도, 나중에 잡아 죽이면 그만이니까. 어쨌건 죽는 건 마찬가지야."

그는 다시 걸음을 옮기면서, 사방에서 진행 중인 작업을 몸짓으로 가리키며 물었다.

"어디까지 진척된 건가?"

"이틀이나 사흘이면 끝납니다."

"그러면 오늘 밤부터 포위를 시작한다."

"하지만, 전하……."

"오늘 밤이다. 일단 포위를 시작하고, 놈들이 거기 대처하는 사이에 나머지 준비를 마치면 돼."

트라시우스는 말을 멈추고, 다시 장군을 마주 보며 그의 얼굴 앞에 발톱을 세웠다.

"시간을 정확히 맞춰야 해, 마에키우스. 알아들었나?"

"예, 전하. 완벽하게 맞출 것입니다."

"좋아."

대군주 트라시우스는 폴리카프 산맥 깊은 곳에 자리한 자신의 사실私室로 향하며 중얼거렸다.

"우리가 공격 준비를 끝낼 즈음에도 저 천치 놈들은 우리가 오고 있다는 사실조차 모를 것이다."

18

그들은 거의 하루 종일을 달려, 아리시아 산맥 바깥쪽에서 하루 정도 거리에 자리한 마을에 이르렀다. 산맥을 넘는 일은 일종의 도전이 될 터였다. 산맥 자체도 문제지만 그 반대쪽에 도사리고 있는 것이 더 큰 문제였다. 하지만 실제로 일이 닥치기 전까지, 로나는 아무런 생각도 하고 싶지 않았다. 그보다는 따뜻한 음식과 술이 너무나 고팠다.

말들이 절대로 마구간에서 밤을 보내려 하지 않을 것을 알았기 때문에, 그들은 산맥을 관통하는 강 근처에 있는 마을에서 일 킬로미터쯤 떨어진 지점에 말들을 남겨 두었다. 녀석들이 내일 아침에도 여전히 그곳에 있어서 산맥으로 들어가는 앞으로의 여정도 그들과 함께하게 되기를 바랄 뿐이었다.

마을에 도착하자마자 로나는 비골프와 갈라졌다. 그는 이유를 말하지 않았고, 로나도 묻지 않았다. 사실 그들은 비골프가 그녀에게 키스한 순간부터 지금까지 한마디도 나누지 않았다. 그는 화가 난 것처럼 보이지 않았고, 로나는 그 점에 감사했다. 정말이지 그런 키스를 당할 줄은 상상도 하지 못했다. 그리고 막상 그 일이 일어났을 때는 완전히 충격이었다. 그래서 그저 가만히 앉아 꼼짝도 할 수 없었다. 혼란스럽고 바보스러운 기분에다, 화가 날 만큼…… 따뜻함을 느끼며.

하지만 그녀가 다른 어떤 반응을 보일 수 있겠는가? 지난 오 년 동안 그 드래곤은 오직 그녀의 창에만 집착하고 그녀의 일을 방해하기만 했다. 그런데 이제 와서 키스라고? 그것도 말을 타고 있는 와중에? 마치 그 키스를 진심으로 원하는 것처럼…… 그녀에게 키스하는 것이야말로 세상에서 가장 중요한 일인 것처럼…….

아니, 아니, 안 돼! 그 생각은 더 이상 하고 싶지 않아. 그녀는 배가 고팠고 해야 할 일도 있었다. 그래서 장터를 돌아다니며 비축물을 채운 다음, 마지막으로 따뜻한 식사를 할 만한 펍을 찾아들어가 자리를 잡고 쉬었다.

스튜를 몇 그릇인가 먹고 난 후에야 비골프가 나타났다. 그는 망토의 후드를 머리 위로 깊이 눌러쓰고 있었는데, 자줏빛 머리칼을 감추기 위해서였다. 하지만 그 큰 덩치만은 감출 수 없었다. 그가 펍으로 들어선 순간 남자들은 일제히 어색한 침묵에 빠졌고, 여자들은……. 하! 종족이 뭐건 간에 로나는 일 킬로미터 밖에서도 욕정의 기운을 감지할 수 있었다.

비골프가 그녀의 맞은편 나무 의자에 앉아 손짓으로 여급을 불렀다.

"술이랑 스튜, 빵도 좀 줘요."

여급이 그를 향해 달콤하게 미소를 짓고는 로나 쪽을 돌아보았다.

"음식 더?"

로나가 경고의 의미로 혀를 차자, 여급은 더 묻지 않고 휙 몸을 돌려 가 버렸다.

"필요한 건 다 구했어?"

비골프가 물었고, 로나는 그가 드디어 말을 걸어 줬다는 사실에 적이 안도가 되었다.

"나 혼자라면 적어도 이 주일은 충분히 지낼 정도로. 하지만 당신이랑 함께니까 하루 이틀 치는 더 필요할 거야."

그는 어깨를 추썩이고 그녀가 남긴 빵을 먹기 시작했다.

"뭐 하고 온 거야?"

음식이 나와 탁자에 놓이는 걸 보고, 의자에 몸을 기대며 그가 웅얼거렸다.

"나중에 얘기해 줄게."

"좋아. 하지만 내 생각엔 우리가……."

그녀 앞에도 넘칠 듯 가득 채워진 스튜 그릇이 새로 놓였다.

"굉장히 굶주린 것 같아서요."

여급이 설명하듯 말했다. 암캐 같은 여급 계집을 노려보며 로나의 눈이 가늘어졌지만, 그때 입안 가득 음식을 욱여넣은 비골프가 말했다.

"난 잘 먹는 여자가 좋더라."

로나는 저도 모르게 미소 짓고 말았다. 그리고 여급이 가 버린 후에야 물었다.

"여기서 묵고 갈까? 위층에 빈방이 넉넉히 있다는데."

"싫어."

먹는 데만 몰두한 채 그가 간단히 대답했다.

"싫어?"

"싫어."

"편하게 묵어 갈 완벽한 숙소가 있는데, 당신은 또 밖에서 밤을 보내고 싶다는 거야? 왜?"

"당신이 별빛 아래 잠드는 걸 좋아하니까."

"……뭐?"

"하늘 보면서 땅바닥에서 자는 걸 좋아한다고 당신이 그랬잖아. 안 그래?"

그가 대체 무슨 말을 하는지 이해하는 데는 조금 시간이 걸렸다. 하지만 결국 로나는 웃음을 터트렸다.

"취해서 한 말을 가지고 진지하게 그러는 거야?"

"내 맘에도 들었으니까. 당신도 괜찮지, 안 그래?"

"그야…… 그래."

사실, 그녀는 펍이나 여관에서 묵는 걸 별로 좋아하지 않았다. 자꾸만 벽들에 갇혀 있는 느낌이 들었기 때문인데, 그 부분에 있어서만큼은 일족 모두가 그녀와 완전히 달랐다.

로나는 음식을 먹고 있는 번개 드래곤을 바라보았다. 그게, 음식을 집어 입에 넣고 씹는 절차적 행위라기보다는 뭔가를 후르르 흡입하는 모양새였지만 말이다. 하지만 또, 그 모습이 그에게는 잘 맞는 것 같기도 했다. 한 접시로는 그가 절대 만족할 리 없다는 걸 잘 아는 로나는 자기 몫의 스튜 그릇을 슬쩍 그 앞으로 밀어 놓았다. 물론 비골프는 그것 역시 흡입해 보였다.

비골프가 식사를 끝내자, 그들은 펍을 나와 말들을 남겨 두었던 곳으로 향했다.

로나와 잠시 떨어져 있기로 결정한 것은 잘한 생각이었다. 덕분에 비골프는 이성을 되찾을 수가 있었다. 로나에게 키스한 것을 후회하지는 않지만, 그는 이 상황을 훨씬 더 섬세하게 다루어야 한다는 것을 깨달았다. 그가 잘 알고 다루는…… 무언가처럼. 상당한 노력을 기울여서라도 말이다. 하지만 여전히 조절할 수는 있도록.

"그래, 마을에선 뭘 한 거야?"

일단 마을을 벗어나자 로나가 물었다.

"정보를 얻으러 다녔지."

비골프는 그렇게 대답하면서, 깊숙이 뒤집어쓰고 있던 후드를 벗어 버렸다. 슬슬 짜증이 나던 참이었다.

"정보? 당신, 이 마을에 와 본 적 없는 거 아니었어?"

"와 본 적 없지. 하지만 정보란 건 찾으려고만 하면 언제 어디서든 찾을 수 있는 법이야. 요는 어디로 가서 찾아봐야 하는지,

누구를 만나서 물어봐야 하는지를 아는 거지."

"대단한데. 난 정보 수집 임무에서 언제나 마지막으로 차례가 오는 것 같거든."

"그거야 당신이 뼛속까지 전사라서 그렇지. 저도 모르게 상대를 취조하듯이 대하고 만단 말이야."

그녀가 웃음을 터트렸다.

"말씀 참 감사하네요!"

그는 팔꿈치로 그녀를 툭 치며 말했다.

"나쁜 뜻으로 얘기한 거 아니다."

"그러니까 내가 극악무도한 전사라서 위협적인 태도로 가엾은 마을 사람들을 겁에 질리게 만든다는 뜻은 아니라는 말이지?"

"뭐…… 당신은 극악무도하지 않으니까."

"그래서, 얻은 정보가 뭐야?"

로나는 질문을 던지면서도, 그게 자기 입에서 나온 첫 번째 질문이 아니었다는 데 놀라고 있었다. 젠장, 이 노스랜더가 그렇게나 정신을 산란하게 만들 수 있을 줄 누가 알았겠어? 사실 지금이 순간에도 그녀의 마음속에서는 대체 그 젠장맞을 키스는 뭐였는지 해명하라고 소리치고 싶은 욕구가 부글부글 끓고 있었다.

"우리가 제대로 가고 있다는 거지. 여자 세 명이 이 마을을 지나갔대. 여행자 차림을 하고 도보로. 다들 단단히 무장한 데다 덩치가 상당히 컸다니까, 앤널과 이지와 브란웬이 틀림없어."

로나는 웃음을 터트렸다.

"카드왈라드르라고 다 덩치가 큰 건 아니야. 그저 덩치가 큰 짝을 찾는 경향이 있는 것뿐이지. ……대개는."

지고 있는 배낭을 추스르며 그녀가 물었다.

"마을을 지나간 지는 얼마나 됐대?"

"사흘쯤, 하루 전후로."

"젠장. 상당히 앞서 있네."

"우리가 곧 따라잡을 거야."

"우린 말이 있으니까?"

"아니. 그 세 여자가 어떤 차림을 하고 있건, 눈에 띄지 않으려고 무슨 일을 하건, 결국은 말썽거리를 찾아내고 말 테니까. 장담하는데, 우린 그들을 찾게 될 거야."

"다른 얘기 더 들은 건 없어?"

"퀸틸리안 병사들이 이 근방에 점점 더 자주 보인다는군. 전쟁이 시작된 이래로 늘 보이긴 했지만 더욱 잦아졌대. 지난 며칠 동안은 특히 더."

"그자들이 문제를 일으키고 있대?"

"아직까지는 아니야. 하지만 우린 조심해야지."

말들이 그녀가 남겨 둔 자리에 그대로 있어서 로나는 좀 놀랐다. 녀석들은 풀을 뜯어 먹기도 하고 서로 코를 비비기도 했다. 그녀는 마을에서 사 온, 과일이 가득 든 자루를 끄집어냈다.

하지만 비골프가 자루를 뺏어 들더니 말했다.

"내가 먹여 줄게."

"당신이?"

"쟤들이 나를 좋아하는 거 같으니까."

"전혀 아닌데."

"종마가 날 태워 줬잖아."

"암말을 지켜보려고 어쩔 수 없이 그래 준 거지. 녀석은 당신한테 신경도 안 써."

"그 말에는 동의할 수가 없네."

그가 말들을 향해 성큼성큼 걸어갔다.

"어쩌면 그렇게까지 무심할 수 있냐?"

로나는 그의 뒤통수에 대고 소리쳤다. 하지만 사실은…… 그가 그렇게까지 무심할 수 있을 뿐 아니라 실제로 무심하기도 하다고 생각하고 있었다.

머리를 내저으며 몸을 돌린 그녀는 풀밭으로 걸어가 밤을 보내기 좋은 자리를 찾았다. 그리고 적당한 곳에 침낭을 꺼내 펼친 다음, 지친 한숨을 내쉬며 주저앉았다. 그대로 팔을 뒤로 뻗어 손바닥으로 땅을 짚고 두 다리를 길게 뻗었다.

하지만 잠시 뒤…….

"멍청한 놈!"

그런 소리가 들리고, 비골프가 그녀의 다리 위로 날아와 근처 나무를 들이받았을 때도 놀라지는 않았다.

"내가 말했지, 당신은…….

"시끄러!"

버럭 고함친 번개 드래곤이 부스스 몸을 일으키더니, 그녀의 다리를 뛰어넘어 씩씩거리며 말들에게 다가갔다.

이 초 뒤, 그가 다시 날아왔다.

"대체 뭐가 문제야!"

비골프가 종마에게 소리쳤다.

"녀석은 당신을 안 좋아한다니까. 당신이 자기 짝 근처를 알짱 거리는 게 싫은 거야."

"상관없어."

비골프가 또다시 종마에게 가려고 그녀의 다리를 뛰어넘으려 는 것을, 로나는 몸을 일으키며 그의 팔을 붙잡아 멈추게 했다.

"다른 누구도 아니고 당신만은 저 녀석 마음을 이해해 줘야 하 는 거 아니야? 그만 앉아."

그래도 그가 종마를 노려보고만 있자, 그녀는 소리를 높였다.

"앉으라니까! 얼른!"

"알았어!"

비골프는 과일이 든 자루를 말들이 있는 쪽으로 내던지며 소 리쳤다.

"옜다, 이 개자식아!"

웃음이 터지려는 것을 막으려고 입 안쪽을 깨문 로나는 모든 것이 정상으로 돌아온 것 같은 이 상황에 기분 좋은 안도감을 느 꼈다. 그녀는 아직도 서 있는 그의 팔을 잡아당겼고, 결국 비골 프도 그녀 곁에 주저앉았다.

"당신은 모든 일을 너무 개인적으로 받아들여."

"안 그래."

"그런다니까. 그냥 좀 내버려 둘 필요가 있다고. 당신 자신을 위해서라도 말이야."

로나는 그의 팔을 놓아주고, 이마의 부어오른 부분을 부드럽게 쓸었다.

"기왕이면 저 사악한 개자식이 당신 두개골을 깨 놓기 전에 그러는 게 좋겠지."

"난 과일을 주면서 좀 친해져 보려고 했다고."

"저 녀석은 당신하고 친해지지 않을 거야. 그냥 저 녀석들이 우리 곁에 이렇게 오래 머물러 준 것만으로도 기쁘게 생각해."

"개자식. 아주 사악한 개자식이야."

그가 중얼거리며 상처 난 이마를 문질렀다.

"당신 사악한 개자식에게 익숙한 거 아니었어?"

"내 일족에 대해 그런 식으로 말하지 마."

로나는 빙그레 웃으며 말했다.

"그거…… 내 일족에 대해 말한 건데."

"아. 그럼 일리가 있는 말이군."

그녀는 비골프의 이마를 다시 한 번 들여다보았다.

"이거 부어올랐는데. 습포를 대고 있는 게 좋겠다."

그리고 그 앞으로 몸을 기울여 가방에서 천을 한 장 꺼냈다. 바로 그때, 비골프가 그녀의 목덜미에 코를 묻고 깊은 숨을 들이쉬었다. 로나는 얼어붙었다.

"당신 지금…… 내 냄새를 맡은 거야?"

"아니."

번개 드래곤이 대답했다. 하지만 그의 말은 얼굴을 덮은 그녀의 머리칼에 막혀 웅얼거리는 소리로만 들렸다.

"좋아, 그럼."

그녀는 가방에서 꺼낸 천을 손에 쥔 채 비골프에게서 물러났다. 그리고 강가로 내려가 차가운 물에 천을 적셨다. 눈이나 더 쓸모 있는 얼음 조각을 찾아 사방을 둘러보던 그녀는 자리에서 일어나 몸을 돌렸다. 거기, 그녀 바로 뒤에 비골프가 서 있었다.

그녀는 그가 이렇게나 가까이 있었다는 것에 놀라, 저도 모르게 한 걸음 물러났다.

"왜 그래?"

"아무것도 아니야."

"표정이 왜 그러냐고?"

"무슨 표정?"

"배고파 죽겠다는 표정."

로나는 잠깐 눈을 감았다가, 이 상황이 자신과는 아무 상관 없다는 걸 깨닫고 격분하고 말았다.

이 드래곤 자식, 밥통이 무저갱이잖아!

"신들이시여! 그새 또 배가 고픈 거야? 먹은 지 얼마 되지도 않았잖아!"

"배고픈 거 아니야."

"하지만 그거, 당신 배고픈 표정인데?"

"내 배고픈 표정?"

"몰랐나 본데, 그거야 당신이 거울이란 걸 당최 보지 않으니까 그렇겠지. 하지만 그런 게 있다고, 배고픈 표정……. 마치, 몇 년쯤 맛있는 스튜는 냄새도 맡아 보지 못하고 굶주린 것 같은 표정이야."

"난 스튜를 갖고 그런 표정 짓지 않아."

로나는 살짝 공황 비슷한 감각을 느끼며 절실하게 속삭였다.

"설마 말 때문에 이러는 건 아니지? 우리 탈것을 먹어 버리면 어쩌자고?"

비골프가 그녀의 손에서 젖은 천을 낚아챘다. 이해할 수 없는 짜증스러운 태도였다.

"우리 탈것을 잡아먹을 생각도 없어."

그가 젖은 천으로 머리를 누르자, 로나는 두통을 느끼는가 보다고 짐작했다. 사실, 말을 잡아먹으려다 그랬으니 누구를 탓할 일도 아니었다.

"당신 거짓말은 나한테 안 통해, 비골프. 뭔가 먹고 싶은 게 분명한데, 뭘. 하지만 먹을 거 없어. 오늘 밤은 안 돼. 우린 비축품을 절약할 필요가 있단 말이야."

"배고픈 거 아니라고 했지."

"우린 적의 영토로 가고 있잖아."

로나는 사촌들이나 동생들에게 하듯이 조곤조곤 설명해 줘야겠다고 생각하며 말을 이었다.

"앞으로 음식을 어떻게 조달해야 할지 모른다고. 그러니까 당신도 진짜 배고플 때를 대비……."

"배고픈 거 아니란 말이야!"

그가 버럭 소리쳤다.

로나는 손바닥으로 그의 가슴을 치며 되쏘았다.

"나한테 소리 지르지 마, 노스랜더! 몇 년을 죽 한 그릇 못 먹은 얼굴을 하고 있는 건 내가 아니잖아!"

비골프가 딱딱한 어조로 내뱉었다.

"솔직하게 말해 줘? 왜 내가 그, 당신이 배고픈 표정이라 부르는 얼굴을 하고 있는지 이유를 알고 싶어? 당신 때문이야. 당신이 고파서. 내가 정말 먹고 싶은 게 있다면 바로 당신이라고!"

로나는 뒤로 물러나 엉덩이에 손을 얹고는 어이없다는 듯 말했다.

"이런 정신 나간 개자식이…… 아무리 그래도 동족을 잡아먹을 생각을 해!"

바로 그 순간, 암말이 로나에게 돌진해 그녀를 강물 속으로 처박았다.

비골프는 암말에게 고개를 끄덕여 주었다.

"고마워. 나도 막 그러려던 참이었거든."

왜냐하면 세상 누구도 그렇게까지 무심할 수는 없기 때문이다. 그 누구도!

로나가 숨을 헐떡이고, 눈을 가린 젖은 머리칼을 걷어 내려 필사적으로 애쓰며 일어섰다.

"왜 그런 거야, 너?"

그녀가 강물 밖으로 몸을 끌어 올리면서 따지듯 암말에게 물었다.

"왜냐면 당신이 멍청이 반편만도 못하게 구니까."

비골프는 암말과 그 자신, 둘 다를 대표해서 대답했다.

"나? 내가? 말을 잡아먹고 싶어서 살살 꼬시려 들기나 한 당신 주제에, 나더러 우둔한 멍청이라고?"

그녀가 거의 비명처럼 소리쳤다.

"친해져 보려고 그랬다니까!"

"하, 퍽이나 친해지셨네."

로나는 두 팔을 쳐들었다.

"봐! 내 옷 다 말리려면 시간을 얼마나 낭비해야 하는 거야? 으으으! 화끈하게 통구이로 만들어 줄까?"

그녀가 매섭게 그를 노려보았다.

"당신을 강물에 빠트린 건 내가 아니야. 뭐…… 나도 원했던 바긴 하지만."

"오, 그러서? 그래, 어디 한번 해 보시지?"

비골프는 어깨를 한 번 으쓱이고는 로나를 다시 강물 속으로 밀어 버렸다. 그리고 상당히 만족스러운 기분으로 물 튀기는 소리를 들었다. 암말이 머리를 내젓더니, 종마가 있는 쪽으로 천천히 걸어갔다.

"해 보라잖아!"

비골프는 암말의 엉덩이에 대고 소리쳐 주고는, 강물 밖으로 나오려는 로나를 거들기 위해 손을 내밀었다.

"해 보라는 소리를 들었는데 모른 척할 수는 없잖아."

그리고 다음 순간, 턱에 날아와 꽂히는 주먹을 모른 척할 수 없게 되었다. 맙소사! 이 여자, 라이트 훅이 죽여주네!

"운 좋은 줄 알아! 내가 당신 형에게 크나큰 경의를 품고 있어서 차마 당신을 시체로 돌려보내지 못하는 거니까."

그렇게 쏘아붙인 로나는 혼자 힘으로 강을 빠져나왔다.

"주먹질까지 할 건 없잖아."

비골프는 턱을 문지르며 중얼거렸다.

"입 닥쳐! 그냥…… 입이나 닥치고 있어!"

그녀가 그를 돌아 걸어가며 소리쳤다.

"우리 얘기 다 끝난 거 아니야, 로나."

비골프는 그녀의 등에 대고 말했다.

"더 할 얘기가 뭐 있어? 당신은 미친 번개 자식이고, 저 암말은 충직함이라곤 눈곱만큼도 없지. 모든 게 분명해 보이는데, 뭘!"

좌절스럽고 넌더리가 나고 달리 아무 생각도 나지 않아서, 비골프는 진실을 인정하기로 했다.

"난 당신을 원해, 로나."

로나는 흠뻑 젖은 털 망토를 벗어, 좀 전에 깔아 둔 침낭 근처의 낮게 늘어진 나뭇가지에 널면서 무심하게 대꾸했다.

"당신이 날? 또 무슨 임무를 맡기려고?"

그 시점에서 비골프는 더 이상 어찌할 바를 몰랐다. 두 손, 두 발 다 들었다. 그저 멍하니 로나를 바라볼 수밖에 없었다.

그녀의 천치 같은 질문에 그가 아무 대답도 하지 않자, 로나가 그를 돌아보았다.

"왜 그런 눈으로 보고 있……?"

그녀는 눈을 깜빡였다. 한 번, 두 번.

"어? 왜……."

그녀의 눈이 커졌다.

"아!"

가늘어졌다.

"흠……."

조금 진저리를 치며 머리를 내저었다.

"으……."

그리고 살짝 미소를 지었다.

"아."

마지막으로 지친 듯 한숨을 내쉬었다.

"하……."

"그게 다 무슨 뜻이야?"

그가 따지듯 물었다.

"난 하지 않을 거라는 뜻이야."

비골프는 갑자기 혈관을 타고 폭발하는 분노를 느꼈다. 로나
는 전에도 비슷한 말을 한 적이 있었고, 그때도 별로 맘에 들지
않았다. 그는 이를 악물고 잇새로 내뱉듯 물었다.

"나랑 하는 건?"

"그건…… 어쨌든 하는 거잖아, 안 그래?"

"뭐라고?"

"고함칠 거 없어. 뻔한 얘기잖아. 여기 마침 내가 있어. 난 짝
도 없지. 그리고 난……."

로나가 자기 가랑이를 가리키며 말을 이었다.

"집어넣을 구……."

"알아, 당신에게 뭐가 있는지 잘 안다고."

비골프는 그녀의 말을 잘랐다.

"그럼 말 다했네. 당신도 욕구가 있겠지. 그건 이해해. 하지만 난 때마침 같이 있다는 이유만으로 아무 드래곤하고나 하진 않아. 펍에 가서 여급이나 찾아봐."

비골프는 정색을 하고 물었다.

"당신…… 그렇게 생각한 거야? 내가 당신을 원하는 건 그저 당신이 여기 있기 때문이라고?"

"그럼 설마 노스랜더가 우리 중 하나를 진지하게 원한다는 얘길 믿으라는 거야?"

"우리 중 하나? 사우스랜드 여자 말이야? 당신이 끊임없이 비난하는 대로라면, 우리가 훔치려고 호시탐탐 노린다는 여자들?"

"아니. 내 말은 우리, 흉터투성이에 평판 나쁘고 술주정뱅이인 데다 욕을 입에 달고 사는 카드왈라드르 여자. 당신들이 절대로 훔치지 않는 여자들 말이야."

"……훔친 적 있어, 한 번."

비골프는 잠시 사이를 두었다가 말했다.

"하지만 그때 어떤 일이 벌어졌는지 알아? 당신의 망할 이모들 중 하나가 그 훔친 작자의 폐를 뽑아 버리는 동안, 당신이 사랑하는 베르세락 삼촌은 번개 드래곤 군주들의 장자들을 납치해다가…… 조각조각 분해해 버렸지. 당신네 여자를 되찾을 때까지 말이야. 자, 그러니까 알겠지. 카드월라드르 여자를 훔친다? 우리가 절대로 하지 않을 일이라고."

"음……."

로나가 코를 문질렀다. 비골프는 그녀가 웃음을 참느라 애쓰고 있다는 것을 알았다.

"그래, 들은 적 있는 얘기네. 내 이모……."

"상관없어."

그는 로나의 말을 자르고 하던 얘기를 이었다.

"그보다 왜 내 일족이 특히 당신에게는 눈길도 주지 않는지 말해 주지. 그건 내가 그러지 말라고 얘기했기 때문이야."

"당신……이 그러지 말라고 얘기했다고?"

"강력하게 얘기했지. 상당한 물리력을 행사해서 말이야."

로나는 혼란스러움에 머리를 흔들었다.

"그게…… 무슨 소리야?"

"내가 내 일족에게 내 것을 건드리지 말라고 얘기했다고."

잠깐…… 뭐?

"당신 것?"

"그래, 내 것. 머리통의 눈알과 등줄기의 비늘을 무사히 간직하고 싶거든 당신 근처에도 가지 말라고 얘기했단 말이야."

"하지만……."

비골프가 그녀를 향해 천천히 다가왔다.

"그리고 내 일족이 종종 그러듯, 동생 놈 하나가 날 시험하려

들었지. 계속 당신을 처다본 거야. 부적절하게 으르렁거리면서."

"부적절하게 으르렁거린다는 게 대체……?"

"내 것을 두고 욕정을 품은 거야."

"어째, 듣기 불편한 얘기 같은…….."

"그래서 워해머로 그 망할 자식 머리통을 쪼개 버렸지."

로나는 얼어붙었다. 그리고 눈앞에서 펄펄 끓어오르는 남자를 바라보았다.

"뭘…… 했다고?"

"죽진 않았어. 그 자식 머리는 원래부터 판판했으니까."

"당신 동생이라며!"

그녀가 소리쳤다.

"그 자식이 당신을 처다보지 말았어야지!"

비골프도 되받아 소리쳤다.

로나는 진저리를 치며 몸을 돌리고 침낭을 펴 놓은 자리로 돌아갔다.

"당신은 에이브히어나 켈뤈보다 더 나빠."

"그렇지 않아. 그 블루 자식과 달리, 난 처음부터 당신에게 관심이 있다는 걸 분명히 했으니까. 내 동생이 그걸 무시하기로 결정한 건 순전히 그 망할 자식 잘못이지."

그가 모욕감을 느낀 듯 받아쳤다.

"오, 그래? 그럼 그걸로 다 괜찮은 거겠네."

"노스랜더에게라면, 그래."

그가 다시 그녀를 따라왔다.

"당신은 내가 애초부터 당신에 대한 나 자신의 의도를 잘 알고 있었다는 사실 역시 받아들여야 할 거야. 그러니까 당신이 카드 왈라드르 일족이라는 건 그저 내가 지고 갈 짐일 뿐이지."

"지고 갈 짐……."

안 돼. 걸고넘어지지 않는 게 좋아. 그랬다간 이 자식을 또 한 대 치고 말 테니까. 로나는 숨을 깊이 들이쉬고 가슴 위로 팔짱을 꼈다.

"그래, 당신의 그 대단한 의도란 게 대체 정확히 언제부터 시작됐는데? 한 시간 전? 아니, 두 시간쯤 됐나? 아님, 오늘 아침 내게 키스했을 때부터?"

"아니. 가반아일에서 당신이 사촌들과 술에 취했던 밤부터."

로나는 눈을 굴렸다. 그리고 소리쳤다.

"그게 언제…… 뭐야, 이틀 전?"

"아니, 다른 날이야. 나, 라그나, 마인하르트. 셋이 에이브히어와 케이타를 노스랜드 아우터플레인에서 데리고 왔을 때."

로나는 이마를 찌푸렸다.

"대체 무슨 얘길 하는 거야?"

"어느 밤에, 창밖을 바라보고 있었어. ……망할, 잃어버린 내 머리채를 생각하면서."

순간, 저도 모르게 웃었다가 그녀는 무시무시한 눈총을 받고 말았다.

"당신들이 공중을 낮게 날아다니고 있었는데, 어떤 이유에선지 다들 한쪽 눈에 안대를 하고 있었지. 그런데 당신이 갑자기 케이타를 무슨 곡식 자루처럼 떨어트렸어."

로나는 그 밤의 기억이 떠올라 움찔했다. 물론 케이타를 떨어트렸다는 것보다는 그 웃기는 수제 안대 때문이었지만…… 그건 길고 복잡한 설명이 필요한 얘기였고, 지금은 그런 얘기를 할 때가 아니었다.

"그리고 다른 사촌들은 전부 위로 날아오르거나 건물을 넘어갔는데, 당신은…… 당신은 곧장 내가 있는 방 옆쪽 벽을 들이받았지. 그 단단한 머리로 돌벽을 깨부수면서."

"어우!"

"하지만 그때 내가 생각할 수 있는 거라곤…… '세상에, 저 여자 꼬리 좀 봐!' 하는 거였어. 그 순간 알았지. '저 꼬리는 내 거다!' 하고. 보아하니 당신이야말로 이렇게까지 무심할 수 있는 유일한 드래곤 같으니까, 내가 확실하게 말해 두지."

비골프가 그녀 앞에 똑바로 서서 외쳤다.

"그 꼬리는 내 거야!"

그녀가 숨을 내쉬고 주춤주춤 물러나더니 등을 돌렸다. 비골프는 이를 갈았다. 이번에는 그녀 때문이 아니라 자신에게 화가 나서였다. 이건 계획했던 것과 달랐다. 그동안 그토록 공들여 풀어 왔던 방식이 아니었다.

하지만 이 여자는 꼭 이렇게 너무나 좌절스럽고 혼란스럽게 굴어서, 비골프로서는 도대체 그녀가 왜 이러는지, 어쩌려는 건지 짐작조차 할 수가 없었다. 이를테면, 그녀가 저 망할 창대로 무릎을 쳐 그를 주저앉힐 줄 누가 알았겠는가? 그리고 그 창끝으로 그의 목줄기를 누를 줄은? 하지만 그게 정확히 그녀가 한 짓이었다. 비골프는 그녀를 가만히 올려다보았다. 뺨에 조그만 흉터가 있는 그녀의 아름다운 얼굴을.

그는 움직이지 않으려 애쓰며 입을 열었다.

"알겠어. 난 멍청이야. 하지만 그렇다고 내 마음이 달라지진 않아, 로나."

"좋아. 그럼 이러는 게 훨씬 쉽지."

로나가 몸을 기울여 키스했다.

그리고 비골프는 더욱더 혼란스러워졌다!

《나를 사랑한 드래곤》 2권에서 계속